A MORTE CHEGA A MARLOW

ROBERT THOROGOOD

O que dizem sobre

ROBERT THOROGOOD

"Amo a escrita de Robert Thorogood."

— Peter James

"Um mistério de assassinato muito divertido, escrito com admirável vivacidade, humor e compaixão. Absolutamente incrível."

— Robert Webb

"Emocionante e genuíno, envolvente e maravilhosamente bem-humorado."

— Chris Whitaker, autor best-seller de *We Begin at the End*

"É como ler Agatha Christie, mas com um quê moderno."

— *The Sun*

"Belamente elaborado; um sucesso quase criminoso."

— *My Weekly*

"Um ótimo refúgio da realidade do começo ao fim."

— Simon Kernick

"Um verdadeiro mistério, repleto de pistas, suspeitos e personagens cativantes."

— Faith Martin

"Uma leitura prazerosa. Um livro engraçado, divertido e com uma belíssima escrita."

— B. A. Paris

"Uma história acolhedora feita por um autor engenhoso... Engraçada e emocionante pra caramba."

— *Crime Time*

"Robert Thorogood trouxe de volta o bom humor para a ficção policial."

— Simon Brett

A MORTE CHEGA A MARLOW

ROBERT THOROGOOD

TORDSILHAS

A Morte Chega a Marlow

Tordesilhas é um selo da Alaúde Editora Ltda, empresa do Grupo Editorial Alta Books (Starlin Alta Editora e Consultoria LTDA).

ISBN: 978-65-5568-275-5.

Translated from original Death Comes to Marlow. Copyright © 2023 by Robert Thorogood. ISBN 9780008238292. Published by agreement wi Johnson & Alcock Ltd. Brazilian Portuguese language edition published by Alaúde, Copyright © 2025 by STARLIN ALTA EDITORA E CONSULTOR LTDA.

Impresso no Brasil – 1ª Edição, 2025 – Edição revisada conforme o Acordo Ortográfico da Língua Portuguesa de 2009.

Dados Internacionais de Catalogação na Publicação (CIP)
(BENITEZ Catalogação Ass. Editorial, MS, Brasil)

T516a
1.ed. Thorogood, Robert
A morte chega a Marlow / Robert Thorogood ; tradução Evelyn Diniz. - 1.ed. - Rio de Janeiro : Alta Books, 2025.
288 p.; 15,7 x 23 cm.-(The marlow murder club ; 2)

Título original: Death comes to Marlow.
ISBN 978-65-5568-275-5

1. Ficção policial e de mistério (Literatura inglesa). I. Diniz, Evely. II. Título. III. Série.

04-2025/186 CDD 823.0872

Índice para catálogo sistemático:
1. Ficção policial e de mistério : Literatura inglesa 823.0872

Aline Graziele Benitez - Bibliotecária - CRB-1/3129

Produção Editorial: Grupo Editorial Alta Books
Diretor Editorial: Anderson Vieira
Vendas Governamentais: Cristiane Mutüs
Coordenadora Editorial: Mariana Portugal
Produtora Editorial: Viviane Corrêa

Tradução: Evelyn Diniz
Copidesque: Andresa Vidal
Revisão: Ellen Andrade
Diagramação: Diego Santos

ALTA BOOKS
GRUPO EDITORIAL

Rua Viúva Cláudio, 291 – Bairro Industrial do Jacaré
CEP: 20.970-031 – Rio de Janeiro (RJ)
Tels.: (21) 3278-8069 / 3278-8419
www.altabooks.com.br – altabooks@altabooks.com.br
Ouvidoria: ouvidoria@altabooks.com.br

Editora **afiliada à:**
abdr
ASSOCIADO CBL Câmara Brasileira do Livro

Para Jack Thomas
(1941–2021)

Capítulo 1

Após a agitação do verão anterior, a sra. Judith Potts passou o inverno retornando a ritmos de vida mais solitários. Ela acordava tarde, assistia a um pouco de televisão, jogava paciência, fazia caminhadas quando tinha vontade — o que, na verdade, não acontecia com tanta frequência — e fazia questão de reservar um tempo todos os dias para compilar suas enigmáticas palavras cruzadas para os jornais.

Quando as luzes de Natal se acenderam na rua High, ela se viu, como acontecia todos os anos, ausentando-se silenciosamente das festividades. Não que ela se opusesse ao Natal. Longe disso. Era mais porque sentia que pertencia a outras pessoas, principalmente pais com filhos pequenos e famílias empenhadas na alegria forçada.

Mas se o Natal era um pouco árduo, e o período até o Ano Novo, uma semana terrível e inexistente, Judith sabia que janeiro lhe pertencia. Era quase seu mês favorito. Ninguém pedia que ela fizesse nada em janeiro. Ou que fosse a qualquer lugar. Ela poderia recarregar totalmente as baterias e fazer um balanço.

E nadar selvagemente, é claro.

Judith não deixou que o fato de ser inverno a impedisse de mergulhar quase todos os dias no rio Tâmisa. Nesta época do ano, seus banhos eram necessariamente breves, mas ela nunca perdia a oportunidade de estar em contato com a natureza, e amava a sensação revigorante que permanecia em sua pele o resto do dia. Ela adorava nadar especialmente quando tinha um problema para resolver, e por este motivo ela estava no Tâmisa naquela manhã de janeiro em particular.

Estava tentando resolver um mistério.

Tudo começou naquela mesma manhã, quando pegou o exemplar da semana do *Marlow Free Press*. Uma vez que era o início do ano, o jornal estava ainda mais desprovido de notícias do que o habitual — a matéria de capa era sobre o chocante encerramento de atividades de uma caixa postal local —, mas o que Judith mais ansiava eram as enigmáticas palavras cruzadas. Ela nunca demorava muito para resolver, mas havia uma clareza nas pistas que achava extremamente satisfatória. O esforço daquela manhã não foi diferente. No entanto, depois que terminou e olhou para a grade completa, sentiu que alguma coisa estava "errada" em suas respostas. Havia algo que seu subconsciente estava tentando lhe dizer, mas ela não conseguia entender o que era. Judith odiava pontas soltas. Na opinião dela, todos os enigmas precisavam ser resolvidos, e por isso decidiu refletir melhor sobre o ocorrido durante sua natação matinal.

E foi porque pensava nas palavras cruzadas e não no que estava ao seu redor que ela erroneamente brigou com um cisne.

Ela não pretendia enfrentá-lo, como contou a suas duas amigas Becks e Suzie mais tarde naquele dia. Até onde sabia, nem era sua culpa. Foi tudo culpa de um pato morto que encontrou flutuando de cabeça para baixo no meio do rio, embora inicialmente não parecesse um pato. Ela pensou que estivesse nadando em direção a alguns galhos laranjas que saíam da água. Mas, à medida que Judith se aproximava, finalmente viu o corpo branco, o pescoço e a cabeça do pato submersos e, em pânico, mergulhou nadando até a margem do rio para fugir.

Ao fazer isso, inadvertidamente esbarrou com uma mãe cisne e seus filhotes. Como era janeiro, os filhotes estavam quase totalmente crescidos, mas a mãe ainda empinava e sibilava, a envergadura das asas agora maior do que a altura de Judith. Ela se perguntou brevemente se conseguiria passar por entre as asas e agarrar o cisne pelo pescoço para derrubá-lo. Mas, como quase todas as pessoas criadas no Reino Unido, ela sabia que um cisne "pode quebrar seu braço" e também imaginou que haveria algo pouco edificante em uma mulher de setenta e oito anos completamente nua lutando com um cisne.

Porque esse era o outro problema. Como sempre acontecia quando ela ia nadar perto da casa de barcos no fundo de seu jardim, Judith não estava usando traje de banho. Claro que não. Trajes eram coisas úmidas que grudavam em seu corpo e arruinavam a verdadeira sensação de liberdade que a natação lhe proporcionava.

A cabeça do cisne disparou para a frente com um silvo terrível e Judith percebeu que teria que sair da água, e rápido. Pelo menos ela sabia que estava numa curva do rio onde poucas pessoas paravam.

Infelizmente, era precisamente por ser um local tão remoto que guardava lembranças tão felizes para Ian Barnes. Ian cresceu em Marlow, mudou-se há alguns anos, mas queria trazer sua esposa Mandie e seus dois filhos pequenos de volta para lhes mostrar alguns de seus lugares favoritos da infância. Isso incluía o local encantador no rio onde ele passou tantos dias felizes observando pássaros.

Foi no momento em que Ian apontava o toco exato da árvore onde uma vez vira não um, mas dois martins-pescadores, que uma mulher nua de setenta e oito anos saiu do rio bem na frente dele e de sua família, correu alguns passos ao longo da margem — seu corpo oscilando maravilhosamente — antes de fazer uma saudação extravagante ao pular de volta no rio, com as pernas dobradas sob o corpo para que ela pudesse "bombardear" de volta à água com um enorme respingo. Ao ressurgir, Judith soltou um alegre: "Ha!". É claro que ela ficou mortificada por se ver nua tão perto de outras pessoas, mas decidiu disfarçar acenando para a família e pulando de volta no rio, então eles realmente teriam algo para contar. Foi o presente dela para eles.

Judith não conseguia parar de sorrir enquanto se permitia ser levada pela correnteza rio abaixo, todos os pensamentos sobre as palavras cruzadas da *Marlow Free Press* há muito esquecidos. Ela continuou repassando a expressão no rosto da pobre família. O horror gentil deles a manteria animada por meses.

No entanto, foi por causa do incidente com o pato morto e o cisne bem vivo que Judith voltou para a casa de barcos no fundo de seu jardim muito mais cedo do que o normal. Isso significava que, depois de vestir a capa de lã cinza e voltar para seu casarão estilo *Arts and Crafts*, ela chegaria bem a tempo de ouvir o telefone tocando. Pegou o aparelho e uma voz masculina e rouca perguntou se ela era a sra. Judith Potts.

— Sim — respondeu.

— Meu nome é sir Peter Bailey — disse o homem com uma voz de quem faz homens se renderem em batalhas. — Nós não nos conhecemos, mas gostaria de lhe pedir um favor. Veja bem, meu casamento será amanhã.

— Meus parabéns — congratulou Judith, notando que o fogo ainda brilhava na lareira. Sua pele estava enrugada e arrepiada, seus pés, frios no piso de parquet, então ela se sentou em sua poltrona favorita e deixou que as brasas a aquecessem.

— O caso é que daremos uma pequena recepção esta tarde para celebrar e gostaria que a senhora comparecesse.

Judith ficou intrigada. Sir Peter era chefe de uma das famílias mais proeminentes de Marlow, por que o convite repentino?

— Nada muito formal — ele prosseguiu. — Trajes esporte fino, vestido, esse tipo de coisa. São apenas alguns drinques, para ser honesto. Lá pelas duas, duas e meia da tarde. Agasalhe-se bem. A previsão é de céu limpo, mas ainda fará frio. Você sabe onde eu moro?

Judith sabia onde sir Peter morava. Todos em Marlow sabiam. Mas ela se sentiu um pouco irritada por ele presumir que ela largaria tudo a qualquer momento. Ela já tinha planos para aquela tarde. Iria se deliciar com crumpets assados na frente da lareira, com um pouco de geleia de amora que comprara na feira de sábado. E talvez um pouco de gim de abrunho caseiro que ela guardava embaixo da pia da cozinha para ocasiões especiais. Na verdade, por que diabos iria querer desistir de tudo isso para ir a uma festa?

— É muita gentileza sua, mas por que está me convidando?

— É bem simples. Achei que um dia antes do meu casamento seria uma oportunidade para agradecer a algumas pessoas importantes de Marlow. Você sabe, o Rotary Club, a paróquia, esse tipo de coisa. E fiquei impressionado com a forma como você ajudou a cidade no verão passado.

— Ah, entendi. Você sabe sobre aquilo?

— Todos sabem como você ajudou a polícia a resolver aqueles terríveis assassinatos.

— Espero que não esteja aguardando que mais alguém seja assassinado — disse Judith jocosamente.

— O quê? — perguntou sir Peter. — É claro que não. Por que disse isso?

Judith ficou intrigada. Poderia jurar que seu comentário havia mexido com sir Peter por alguma razão.

— Foi uma piada — respondeu.

— Bem, uma piada de muito mau gosto.

— Só será de mau gosto se alguém for morto.

— Ninguém teme por sua vida em Marlow. Não entendo por que você sugere o contrário. Quer vir à festa ou não?

Ninguém teme por sua vida?, Judith pensou. Que coisa estranha de se dizer. Por que sir Peter ficou subitamente tão irritado? Judith decidiu que seus bolinhos e o gim de abrunho teriam que esperar outro dia.

— Ficaria honrada em ir à festa — disse ela.

— Excelente — disse sir Peter rudemente. — Nos vemos hoje à tarde.

Assim que terminou a ligação, Judith digitou o número de Becks Starling.

— Judith, um segundo — falou Becks, ao atender. — Colin, poderia mexer o roux, por favor? Como você está? — perguntou a Judith. — Desculpe, não posso falar por muito tempo, temos um compromisso hoje à tarde. — Antes que Judith pudesse explicar por que havia ligado, Becks foi atropelada por uma avalanche de eventos. — Sam, por que você quer uma caixa de fósforos? Não há nenhum motivo para te dar fósforo, o que está fazendo? Ah, Deus — disse novamente ao telefone — Me desculpe, Chloe está em outra chamada esperando. Ela passou a noite na casa do namorado. Preciso atendê-la. Tudo pode ter acontecido.

Becks desligou e Judith percebeu que não havia falado, nem uma única vez. Sorriu para si mesma. A amiga era casada com o vigário de Marlow, um homem muito gentil chamado Colin — com todos os pontos positivos e negativos da palavra gentil. Apesar de ter feito do objetivo de sua vida ser a dona de casa perfeita e mãe exemplar da paróquia, Becks se permitiu ser puxada para a órbita de Judith no ano anterior quando um homem armado começou a matar pessoas em Marlow. Desde então, elas se tornaram amigas, mesmo que Becks ainda se preocupasse com o fato de que Judith fosse exatamente o tipo de espírito livre que sua mãe sempre lhe alertara. Quanto a Judith, ela via quanta energia Becks empenhava no serviço à família e comunidade, e ela só desejava que a amiga usasse um décimo de seus talentos para atender às próprias necessidades. Mas Becks nunca mudaria, Judith sabia. Um dos motivos pelos quais apreciava tanto sua companhia.

Judith discou outro número. Após chamar duas vezes, Suzie Harris atendeu.

— Ora, se não é a famosa Judith Potts — disse Suzie com uma voz que pareceu ligeiramente teatral.

Suzie era uma mulher de cinquenta anos, solidamente confortável, e o terceiro membro do grupo de Judith.

— Perdão por ligar assim — pediu Judith. — Mas acho que acabei de ter uma conversa muito estranha.

— Então nos diga tudo o que aconteceu.

— O que quer dizer com "nos diga"?

— Você está no ar, querida ouvinte. Então, é melhor manter o nível — acrescentou Suzie com uma risadinha de quem sabe das coisas.

O sangue de Judith gelou.

Após seu momento de fama no ano anterior, Suzie conseguiu um horário no meio da manhã apresentando na rádio comunitária Marlow FM. Suzie tocava músicas, atendia a ligações para discutir os assuntos mais importantes do dia e aproveitava todas as oportunidades para promover seu negócio de passeios e cuidados com cães, de um jeito que violava praticamente todas as regras de radiodifusão. Mas, como Suzie dizia, ela era uma mãe solo — embora suas filhas já tivessem saído de casa há muito tempo — e sempre batalhou para pagar as contas. Não ia deixar passar a chance de fazer propaganda gratuita.

— Você está transmitindo isso? — perguntou Judith.

— Fico sempre feliz em receber uma ligação sua, Judith. — Havia um tom levemente possessivo nas palavras de Suzie que fez Judith hesitar.

Na opinião de Judith, Suzie estava exagerando em seu recém-conquistado status de celebridade, mas isso era assunto para outro momento.

— Sério, Suzie, minhas ligações para você não deveriam ser transmitidas para a cidade inteira, mas a que horas seu programa termina?

— Vou passar para Karen Hird e os Lunchtime Boys à uma.

— Ótimo. Quando terminar, você quer ir a uma festa?

Capítulo 2

A leste de Marlow, o rio Tâmisa se expande ao redor de uma pequena ilha, que possui uma eclusa de um lado e uma represa espumante do outro. Nas águas calmas além disso, estão algumas das propriedades mais elegantes da cidade.

A casa de sir Peter Bailey, Mansão Branca, era talvez a mais grandiosa de todas elas. Tratava-se de uma mansão georgiana de três andares, com fachada de estuque creme, uma quadra de tênis gramada de um lado, uma estufa de vidro pintada de branco do outro e, em frente a ela, um jardim ornamental ao estilo elisabetano. À beira do rio, as faixas de grama aparada pareciam ainda mais nítidas e precisas do que qualquer coisa que os vizinhos conseguiam produzir. Quanto ao barco de sir Peter, atracado no fim do jardim, era uma elegante lancha motorizada, com acabamento em madeira polida, que ele havia importado de Veneza.

Tudo na propriedade exalava riqueza, e Suzie não sabia bem onde estacionar sua velha van usada para passear com cães quando ela e Judith chegaram. Felizmente, um adolescente de rosto jovial, vestindo um colete chamativo, indicou que elas deveriam estacionar no campo ao lado do jardim.

— Caramba — disse Suzie enquanto desciam da van. — Imagina ter manobrista para a sua festa?

Era um daqueles dias de janeiro frescos e ensolarados, com nuvens como bolas de algodão em um céu azul brilhante, e, ao entrarem no jardim, as amigas puderam ver cerca de uma centena de pessoas elegantemente vestidas, conversando e rindo ao lado de uma tenda reluzente.

— Aposto que caberiam duas casas minhas nessa tenda — comentou Suzie. — Tem certeza de que não vão se importar de eu ter vindo com você?

— Claro que não.

— Não estou exatamente vestida para uma festa.

Suzie era uma mulher robusta como um carvalho, com bochechas rosadas e uma voz retumbante. Ela vestia uma jaqueta acolchoada vermelha brilhante sobre uma camiseta Aertex verde-água desbotada, jeans antigos com lama seca nas barras e um par de botas de caminhada gastas.

— Eu acho que você está perfeita. — disse Judith.

— Tá bom, então vou te culpar se alguém reclamar. Agora, onde estão os canapés?

Enquanto Suzie fazia a pergunta, um jovem garçom se aproximou com uma bandeja de champanhe. Ela e Judith pegaram uma taça cada, embora Suzie também tenha pegado uma segunda taça.

— Para minha amiga — informou ao garçom, apontando para uma amiga imaginária um pouco distante.

— Bem, não é maravilhoso? — disse Judith, saboreando seu champanhe e admirando a vista.

— Com certeza — concordou Suzie, virando a primeiro de suas duas taças. — Caramba, as bolhas sobem pelo nariz. Não sei por que as pessoas bebem essa coisa. Então, cadê esse sir Peter que te convidou?

— Não consigo vê-lo. Mas você vai saber quando o encontrar. Ele parece um general de divisão, com o bigode e a voz mandona.

— Judith? — disse uma voz alegre, antes de acrescentar — Suzie? — com um tom mais cauteloso.

Becks Starling se aproximou, e Judith pensou que não teria uma visão mais encantadora o dia todo. Becks sempre parecia radiante — com cabelo loiro perfeito e unhas bem-feitas —, mas hoje sua amiga estava realmente irradiando vitalidade. Ela usava um elegante vestido creme com decote halter e uma capa de cashmere azul-escura sobre os ombros. E os olhos de Judith foram imediatamente atraídos para o que parecia um anel de safira novíssimo em sua mão. Se fosse real, era caro.

— Você está bonita — elogiou Judith.

— Você acha? — disse Becks, corando. — Mesmo?

— Você está sempre bonita, mas hoje está particularmente radiante.

Becks ficou constrangida instantaneamente e fez o que sempre fazia depois de receber um elogio — se desculpou.

— Desculpe pela nossa ligação mais cedo — disse. — Eu estava tão distraída com as crianças correndo e o Colin atrapalhando. E ainda tinha que me preparar para a festa. Por que estava ligando?

— Era só para te convidar para cá — disse Judith. — Então, sem danos. Você já está aqui.

— Sou a acompanhante do Colin. Ele vai casar os noivos amanhã. Ele está ali — falou Becks, apontando para o marido perto da tenda. Como de costume, Colin usava um terno escuro com o tradicional peitilho branco, mas, ao contrário do usual, ele estava conversando com uma mulher que usava um vestido justo, todo feito de lantejoulas douradas. Cada curva de seu corpo brilhava à luz intensa do sol.

Todas ouviram Colin rir, e, mesmo à distância, as três amigas puderam perceber uma qualidade desesperada, quase bajuladora, em sua risada.

A testa de Becks se franziu.

— Ei, ei — chamou Suzie. — Tempurá de camarão na direção das três horas.

Suzie havia explicado a Judith no caminho para a festa que comer uma quantidade suficiente de canapés em uma festa era, no mínimo, um trabalho para duas pessoas. Era necessário que uma pessoa ficasse de frente para a festa — o que ela designou como o trabalho de Judith — enquanto o segundo membro da equipe ficava quase de costas para o primeiro, garantindo que observassem cada garçom à medida que chegavam das cozinhas. Para a festa de sir Peter, os fornecedores tinham uma tenda menor que abrigava a cozinha e a área de montagem dos pratos, então Suzie havia se mantido voltada para essa direção desde que chegara.

Enquanto um garçom passava a caminho da tenda principal, Suzie pegou dois grandes tempurás de camarão da bandeja que ele segurava.

— Valeu! — disse para o garçom enquanto ele seguia seu caminho.

— Eu não sabia que vocês conheciam a família Bailey — disse Becks para as amigas.

— Eu não conheço — respondeu Suzie, equilibrando um camarão empanado quente na boca.

— Nem eu — disse Judith, antes de explicar como só estava ali porque teve uma conversa estranha com sir Peter naquela manhã.

— Você não pode estar pensando que alguém vai ser assassinado, né? — perguntou Becks, horrorizada.

— Claro que não. Mas a minha menção sobre assassinatos definitivamente o assustou. Tem alguma coisa errada, pode apostar. Aliás, você viu o sir Peter em algum lugar?

— Sabe que é engraçado — disse Becks. — Agora que você mencionou, não o vi desde que cheguei aqui.

— E se alguém tiver matado ele? — disse Suzie, com um entusiasmo que fez a massa do camarão respingar de sua boca, quando segundos antes decidira se entregar ao segundo tempurá. — Desculpa! — acrescentou, o que foi um erro, pois acabou caindo ainda mais camarão, desta vez sobre o vestido creme de Becks.

— Suzie! — exclamou Becks, dando um passo para trás, horrorizada.

— Desculpa! — pediu Suzie enquanto usava a mão para limpar o vestido de Becks, acabando por deixar uma mancha de óleo ainda maior no tecido. — Meu Deus, eu piorei tudo!

— Por favor, pare! — disse Becks, olhando para a amiga com frustração. — Este vestido foi caro.

— Desculpa, o camarão está um pouco oleoso. Você vai ter que cuidar disso — acrescentou Suzie, apontando para a mancha no vestido como se estivesse oferecendo um conselho sábio.

Ouviram o rugido de um motor quando um carro esportivo Triumph velho, com o teto de tecido preto, virou na entrada da casa, soltando fumaça pelo escapamento. Estacionou perto da casa e um homem, vestido com calças chino bege e uma camisa floral roxa sob um casaco de tweed, saiu do lado do motorista e passou as mãos pelo cabelo longo e escuro.

Mesmo à distância, era possível ver que o homem era muito bonito.

— Ora, ora — disse Suzie. — A visão do nosso novo convidado me agrada. Quem vocês acham que ele é?

Capítulo 3

Quando o carro estacionou, um homem na casa dos sessenta anos, com um bigode grisalho espesso e cabelo penteado para trás, surgiu da residência vestindo um blazer azul-marinho e calças salmão. Ele segurava uma taça de champanhe em uma das mãos e um cigarro na outra enquanto caminhava decidido em direção ao homem mais jovem.

— Aí está ele — disse Becks, indicando o homem de blazer. — Esse é sir Peter.

Todos ouviram quando sir Peter gritou:

— O que raios você está fazendo aqui?

O homem mais jovem riu como se nada importasse e disse que aquela era sua casa e que ele podia ir e vir quando bem entendesse.

— Agora, sim, está mais parecido com um casamento de verdade — disse Suzie, apreciando a cena. — Uma briga.

Perto do grupo principal de convidados, uma mulher se afastou e caminhou até os dois homens. Ela usava um casaco preto sobre um vestido simples da mesma cor, tinha cabelos castanhos cortados de forma irregular e bochechas rosadas, e estava claramente agitada.

— Essa é a Jenny Page — sussurrou Becks para as amigas. — A noiva. Não conversei muitas vezes com ela, mas ela é bem legal. Muito direta…

Becks parou de falar enquanto Jenny começava a repreender o rapaz, com sir Peter tentando acalmá-la, e toda a festa observava, boquiaberta. Judith imaginou que talvez agora estivesse entendendo por que sir Peter tinha sido tão peculiar durante a conversa telefônica. Havia uma séria discórdia dentro da família Bailey.

— Amanhã é meu grande dia, como pode fazer isso comigo? — Todos ouviram Jenny dizer ao homem mais jovem.

— Eu não estou fazendo nada com ninguém — respondeu ele, aparentemente ainda indiferente.

— Não fale assim com a minha esposa! — gritou sir Peter.

— Você ainda não é casado, pai.

— Você tem que fazer tudo ser sobre você, não é? — Jenny soluçou. — Não consegue ver ninguém mais feliz.

Jenny explodiu em lágrimas e correu para dentro.

Sir Peter eliminou a distância entre ele e o rapaz e começou a cutucá-lo no peito enquanto continuava a repreendê-lo. E, então, com um último empurrão, virou-se rapidamente e caminhou para dentro da casa.

Depois que sir Peter deixou o campo de batalha, os convidados da festa fizeram a única coisa que os verdadeiros ingleses poderiam fazer: voltaram às suas conversas triviais como se nenhuma interrupção tivesse acontecido. Os garçons próximos levantaram suas bandejas e começaram a circular novamente.

— Vamos todos só fingir que isso não aconteceu? — perguntou Suzie.

Colin Starling se aproximou e se juntou às mulheres.

— Olá, pessoal — disse ele. — Pelo visto, aquele é o filho, Tristram.

— Sir Peter tem um filho? — perguntou Judith.

— E uma filha, Rosanna. Ela deve estar por aqui em algum lugar. São filhos do primeiro casamento de sir Peter. Tive algumas reuniões com sir Peter e Jenny nas últimas semanas, e acredito que Tristram não aprova o pai se casar novamente. Não sei por que estou te contando isso, mas está bem claro que pai e filho não se dão bem.

— No entanto, não pude deixar de notar que você estava se dando muito bem com aquela senhora ali, querido — comentou Becks, com um sorriso que apenas Colin não percebeu ser ameaçador.

— Sim, é a srta. Louise. Ela dirige uma escola de dança local.

— *Srta.* Louise?

Mais uma vez, Colin não percebeu o perigo em que estava.

— Foi assim que ela se apresentou.

Antes que Becks pudesse fazer mais perguntas, o jovem se aproximou do grupo. De perto, ele realmente era muito bonito, pensou Judith. Estava na casa dos trinta e poucos anos, tinha um maxilar forte e olhos azuis brilhantes.

— Desculpem a confusão — pediu com um sorriso arrependido. — Tem champanhe? — acrescentou, com um brilho nos olhos ao olhar para Becks, e Judith sentiu uma promessa sutil de travessura na pergunta.

— Não tenho certeza de que sir Peter ficaria muito feliz com isso — disse Judith em seu tom mais maternal.

— Então, que tal adicionarmos isso à longa lista de coisas com as quais ele não está feliz? — disse o homem. — Tristram Bailey. Eu deveria ter me apresentado. E acho que vou procurar essa bebida. Vejo vocês no casamento amanhã.

Judith e suas amigas se entreolharam, surpresas com o sangue frio de Tristram depois de uma briga tão pública.

— Bem, ele parece bem confiante — comentou Judith.

À distância, os sinos da igreja All Saints soaram pela cidade para marcar quinze horas. Judith se virou e olhou na direção da igreja, do outro lado do rio, e viu um grande barco a motor passar pelo fim do jardim. Ela estava pensando "que monstruosidade horrível", quando todos ouviram um estrondo ensurdecedor vindo de dentro da casa, seguido pelo som de vidro se quebrando.

A festa inteira parou para olhar na direção da casa, e Jenny apareceu em uma sacada no andar de cima, também atraída pelo barulho.

— O que foi isso? — perguntou aos convidados abaixo.

Tristram virou nos calcanhares e foi direto para a casa. Após alguns momentos de indecisão, Judith correu atrás dele — seguida por Suzie, Becks, Colin e meia dúzia de outros convidados.

— Você sabe o que foi isso? — gritou Judith para Tristram à frente.

Tristram não respondeu e seguiu seu caminho, passando pela porta de entrada da casa.

— Parecia... impressionante — comentou Judith com as amigas conforme atravessavam a mesma porta e se viram em um hall com piso de pedra. Tristram já havia avançado para o corredor principal, então ela continuou, acompanhada por suas amigas e pelos outros convidados.

Quando chegaram ao corredor, Jenny desceu correndo a escada vinda do andar de cima.

— O que está acontecendo? — perguntou.

— Precisamos encontrar o papai — disse Tristram enquanto começava a abrir portas que saíam do corredor principal para a sala de estar, para um segundo salão, para a cozinha. Os outros convidados também começaram a se espalhar pela casa.

— Ele não está no jardim com você? — perguntou Jenny a Tristram.

— Achei que ele estava com você.

— Você ouviu de onde veio o barulho? — questionou Judith a Jenny, querendo ajudar a restringir a busca.

— Não sei — respondeu ela. — Mas definitivamente veio de algum lugar lá embaixo.

— Papai? — chamou Tristram, mas não houve resposta. — Onde você está? Papai? Ah, Deus — falou, com um tom sombrio, uma ideia ocorrendo-lhe enquanto saía do corredor.

Todos seguiram Tristram por um corredor que terminava em uma porta de madeira antiga com dobradiças enferrujadas. Ele agarrou o anel de ferro que servia como maçaneta e tentou girá-lo, mas a porta não abriu.

— Papai? — chamou através da porta. — Você está aí?

Não houve resposta.

— O que tem aí dentro? — perguntou Judith.

— O escritório do meu pai.

Tristram girou a maçaneta novamente e empurrou com força a porta com o ombro.

Ela não se mexeu.

— Alguém trancou a porta.

— Tem uma chave? — indagou Judith.

Ela podia ver que Tristram começava a entrar em pânico ao caminhar rapidamente de volta pelo corredor em direção à cozinha. Quando ele desapareceu, uma mulher, com uma aparência aflita e que Judith não havia visto antes, correu até elas. Ela tinha cabelos escuros e lisos e estava usando um casaco militar vermelho brilhante com tranças douradas nos punhos e no colarinho.

— O que está acontecendo? — perguntou.

A atitude da mulher era brusca, sem rodeios, e, assim como o casaco, um pouco militar.

— Não sabemos — respondeu Jenny. — Mas ouve um grande barulho e agora não conseguimos encontrar Peter.

— Sim, eu ouvi — concordou a mulher, o que Judith achou estranho. Claro que a mulher tinha ouvido o barulho. Todos tinham ouvido.

— Desculpe, quem é você? — questionou Judith.

— Rosanna — disse a mulher, surpresa com a pergunta. — Rosanna Bailey.

Tristram reapareceu da cozinha segurando um extintor de incêndio.

— Tristram? — disse Rosanna. — O que você está fazendo?

— Afaste-se — respondeu.

Todos deram espaço para Tristram enquanto ele ficava em frente à porta e batia com o pesado extintor de incêndio na madeira logo acima da maçaneta. A porta mal se moveu. Tristram puxou o extintor de volta e o golpeou com força na porta, e dessa vez houve o som de madeira estilhaçando, embora a porta ainda não tenha se movido. Ele puxou o extintor de incêndio pela terceira vez, bateu com ainda mais força na madeira. Houve o som de madeira rachando, e a porta abriu alguns centímetros.

Tristram entrou na sala, seguido pelos outros, e todos viram que um grande armário de mogno tinha caído da parede e estava de lado no chão.

Um par de pernas envoltas em calças cor de salmão podia ser visto saindo debaixo dele.

— Ai, meu Deus, Peter! — gritou Jenny, correndo em direção ao armário. — Precisamos levantar isso!

Todos correram até o móvel, posicionando-se ao redor dele, e, com um grande esforço, conseguiram levantá-lo, deixando-o na posição vertical. Todos puderam ver o corpo de sir Peter deitado entre estilhaços de vidro e várias peças de equipamento de laboratório que haviam caído das prateleiras do armário.

Havia uma mancha de sangue em seu rosto, o braço direito estava torcido de maneira grotesca sob o corpo, e o braço esquerdo estava estendido para o lado, com alguns dos dedos dobrados em um ângulo horrível.

Ele não estava respirando.

Jenny caiu de joelhos ao lado de sir Peter e tentou sentir a pulsação em seu pescoço.

— Peter, não! Peter! — gritou ela.

— Cuidado com o vidro — sugeriu Colin de maneira um tanto redundante, mas Jenny não estava ouvindo, pois continuava tentando desesperadamente encontrar a pulsação no pescoço e no pulso de seu noivo.

— Jenny, você precisa se levantar imediatamente — disse Becks, indicando que Colin deveria ir até a mulher.

— Todos vocês, saiam da sala! — gritou Judith. — E alguém ligue para a polícia!

Ao ouvirem a palavra polícia, o grupo voltou à ação. Enquanto Jenny ainda chorava, Becks e Colin a afastaram do corpo e a sala foi esvaziada. Judith ficou para trás, para dar uma rápida olhada ao redor. O cômodo parecia um típico escritório masculino, mas o que Judith notou particularmente foi que não havia nenhum lugar onde uma pessoa pudesse ter se escondido. Sir Peter estava sozinho na sala quando o armário caiu sobre ele.

Ela também se viu observando o antigo fecho de metal que havia quebrado a moldura da porta. Fechou a porta para verificar se o fecho realmente se alinhava com o dano na moldura. Ele se encaixava perfeitamente. A porta estava completamente trancada quando Tristram a arrombou — embora Judith tivesse ficado surpresa com a facilidade com que ela cedeu. A madeira parecia ter centenas de anos, as dobradiças estavam cobertas de ferrugem, e desde quando uma porta velha fechava tão suavemente? Ela olhou para as dobradiças e viu que estavam brilhando.

Alguém havia lubrificado as dobradiças recentemente.

Judith observou uma das dobradiças mais de perto. Havia um cheiro estranho, pensou ela. Algo que não estava certo. O que seria?

Suzie voltou.

— Você está investigando? — perguntou ela em um sussurro teatral tão sutil que soou como um trovão pela casa.

— Não sei — disse Judith.

— Becks e Colin levaram Jenny para o andar de cima, e eu mandei todo mundo para a frente da casa para esperar a polícia. O que aconteceu com a porta?

— São as dobradiças. Acho que foram lubrificadas. E tem um cheiro estranho — informou Judith.

Susie aproximou o nariz da dobradiça mais próxima e aspirou o ar.

— Você tem razão. Reconheço esse cheiro. O que é isso?

— Então, não é só comigo? — perguntou Judith.

— Não, acho que não — respondeu Suzie, passando o dedo pela dobradiça oleosa e depois lambendo-o. — Você está certa — confirmou. — É azeite de oliva.

— É isso! — exclamou Judith, compreendendo. — Era exatamente o que eu estava sentindo. Azeite. Quem usaria azeite de oliva para lubrificar as dobradiças de uma porta?

Capítulo 4

Todos na festa, desde a equipe de buffet até os convidados, estavam espalhados pela entrada da casa, esperando a polícia. As únicas pessoas que não estavam presentes eram Jenny, Becks e Colin. Eles permaneceram dentro da Mansão Branca, no andar de cima.

— Talvez passar azeite nas dobradiças das portas seja algo que pessoas sofisticadas fazem — disse Suzie a Judith. — WD-40 não é bom o suficiente para elas.

Judith sorriu, mas estava olhando para a multidão e tentando entender o que sentia sobre a morte de sir Peter. Ela podia ver Rosanna Bailey parada na extremidade do grupo, com alguns amigos consolando-a. Judith não pôde deixar de notar como era fácil identificá-la na multidão. Quase todos na festa haviam escolhido roupas de tons neutros, enquanto o casaco vermelho vibrante de Rosanna se destacava como um farol. Notar a mulher fez Judith pensar em Tristram, e tentou encontrá-lo na multidão, mas não conseguiu localizá-lo.

— Consegue ver Tristram em algum lugar? — perguntou a Suzie.

— Não — disse ela. — Aonde poderia ter ido? A propósito, você viu o jeito como ele olhou para Becks?

— Eu vi.

— Bem, você tem razão, ela está ótima hoje, não está? E o nosso sr. Tristram Bailey definitivamente notou isso quando veio falar com a gente.

— Talvez tenha sido aquele novo anel de safira que ela está usando. Imagino que tenha custado uma fortuna.

— Que anel de safira?

— Você não notou? Deveria dar uma olhada. É bem impressionante, lapidação baguete, incrustado em um lindo ouro antigo. Acho que foi o Colin quem comprou para ela.

— Você acha que ele comprou um anel chique desses para ela?

As mulheres trocaram um olhar, ambas sabendo o quão improvável aquilo parecia.

Duas viaturas e uma ambulância viraram na entrada, com as sirenes piscando, e pararam com o som do cascalho sendo esmagado perto da casa. Quando estacionaram, Becks saiu da casa e foi até os veículos.

Judith e Suzie viram uma mulher sair do carro da frente e se viraram uma para a outra, sorrindo.

— Bem, isso é uma surpresa — comentou Suzie.

— Como é gratificante — disse Judith. — Vamos?

— Sim. Acho que sim.

As duas mulheres caminharam em direção à viatura da polícia e alcançaram Becks quando ela chegou na investigadora Tanika Malik.

— Realmente precisamos parar de nos encontrar assim — disse Judith.

— O que vocês estão fazendo aqui? — perguntou Tanika, surpresa.

Tanika estava no início dos quarenta anos, tinha cabelos lisos e presos em um rabo de cavalo apertado e usava um terno cinza-carvão. Ela havia sido a inspetora-chefe interina dos assassinatos em Marlow no verão anterior e só conseguiu resolver o caso quando recrutou Judith e suas amigas para ajudá-la.

— É uma completa coincidência — explicou Becks, de forma desconfortável. — Mas, quando vi a polícia chegar, achei que deveria vir e contar que o homem que morreu, sir Peter Bailey, estava prestes a se casar com uma mulher chamada Jenny Page. Colin e eu a levamos para o quarto dela, no andar de cima. Ela não está bem. Se vocês precisarem falar com ela, é lá que ela está. Na verdade, eu devo voltar e ficar lá com ela, tudo bem?

— Você está cuidando da noiva de sir Peter? — perguntou Tanika.

— Estou.

— Obrigada, isso é muito gentil da sua parte. Pode avisá-la que iremos conversar com ela assim que a cena estiver isolada? Mas só quando ela estiver pronta.

— Aviso, sim — concordou Becks, voltando para a casa.

Tanika olhou para Judith e Suzie e viu a travessura nos olhos delas.

— É verdade que a presença de vocês aqui é uma coincidência? — perguntou Tanika.

— Engraçado você dizer isso — respondeu Judith. — Não é totalmente uma coincidência. Mas vou te contar tudo assim que vocês terminarem de analisar o corpo. Enquanto isso, acho que seria útil tratar essa morte como suspeita.

— Por que diz isso?

Antes que Judith pudesse responder, um Tristram de rosto pálido se aproximou e se juntou às mulheres.

— Você vai querer falar comigo — disse ele a Tanika. — Sou Tristram Bailey. Filho do meu pai. Quero dizer, filho de sir Peter. O homem que…

Tristram não conseguiu terminar a frase. Ele parecia completamente devastado.

— Venha — chamou Tanika, seu tom profissional permitindo que fosse, ao mesmo tempo, consoladora e prática. — Está frio aqui fora. Vamos entrar e você pode me contar o que aconteceu.

Tanika colocou a mão no cotovelo de Tristram e o conduziu em direção à casa.

Suzie e Judith perceberam que estavam um pouco sem ter o que fazer, e Tanika tinha razão ao dizer que estava frio. Desde que o sol se pôs, todo o calor do dia foi substituído por um frio gelado.

— Está um frio de rachar aqui fora — falou Suzie.

— Então sugiro que entremos — respondeu Judith, olhando para dois policiais que explicavam aos convidados como iriam coletar seus depoimentos.

— Não podemos interferir. A Tanika nos mataria.

— *Interferir*? — repetiu Judith, fingindo indignação. — Interferir é coisa de amadores. — Suzie riu. — Nós investigamos.

— Certo. Então, o que vamos investigar?

— A cozinha de sir Peter.

— Por quê? O que estamos procurando?

— Não é óbvio? Uma garrafa aberta de azeite.

—

Assim que entrou no escritório, Tanika observou por um momento o cômodo onde estava o corpo de sir Peter Bailey. Havia uma bagunça de papéis sobre uma velha escrivaninha, e um cinzeiro e um copo de vinho vazio ao lado de uma poltrona desbotada, que ficava ao lado de uma lareira de pedra cheia de cinzas. Atrás da escrivaninha havia algumas radiografias antigas de costelas humanas emolduradas. Ela se perguntou o porquê.

Houve um brilho repentino quando um dos policiais fotografou o corpo de sir Peter, e Tanika se aproximou para fazer uma inspeção visual. Agachando-se, ela viu que ele estava caído em meio a um monte de equipamentos científicos antigos e frascos de vidro quebrados, tubos de ensaio e potes. Havia um osciloscópio antigo, suportes de metal tortos e um bico de Bunsen; válvulas ligadas a peças de circuitos elétricos. No meio da bagunça, pequenos rótulos amarelados com tinta desbotada, com palavras como "Papéis de Tornassol", "Sulfato de Bário" e "Hidróxido de Alumínio" escritas neles. Também havia manchas de vários pós coloridos no carpete, onde o conteúdo dos vidros quebrados se derramara.

Tanika imaginou que o equipamento científico talvez estivesse relacionado às radiografias na parede atrás da escrivaninha.

Quanto ao corpo, Tanika viu que as mãos, o pescoço e a cabeça de sir Peter estavam cortados, onde o equipamento de vidro do laboratório se esmagara contra seu corpo quando o armário caiu sobre ele. Havia também sangue seco no rosto e em seus cabelos escuros. Houve trauma significativo por impacto. Não era surpresa, pensou, enquanto olhava para o armário de madeira. Ele tinha quase o dobro da sua altura, pelo menos quinze palmos de largura, e era feito de mogno escuro. Os entalhes ornamentais ao longo do topo — e os arranhões e marcas de décadas de uso — faziam-no parecer o tipo de móvel que você talvez encontrasse em uma igreja ou escola. Ela não ficaria surpresa se pesasse uma tonelada.

Considerando seu tamanho significativo, Tanika se viu refletindo como ele havia caído. O armário estava tão firmemente colocado no chão que era difícil imaginar como poderia ter tombado sob qualquer circunstância. Era uma pena que os convidados tivessem sentido a necessidade de levantá-lo, pensou. Era compreensível, é claro, mas isso significava que a cena já havia sido alterada antes mesmo de ela e sua equipe chegarem.

Tanika se aproximou para olhar pelas grandes janelas de vidro. Havia cortinas grossas de cada lado, que exalavam um cheiro de poeira e fumaça. Do lado de fora, abaixo da janela, podia ver um canteiro de arbustos na escuridão. Quanto às janelas em si, eram de metal, um pouco enferrujadas em alguns pontos, e as fechaduras e trincos haviam sido pintados várias vezes. Uma rápida inspeção mostrou a Tanika que nenhuma delas era aberta há anos.

Lembrou-se do que Judith lhe disse. Sabia que ela às vezes podia ser irritante, sempre excêntrica, mas não era de se deixar levar por fantasias quando se tratava de assassinato. Se Judith disse que a morte de sir Peter era suspeita, então valia a pena usar isso como uma hipótese inicial.

Ela se virou para o policial mais próximo.

— Pode tentar encontrar a chave da porta? Parece que alguém teve que arrombar para ter acesso ao corpo.

— Acho que já encontramos — disse ele, levantando um saco de evidências com uma chave de ferro antiga dentro. — Estava no bolso da calça do falecido.

— Foi o falecido quem trancou a porta?

— E, de acordo com todos os relatos, ele estava sozinho aqui quando o restante da festa arrombou a porta.

— Então, pode falar com a família? Ver se há outras cópias da chave desta sala?

— Claro.

Tanika olhou do corpo sem vida para o armário que o havia esmagado. O que diabos aconteceu aqui?

Capítulo 5

Beleza — disse Suzie, esfregando as mãos enquanto ela e Judith entravam na cozinha da casa. — Então estamos procurando uma garrafa de azeite?

— Exatamente. Uma que tenha sido usada recentemente — explicou Judith, começando a abrir os armários e a vasculhar. — Mas não toque nela se você a encontrar.

— Com certeza! — respondeu Suzie, apreciando a ideia. — Para o caso de ter impressões digitais.

Suzie foi até o peitoral da janela, onde havia um rádio Roberts antigo. Ligando-o, começou a girar o botão para sintonizá-lo.

— O que você está fazendo? — perguntou Judith.

— Aumentando o alcance da Marlow FM, um ouvinte por vez. — Quando o rádio começou a tocar uma música do Bucks Fizz, Suzie anunciou: — Ah, prontinho. — E então o desligou. — Isso vai fazer a família ouvir a rádio da próxima vez que o ligarem.

— Você sempre sintoniza a Marlow FM nos rádios alheios?

— Sempre que posso.

— Ah — disse Becks, entrando no cômodo. — O que vocês estão fazendo aqui?

— Procurando azeite de oliva — respondeu Suzie como se isso explicasse tudo.

— Tá — falou Becks, perplexa com suas amigas. — Estou só pegando um pouco de água para a Jenny.

Enquanto Becks pegava um copo na prateleira e o enchia com água, viu Judith e Suzie vasculhando os armários, mas se recusou a se envolver. Não importava o que elas estivessem fazendo, disse a si mesma, seu dever era com Jenny. Jenny era quem estava de luto. Jenny era quem precisava de apoio. E Becks continuou se convencendo de que, definitivamente, não perguntaria às amigas o que estavam fazendo ao sair da cozinha com o copo de água.

— Certo, vocês têm que me contar — disse Becks, parando na porta. — Por que estão procurando azeite?

Judith explicou como as dobradiças da porta do escritório haviam sido lubrificadas com azeite.

Becks entendeu o significado imediatamente.

— Isso é estranho, não é? — perguntou. — Você deveria contar para a polícia.

— Não acho que eles se importariam. Pelo menos, não ainda. Mas eu tenho uma teoria...

— Caramba — disse Suzie, ao abrir uma porta e ver prateleiras do chão ao teto cheias de latas de comida, massas, vinhos e coisas do tipo. — Isso é como aquela cena no final de *Contatos Imediatos do Terceiro Grau* — comentou antes de entrar na dispensa com os olhos arregalados de espanto.

— Como a Jenny está? — perguntou Judith.

— Bem abalada — respondeu Becks. — Não está sendo muito coerente.

— Não acho que isso seja surpreendente, depois do que passou. O que ela acha que aconteceu?

— Por que você está perguntando? — questionou Becks.

— Não tenho certeza de que a morte dele foi totalmente acidental.

— Você acha que alguém fez isso com ele?

— Você viu o tamanho daquele armário? Não tem como ter caído sozinho. E por que sir Peter simplesmente não saiu do caminho quando ele começou a desabar?

— Entendo o que quer dizer. Mas o que isso tem a ver com a Jenny?

— Ela estava na casa na hora. Diferente de quase todo o resto.

— Você acha que ela empurrou o armário sobre ele?

— É uma possibilidade.

— Mas todos nós a vimos sair para a varanda de cima ao mesmo tempo em que ouvimos o estrondo.

— Eu sei que foi assim que pareceu, mas quanto tempo depois que o armário caiu ela apareceu?

— Quase instantaneamente.

— Talvez tenha sido tempo suficiente.

— Espere um pouco. Você acha que ela empurrou o armário sobre o marido dela no escritório lá embaixo, subiu as escadas e apareceu na varanda um segundo depois?

— Não, não parece muito provável, não é? Não quando vemos por esse ângulo.

— E por que a Jenny ia querer matar sir Peter na véspera do casamento?

— É uma excelente pergunta — admitiu Judith.

— Meu Deus — falou Suzie ao voltar da despensa. — Lá dentro é como Nárnia. Mas, infelizmente, sem azeite.

— Eu também não encontrei nenhum. E, pelo que posso ver, já checamos praticamente todos os armários.

— Mas isso é impossível — disse Becks. — Não há como uma família como essa não ter azeite.

— Bem, aí que você se engana — falou Suzie. — Nós verificamos e eles não têm.

— Neste caso, isso só significa que estão procurando no lugar errado.

— Como aqui pode ser o lugar errado? É a cozinha!

— Aposto que você consegue descobrir onde está — disse Judith de forma astuta para Becks.

— Boa ideia! — exclamou Suzie, imediatamente percebendo a estratégia da amiga. — Se alguém é capaz de encontrar o azeite nesta casa, esse alguém é você. É a pessoa mais classe média que eu conheço.

— Obrigada — disse Becks, sem perceber que as palavras de Suzie não eram totalmente elogiosas. — Mas eu realmente não tenho tempo. Preciso levar essa água para a Jenny.

— Tenho certeza de que isso não vai te tomar nem um minuto — acrescentou Judith.

— Você conhece essas pessoas — argumentou Suzie com uma sinceridade forçada que Becks não percebeu. — Você *é* como essas pessoas.

Becks ficou tocada pelo apoio das amigas.

— Isso é basicamente a coisa mais gentil que vocês já disseram para mim. Então, vejamos.

Becks tirou um momento para se concentrar, como um sensei de artes marciais. Então, olhou para o fogão de indução e passou a palma da mão sobre as quatro áreas de cozimento — e a quinta estação de trabalho. Isso não resultou em nada; ela se virou lentamente no lugar, mais uma vez aparentemente sem inspiração, e então surpreendeu suas amigas ao se agachar, colocando sua linha de visão na altura do balcão da cozinha. Judith e Suzie viram uma expressão de confusão cruzar o rosto dela enquanto olhava para a bancada branca antes de se erguer depressa, caminhar até a pia e olhar para a perfeição de seu aço inoxidável brilhante. Em seguida, ela colocou o dedo indicador no ralo e pressionou para baixo. Quando levantou o dedo, olhou o que agora estava na ponta dele e sorriu.

— Vocês estão certas — disse ela.

— Espera, o quê? — perguntou Suzie, maravilhada. — Você sabe onde eles guardam o azeite?

— Sei.

— Como? Você não abriu nenhum armário!

Becks atravessou a cozinha até a parede oposta e indicou uma pequena lata de alumínio com um bico de um lado e um êmbolo do outro. Parecia um borrifador antigo para flores, e essa impressão foi ainda mais reforçada pelo fato de estar em uma prateleira ao lado de um vaso de vidro antigo com alguns girassóis.

— O azeite deles está nessa lata — disse, estendendo a mão para pegá-la.

— Não toque! — disse Judith, movendo-se rapidamente para se juntar à amiga. — Precisamos verificar por impressões digitais.

— Mas como você sabe? — perguntou Suzie. — Já que não tem etiqueta e não podemos ver o que está dentro.

— Ah, não se preocupe, contém azeite — garantiu Becks.

— Mas parece um regador para aquelas flores.

— As flores estão secas; não precisam de água.

— Mas como conseguiu perceber isso do outro lado da sala?

— Eu não percebi — admitiu Becks. — Pelo menos não de imediato. Mas reparei nas bancadas de Corian da cozinha.

— Como assim? — perguntou Suzie.

— A família tem bancadas de Corian. É um material incrível, na verdade. Eles fazem em seções diferentes, e os instaladores derretem e lixam as junções, é uma maravilha de se ver, e muito mais barato que o mármore.

Mas o ponto é — continuou Becks, percebendo que seu público não estava tão interessado nos prós e contras das superfícies de bancada de cozinha como ela estava —, elas têm um ponto negativo. Você precisa usar uma tábua de corte. Se cortar as coisas diretamente em uma superfície de Corian, pode acabar deixando os cortes mais sutis de faca. E quando olhei para o balcão um momento atrás, vi marcas de faca na superfície, que estão tingidas de verde.

Becks voltou para a ilha de armários que continha o fogão e indicou a bancada ao lado. Suzie percebeu que, se olhasse de perto o suficiente, conseguiria distinguir entalhes bem sutis, onde uma faca havia cortado a superfície. E, sim, agora que estava olhando, aquelas marcas superficiais estavam ligeiramente tingidas de verde-claro. Talvez. Era difícil de dizer.

— Você viu essas marcas? — perguntou Suzie.

— Foi quase a primeira coisa que vi quando entrei aqui.

— Mas como é que marcas em uma bancada provam que uma lata metálica do outro lado da sala contém azeite?

— Bem, essa parte é fácil — disse Becks, indo até a pia e indicando o escorredor onde havia um ralador de queijo microplane perto de um pote de vidro brilhante com lâminas de metal separadas ao lado. — O acessório para moer no processador de alimentos foi recentemente lavado, assim como esse ralador, que você só usaria para os queijos mais duros, como parmesão. Então eu pensei, o que você cortaria primeiro com uma faca que fosse verde e depois trituraria no moedor de nozes de um processador de alimentos com um pouco de parmesão ralado? A resposta é óbvia, claro.

As outras duas mulheres se entreolharam, sem ideia da resposta.

— Folhas de manjericão — falou Becks. — Para o pesto fresco.

— Claro! — concordou Judith, sem conseguir esconder a risada na voz. — Pesto fresco. Esse também foi meu primeiro pensamento.

— E quando encontrei um único pinhão no escorredor da pia, eu soube que estava certa; o que significava que tinha que haver azeite em algum lugar por aqui, já que você o usa para fazer pesto. E não estaria em um lugar óbvio. Vocês já verificaram os lugares mais prováveis. Então, procurei pelo processador de alimentos e vi que estava do outro lado da sala. E na prateleira pequena acima dele estavam aquelas flores, mas também havia uma lata metálica. O que me sugeriu que, enquanto o manjericão era picado e o queijo ralado deste lado da sala, o pesto foi feito onde a máquina estava. A lata metálica deve conter o azeite. É apenas um processo de dedução.

Judith e Suzie olharam para Becks com admiração.

— Tem que haver uma forma de monetizar essa habilidade — disse Suzie.

Judith pegou um par de luvas amarelas que estavam penduradas nas torneiras da pia e as colocou. Ela então fuçou em uma gaveta até encontrar uma espátula de peixe e, pegando uma velha toalha da mesa de jantar, que tinha uma imagem do Castelo de Windsor, se aproximou da lata metálica.

— O que você está fazendo? — perguntou Becks.

— Me certificando de que não vamos interferir em uma possível cena do crime.

Judith segurou a toalha de mesa em direção à prateleira, deslizou a espátula de peixe sob a lata metálica e a arrastou até a toalha.

— Que cena do crime?

— Ah, isso é simples — disse Judith. — Eu acho que as impressões digitais de quem estiver nesta lata de azeite podem muito bem ser da pessoa que assassinou sir Peter Bailey.

Capítulo 6

Tanika estava saindo do escritório de sir Peter quando viu Judith se aproximando com Suzie e Becks. Para Tanika, pareceu que Judith estava usando luvas amarelas de borracha e segurando uma latinha de metal sobre um jogo americano. Quando se aproximaram, ela percebeu que a realidade era exatamente o que parecia.

Sabendo que Judith mais uma vez havia se envolvido em um de seus casos, ela sentiu um cansaço antecipado — não que achasse que Judith não tinha alguma coisa a oferecer. Se havia aprendido algo no ano anterior era que Judith e suas amigas eram excelentes detetives, mesmo que às vezes fossem caóticas e pouco confiáveis. O problema era mais o fato de que ela já havia passado o dia inteiro trabalhando, sabia que tinha perdido a hora de colocar sua filha para dormir horas atrás e, sem dúvida, estaria no escritório amanhã antes mesmo de Shanti e seu marido, Shamil, terem acordado.

Tanika se recompôs. Ela podia estar exausta, mas um homem havia morrido quando esperava se casar no dia seguinte. Ele merecia sua total dedicação, e era isso o que iria oferecer.

— Judith — disse Tanika. — Você encontrou uma lata de metal.

— Encontrei! — concordou Judith. — Ou melhor, Becks encontrou.

— E agora você está trazendo isso para mim em um jogo americano. Um jogo americano que, agora percebo, é do Castelo de Windsor.

— Era o Castelo de Windsor ou Castelo de Balmoral. Achei que você iria apreciar um toque mais britânico.

— E as luvas de borracha?

— Apenas protegendo a cena do crime.

— Talvez você queira me contar o que fez.

Depois que Judith explicou por que achava que a lata de azeite precisava ser analisada para checar as impressões digitais, Tanika decidiu que era hora de impor limites.

— Vocês não podem sair bisbilhotando. Vocês são testemunhas.

— Se não fosse por nossa bisbilhotice — começou Judith —, você nem saberia sobre a lata de azeite.

— Será que realmente precisamos saber sobre a lata de azeite?

— Acho que sim. Porque quem quer que tenha deixado suas impressões digitais nesta lata pode muito bem ser a pessoa que matou sir Peter Bailey.

Só para não ter que continuar olhando para Judith com suas luvas amarelas por mais um segundo, Tanika chamou um policial e pediu que ele levasse a lata de azeite para coletar impressões digitais. Ele carregou os itens com uma expressão no rosto que sugeria ter acabado de perceber que havia atingido o ponto mais baixo de sua carreira.

Enquanto Judith tirava as luvas, Tanika perguntou:

— Certo, então, vamos lá. Por que acha que sir Peter foi assassinado?

— Por várias razões. Primeiro, o timing. Quem morre de causas naturais na véspera do casamento?

— Pode acontecer — disse Tanika, embora seu tom de voz reconhecesse que era um pouco forçado.

— Por causa de um armário que, coincidentemente, caiu após uma discussão?

— Certo, nesse ponto, eu concordo — disse Tanika. Seus policiais tinham começado a colher depoimentos dos convidados e do staff, e ela logo soube que sir Peter havia discutido com seu filho, Tristram, pouco antes de morrer. — Realmente parece estranho que o armário tenha caído nesse momento exato. Mas, ainda assim, não é impossível.

— Mas aqui está a prova definitiva — disse Judith triunfante. — Sir Peter me avisou que seria assassinado hoje!

— O quê? — perguntou Becks, boquiaberta.

— Praticamente disse que seria assassinado — corrigiu Judith, um pouco mais fiel à verdade.

— Espera aí — falou Tanika. — Eu não entendi. Ele disse isso ou não?

— A questão é que não conheço sir Peter nem ninguém da família dele, mas esta manhã ele ligou para minha casa e se apresentou, perguntando se eu iria à festa à tarde. O que foi, para dizer o mínimo, surpreendente. Mas ele insistiu. Disse que queria celebrar todas as autoridades da cidade, e isso significava me convidar. Não comentei que, se ele realmente quisesse que eu fosse, poderia ter me convidado antes. E eu estava sem saber por que ele pensava que eu era uma autoridade local. Tudo o que eu fiz, tudo o que *nós* fizemos — Judith se virou para incluir Suzie e Becks —, foi ajudar você no ano passado com aqueles assassinatos terríveis. Então, fiz uma piada com sir Peter, dizendo que esperava que ninguém fosse morto… e então aconteceu a coisa mais estranha. Ele ficou todo nervoso. E disse: "Ninguém teme por sua vida em Marlow." E quase desligou na minha cara. Foi por isso que chamei Becks e Suzie. Foi uma frase tão estranha. "Ninguém teme por sua vida em Marlow." Quem diria uma coisa dessas?

— Você acredita que ele achava que alguém iria matá-lo?

— Acho que ele acreditava que *alguém* estava temendo pela vida, e estava preocupado que algo ruim acontecesse na festa dele. Por isso, no último minuto, decidiu que queria que eu estivesse aqui, como uma testemunha confiável. Ou alguém que talvez pudesse impedir o assassino. Não que eu tenha conseguido.

— Mas, espera um minuto — disse Tanika. — Só porque ele achava que a vida de alguém estava em perigo, não significa que ele foi morto.

— De novo, não! — exclamou Judith, levantando as mãos para o ar.

— O quê? — disse Tanika, surpresa pela veemência de Judith.

— O coitado do Stefan Dunwoody no ano passado! Você disse que ele não poderia ter sido assassinado, e estava completamente errada naquela situação, não estava?

— Bem, isso foi realmente um golpe baixo. Eu estava feliz em concordar que foi um assassinato depois que estabelecemos os fatos do que aconteceu. Eu não queria tirar conclusões precipitadas, só isso. E tem um problema, se você desconfia que sir Peter foi assassinado, me diga: como acha que aconteceu?

As mulheres se entreolharam, surpresas com a pergunta.

— Isso é algum tipo de armadilha? — indagou Suzie.

— Não.

— Tudo bem, então deixa eu responder — ela disse antes de se voltar para Tanika. — Alguém empurrou um armário enorme sobre ele.

— Desculpe, eu devia ter dito; concordo que, se ele foi assassinado, e isso é um grande "se" neste momento, alguém empurrou aquele armário sobre ele. Mas, me diga, como o corpo dele foi encontrado?

— Tristram arrombou a porta do escritório — contou Judith, já percebendo para onde Tanika estava indo com seu raciocínio.

— Você estava com ele?

— Nós três, e mais uma meia dúzia de convidados.

— Então por que precisaram arrombar a porta?

— Porque estava trancada. E eu verifiquei a fechadura pessoalmente. A tranca definitivamente quebrou a moldura da porta.

— Foi o que me pareceu — concordou Tanika. — E as janelas não são abertas há anos. Então, me contem, o que aconteceu quando vocês entraram na sala?

— Eu vou responder essa — disse Suzie, feliz por mais uma vez saber a resposta. — Nós encontramos sir Peter embaixo do armário. Com as pernas para fora, como a Bruxa Má do Leste.

— Suzie! — exclamou Becks, horrorizada. — Você não pode dizer isso!

— Ah, vamos lá, você não pode fingir que não pensou nisso também. O pobre homem foi esmagado sob aquele armário enorme, e tudo o que vimos de fora foram suas calças cor de salmão e os sapatos marrons.

— Eu realmente não pensei nisso — negou Becks, ainda em choque. — Judith, e você?

— Eu tenho que admitir — disse Judith —, a ideia passou pela minha cabeça.

— Olha — disse Tanika, tentando colocar a conversa de volta nos trilhos —, o ponto é, quando vocês arrombaram a porta, quem mais além de sir Peter estava lá dentro?

— Essa é a pergunta mais fácil até agora — disse Suzie. — Ninguém.

— Tem certeza?

— Suzie está certa — concordou Judith. — Não havia mais ninguém lá dentro. E não havia nenhum lugar onde poderia estar escondido também. Eu verifiquei.

— Então, o que estamos dizendo — disse Tanika, resumindo a situação para todos — é que o corpo de sir Peter foi encontrado em uma sala que não tinha mais ninguém, apenas uma porta de entrada e saída, e estava trancada com uma chave que foi encontrada nos bolsos de sir Peter.

— Então deve haver uma segunda chave — falou Judith.

— Um dos meus oficiais conversou com Rosanna Bailey, filha de sir Peter. Ela disse que a única chave do escritório é uma coisa antiga de ferro, e nunca fizeram uma cópia. Então, já que a sala só continha sir Peter quando vocês arrombaram a porta, como o assassino conseguiu empurrar aquele armário enorme sobre ele e sair do escritório trancado, depois de matá-lo, mas antes de todos vocês chegarem?

A pergunta deixou as três amigas perplexas, e Suzie e Becks se viraram para Judith, esperando sua resposta.

— Sim, bem, vai parecer improvável se você colocar dessa maneira, — admitiu ela, tentando retomar sua posição na conversa. — Mas, se a única conclusão lógica é que sir Peter foi assassinado, então como o assassino saiu da sala é apenas um mistério que precisa ser resolvido, assim como o mistério de quem o matou e por que ele teve que morrer.

— São mistérios demais, na minha opinião.

— Aquele armário não caiu sozinho. Alguém o empurrou sobre sir Peter. Alguém, eu admito, que devia ser realmente muito forte.

— Olha — disse Tanika, levantando as mãos para interromper a conversa. — Eu aprecio a ajuda de vocês, e tudo o que fizeram por mim no ano passado, mas eu não deveria ter que lembrar que vocês não são, de fato, policiais. Não é trabalho de vocês resolver este crime. Se é que houve mesmo um crime.

— Chefe — chamou um oficial, aproximando-se. Judith e suas amigas puderam ver que era o mesmo homem que havia levado a latinha de metal para análise. — Eu examinei a lata de óleo — informou, com um olhar sombrio, como alguém que acabara de perceber que seu ponto mais baixo na carreira estava começando a parecer um auge.

— E? — perguntou Tanika, quando o homem não continuou.

— Foi algum tipo de teste?

— O que você encontrou?

— Não encontrei nada.

— Como assim?

— Não há impressões digitais na lata.

— Mas deve haver — disse Becks, incrédula. — Ela foi usada para fazer pesto de manjericão. E recentemente. Hoje, eu imagino.

— Bem, pode ser — disse o oficial. — Mas alguém limpou as impressões daquela lata desde então.

— Quem faria isso? — perguntou Becks.

— Alguém que não queria que ninguém soubesse que usou a lata para lubrificar as dobradiças da porta no cômodo do assassinato — falou Judith.

— Não podemos ter certeza de que é um cômodo de assassinato! — exclamou Tanika.

— É exatamente como você falou — disse Suzie para Judith, ignorando Tanika. — Descubra quem usou a lata de azeite e nós encontramos o assassino.

— Obrigada, Suzie — agradeceu Judith enquanto mexia em sua bolsa e tirava uma lata metálica e redonda. Ela abriu a tampa, demorou para escolher uma balinha entre as opções na lata e a colocou na boca. — Neste caso, acho que temos um assassino para pegar — disse, antes de morder a bala com um estalo satisfatório.

Capítulo 7

A policial desceu pelo corredor e disse a Tanika que tinha reunido a família da vítima na sala de estar. Eles estavam prontos para falar com ela.

— Embora — acrescentou a policial — a noiva do falecido ainda esteja lá em cima. Ela está com o vigário e disse que está muito abalada para falar por enquanto.

— Ah, Deus! Jenny! — exclamou Becks, olhando para o copo de água que ainda segurava. — A pobre mulher já passou por coisa demais hoje para ainda ter que ficar presa na mesma sala que o Colin.

Enquanto Becks se apressava para sair, Tanika se virou para Judith.

— Olha — ela disse —, admito que é possível que você esteja certa. Vamos supor que, de alguma forma, isso tenha sido um assassinato. Você não entende que, se for verdade, é ainda mais importante que você deixe isso de lado.

— Claro — concordou Judith, com a maior inocência. — É exatamente o que faremos.

— Não acredito em você.

— Por que diria isso?

— Porque você nunca deixou nada de lado. Não é da sua natureza.

— Mas eu dou minha palavra. Eu juro.

— Promete?

— Prometo.

— Certo, eu agradeço. Se puder se juntar às outras testemunhas lá fora, um dos meus oficiais irá recolher seus depoimentos formais. Obrigada.

Tanika seguiu em direção ao corredor principal, satisfeita por finalmente ter resolvido a situação com Judith e suas amigas.

Percebeu que Judith acompanhava seu ritmo ao lado.

— O que você está fazendo? — perguntou Tanika.

— Acompanhando você.

— Para onde?

— Para o depoimento.

Tanika parou abruptamente.

— O que você está dizendo? Você disse que iria lá fora falar com um dos meus oficiais.

— Não, eu não disse. Foi isso que *você* disse. Eu prometi que não iria interferir.

— Não acha que vir comigo ouvir ao depoimento da família é interferir?

— Infelizmente, eu não tenho escolha — disse Judith, com um tom de pesar que tanto ela quanto Tanika sabiam ser falso. — Sir Peter me ligou esta manhã. Sou uma das últimas pessoas com quem ele falou. Você poderia até dizer que sou uma testemunha-chave. É possível que eu tenha algum insight especial. Ou talvez algo que a família diga me lembre de algo que ele me disse. Nós simplesmente não sabemos neste estágio, não é? Mas tenho certeza de que podemos concordar que é absolutamente crucial que eu esteja lá.

Tanika precisou admitir que o que Judith estava dizendo tinha uma certa lógica. Sir Peter queria que Judith estivesse presente naquele dia caso algo ruim acontecesse. Agora que algo definitivamente "ruim" havia acontecido, fazia sentido que ela estivesse presente como uma testemunha-chave ao falar com a família.

— Está bem — concordou. — Mas você tem que me prometer que não vai fazer nenhuma pergunta.

— Por que eu faria isso?

— Porque você *sempre* faz perguntas. Não consegue se conter.

— Bem, que tal isso? Eu realmente vou me esforçar. Mas pode esperar aqui um momento? — acrescentou Judith e, em seguida, voltou pelo corredor até onde Suzie ainda estava parada.

Judith ficou na ponta dos pés para sussurrar no ouvido de Suzie:

— Faça uma busca. Veja o que consegue descobrir.

Suzie piscou de forma teatral — mensagem recebida.

Judith voltou para Tanika com um sorriso angelical e a policial conduziu o caminho pela casa até uma sala de estar. O cômodo tinha papel de parede de seda amarelo-gema, pinturas a óleo com pequenas luminárias de bronze sobre elas, uma imponente lareira de madeira pintada de branco e janelas de guilhotina que iam do chão ao teto, com vista para o jardim e o rio Tâmisa. Era, talvez, uma das salas mais elegantes que Judith havia visto.

Tristram e Rosanna levantaram os olhos de onde estavam sentados e Judith pôde ver que os olhos de Tristram estavam avermelhados de lágrimas. Já Rosanna encarava Judith com um desprezo gélido.

— O que você está fazendo aqui? — perguntou ela.

— Sou Judith Potts. Seu pai me ligou esta manhã. Ele parecia muito preocupado com o que aconteceria esta tarde.

— Isso os surpreende? — perguntou Tanika. O irmão e a irmã pareceram desconcertados.

— Estava preocupado com o casamento, suponho — sugeriu Rosanna. — Quem não estaria? Havia mil coisas para organizar.

— Não — comentou Judith. — Não tinha a ver com o casamento. Era outra coisa, eu acho. Quando mencionei a palavra "assassinato", ele se sobressaltou. Sim, essa é a palavra. Ele se sobressaltou.

— O quê? — questionou Tristram, como se só agora estivesse notando a presença de Judith na sala. — Desculpe, o que disse que estava fazendo aqui?

— Seu pai me pediu para comparecer.

— Obrigada, Judith — disse Tanika, querendo assumir o controle da conversa. — Algum de vocês pode me contar o que aconteceu esta tarde?

Tristram olhou para o chão, então foi Rosanna quem contou a história da festa e de como haviam encontrado o pai no escritório. Enquanto ela falava, Judith notou um fio preto na manga direita do casaco dela. Ao olhar para a manga esquerda, viu um botão dourado em forma de nó de marinheiro. Judith se perguntou como alguém tão impecavelmente arrumado não havia percebido que estava sem o botão dourado na manga direita do casaco.

— Obrigada — agradeceu Tanika quando Rosanna terminou. — Mas se me permite perguntar, Tristram, os convidados disseram aos meus policiais que houve uma discussão entre sir Peter e você pouco antes de ele entrar, certo?

Tristram levantou o olhar, toda a pretensão de esconder sua culpa já havia desaparecido.

— Nunca vou me perdoar — disse ele.

— O que aconteceu?

— Achei que seria engraçado. Mas eu também estava muito magoado. Queria causar uma cena. Tirar ele da sua complacência.

— Complacência?

— Ele escolheu Jenny em vez de mim — falou, com um tom de desespero na voz.

— Sim, posso perguntar sobre isso? — indagou Tanika. — Seu pai estava se casando novamente?

— Depois de muitos anos solteiro — disse Rosanna.

— O que aconteceu com sua mãe?

— Meus pais se divorciaram quando éramos pequenos.

— Quantos anos vocês tinham?

— Eu tinha oito, e Tristram, seis.

— Deve ter sido difícil.

— Eu não me lembro muito bem. Meu pai foi solteiro desde que me entendo por gente.

— Então, como ele conheceu Jenny Page, sua noiva?

Rosanna trocou um olhar com Tristram. Ficou evidente que nenhum dos dois queria responder.

— É bem simples — disse Rosanna, decidindo resolver o assunto o mais rápido possível. — Ela é enfermeira. E papai teve um grande susto com a saúde há alguns anos, com todo aquele vinho tinto e comida gordurosa. Enfim, ele foi diagnosticado com diabetes tipo dois, então contratou uma agência para enviar uma enfermeira residente… que acabou sendo Jenny. Uma coisa levou à outra, eles começaram a namorar, e aqui estamos, na véspera do casamento deles.

— Obrigada. Isso foi bem direto. Uma pergunta, Tristram, o que você quis dizer quando falou que seu pai era complacente?

— Que diferença faz? — rebateu Tristram, de repente agitado. — Ele está morto, não está? Qualquer que tenha sido meu relacionamento com ele, acabou, foi assim que terminou, e eu vou ter que viver comigo mesmo pelo resto da vida sabendo que causei sua morte!

— Essa é uma declaração bastante séria — disse Tanika.

— Mas se eu não tivesse aparecido e provocado ele, Jenny não teria ficado chateada, teria? E papai não iria atrás dela para dentro de casa e... bem, eu não sei o que aconteceu, mas ele não teria derrubado aquele armário sobre si mesmo, ou o que quer que tenha acontecido. É tudo culpa minha!

— Não é sua culpa — disse Rosanna de forma indiferente. — Não é culpa de ninguém. Foi apenas um acidente horrível.

— Posso perguntar — falou Tanika — sobre o que foi a discussão?

— Jenny tinha proibido Tristram de comparecer ao casamento — respondeu Rosanna.

— Por quê?

— Porque meu irmão é burro o suficiente para dizer em voz alta o que deveria guardar para si — disse Rosanna.

— E o que seria isso? — perguntou Tanika, dirigindo-se a Tristram. Mais uma vez, ele não respondeu.

— Uma enfermeira que surgiu do nada... uma órfã, na verdade... entra nesta casa — começou Rosanna — e em menos de um ano arranja um baronete, uma casa de campo e uma pequena fortuna. Ela não perdeu tempo.

— Você acha que Jenny estava interessada apenas no dinheiro do seu pai?

— E no título. Não se esqueça disso. Ela estava prestes a se tornar lady Bailey.

— Embora agora ela não vá mais, certo? — disse Judith, refletindo sobre a lógica da situação. — Não com seu pai estando morto na véspera do casamento.

— Não — disse Rosanna, percebendo a verdade no que Judith estava dizendo. — Suponho que não.

— Então, quem herdará o título? — perguntou Tanika. — Será você, Rosanna? Como filha mais velha?

Rosanna se virou para o irmão.

— Acho que você deveria responder a essa pergunta — disse ela.

Tristram parecia um pouco envergonhado ao explicar:

— O título de baronete é transmitido pela linhagem masculina.

— O que isso significa? — perguntou Tanika.

— Eu herdarei o título de meu pai.

— E todo o dinheiro — acrescentou Rosanna. — Todo o patrimônio.

— Mas você não é o filho mais velho — comentou Tanika, confusa.

— Não sou eu quem faço as regras — disse Tristram.

— Você também não precisa aceitá-las — rebateu Rosanna, mordaz. Judith teve a clara impressão de que os irmãos não se davam bem.

— Quando sua família recebeu o baronato?

— No final da Guerra Civil — respondeu Tristram.

— Mesmo? — falou Judith. — Isso não parece muito provável.

— Por que isso seria um problema? — perguntou Tanika.

— Bem, Cromwell venceu a Guerra Civil e cortou a cabeça do rei. Ele definitivamente não era a favor de títulos hereditários.

— Não, você está certa — concordou Rosanna. — Nossa família lutou por Cromwell durante a guerra, mas quando a república desmoronou, mudamos de lado e nos juntamos à campanha para restaurar a monarquia. Quando isso deu certo, Carlos II concedeu o baronato à família, em 1660. Veja, os Bailey sempre se adaptam ao vento. É uma das nossas características mais constantes através das gerações… nossa inconstância. Não nos preocupamos com algo tão comum como princípios. Mudaremos de posição seis vezes antes do almoço, se isso facilitar a vida. Exceto quando se trata de herança, é claro.

— Chega de perguntas, Judith — disse Tanika.

— Claro — falou Judith, juntando as mãos. — Terminei. Continuem.

— Obrigada.

— Aliás, algum de vocês sabe quem preparou o pesto na cozinha?

Tristram pareceu confuso com a pergunta enquanto se virava para a irmã.

— Rosanna, foi você?

— Claro que fui eu — disse Rosanna, sem entender por que a pergunta era tão importante. — Fiz macarrão para o almoço. Você sabe, muitos carboidratos para dar energia. E para absorver o álcool. Com a festa esta tarde.

Sabendo que Rosanna fizera o pesto, Judith se lembrou de que não a tinha visto na festa em nenhum momento antes de o armário cair. Ela também havia chegado depois de todos os outros à porta do escritório.

— Onde você estava quando o armário caiu? — interrogou Judith.

— Como assim?

— É que eu não a vi lá fora, no jardim, com os outros convidados antes disso.

Judith percebeu que Rosanna ficou momentaneamente desconcertada com a pergunta, mas logo se recompôs.

— Ah, eu estava lá — respondeu.

— Então tenho certeza de que poderá me dizer quem saiu para a varanda do andar de cima? — perguntou Judith.

— Desculpe?

— É uma pergunta simples. Se você estava lá fora, no jardim, com o resto de nós, quem saiu para a varanda do andar de cima quando o estrondo aconteceu?

— Isso é fácil — respondeu Rosanna, olhando diretamente para Judith. — Foi a Jenny, não foi? Era ela na varanda de cima.

— Você está certa, era ela — disse Judith gentilmente. — Obrigada.

Houve uma batida à porta e a policial uniformizada que havia levado Judith e Tanika até a sala de estar enfiou a cabeça pela fresta da porta.

— Chefe — disse a mulher. — O advogado de sir Peter chegou. Diz que precisa falar com você e que é urgente.

— Então, mande-o entrar — falou Tanika.

— Obrigado — agradeceu uma voz amigável além da porta, que se abriu, revelando um homem corpulento na casa dos cinquenta anos. Ele entrou na sala, com bochechas coradas e um queixo um tanto fraco, pensou Judith. Tudo nele, desde o casaco Barbour surrado até as calças de veludo cotelê, exalava o ar de um senhor do campo.

— Andrew Husselbee — disse o homem a Tanika. — Sou o advogado de sir Peter, acabei de ouvir as trágicas notícias e quis vir o mais rápido que pude.

— Por quê? — perguntou Tanika.

Andrew deu uma olhada breve em Tristram e Rosanna, desconfortável de falar na frente deles, mas tomou coragem.

— Sir Peter escreveu um novo testamento no mês passado e acho que precisamos dar uma olhada nele com urgência.

Capítulo 8

Rosanna se levantou de seu assento.

— Ele fez isso? — perguntou, surpresa. — Ele finalmente escreveu um novo testamento?

— Sim — respondeu Andrew.

Judith podia imaginar muito bem o porquê de Rosanna estar tão interessada. Afinal, se o testamento anterior deixava tudo para Tristram, então quaisquer mudanças sugeriam que sir Peter havia ampliado a lista de beneficiários ou a mudado completamente, talvez para incluir Rosanna, sua primogênita. Judith percebeu que a testa de Tristram estava franzida. Sim, o mesmo pensamento também lhe ocorria. Que interessante.

— Desculpe — disse Andrew —, mas provavelmente é melhor eu não dizer mais nada até termos o testamento em mãos e podermos lê-lo nós mesmos.

— Espere um pouco — interrompeu Judith. — Você está realmente dizendo que sir Peter escreveu um novo testamento no mês passado e, agora, algumas semanas depois, ele morreu?

— Eu sei — falou Andrew, com um tom de desculpas. — O momento é muito infeliz. É por isso que acho que devemos pegá-lo. Está no cofre de sir Peter, no quarto dele.

— Agora? — disse Tristram, mas era notório que ele estava tentando ganhar tempo. — Jenny está lá. Não podemos interrompê-la.

Judith trocou um olhar com Tanika, ambas pensando a mesma coisa. Rosanna havia acabado de revelar que ela e seu irmão achavam que Jenny Page era uma aproveitadora, e agora ele estava subitamente preocupado com o bem-estar dela?

— Mesmo assim — disse Andrew, virando-se para Tanika em busca de sua decisão.

— Acho que quero ver esse testamento — falou. — Sr. Husselbee, por que você não me leva até o cofre?

Tanika saiu da sala com o advogado. No entanto, ao atravessar o hall em direção à escadaria principal, ela mais uma vez encontrou Judith ao seu lado.

— O que você está fazendo agora? — perguntou Tanika.

— Você pode precisar de mim para arrombar o cofre.

— *O quê?*

— Se não conseguirem abrir o cofre, já que sir Peter não está mais aqui para nos dizer o código, pode ser que precisem de mim para arrombá-lo. Sou praticamente uma criptóloga.

— Judith, o que raios é uma criptóloga?

— Um excelente sinônimo para usar nas palavras cruzadas, é o que é. Significa alguém que consegue decifrar mensagens cifradas, ou seja, códigos. Ótimo para arrombar cofres.

Tanika decidiu que já atingira sua cota de Judith por uma noite.

— Pode, por favor, ficar aqui?

— Claro — concordou Judith.

Assim que Tanika subiu as escadas com Andrew, Judith se viu sozinha, o que lhe caiu muito bem. Havia muito em que pensar.

Ela se aproximou de uma pintura a óleo que estava pendurada em um canto do corredor. O quadro retratava sir Peter e uma mulher em um sofá Chesterfield, com uma menina que parecia ter cerca de quatro anos e um menino de uns dois. O sorriso de sir Peter o fazia parecer naturalmente no controle, com um braço ao redor de sua filha Rosanna, ao lado dele, e o outro envolvendo a esposa — que mantinha os dois braços ao redor do pequeno Tristram, sentado em seu colo. Judith analisou a composição, com o pai tentando abarcar toda a família e a atenção da mãe completamente focada no filho. Seus olhos foram atraídos para a primeira lady Bailey. Ela tinha cabelos loiros e longos, uma tez suave e um ar de vitalidade que Judith podia perceber ser muito atraente. Judith se perguntou por que o relacionamento acabara. Não havia pistas de qualquer tensão na pintura. E era interessante que sir Peter ainda mantivesse o quadro no corredor, mesmo enquanto se preparava para se casar com sua segunda esposa.

Judith olhou para o relógio de pêndulo ao lado da escada e percebeu que Tanika já estava fora há alguns minutos. Hum, pensou, isso estava demorando mais do que ela esperava.

Ela ouviu passos no andar de cima e viu o rosto de Tanika aparecer sobre a balaustrada.

— Certo — disse a policial. — Consegue mesmo arrombar cofres?

— Claro — respondeu Judith, não sendo completamente honesta. — Ou eu não teria dito isso.

— Então você se importaria em dar uma ajudinha?

— Você admite que precisa de mim? — perguntou ela com um sorriso inocente.

— Não force a barra.

— Então espere aí. Estou subindo.

Ela subiu as escadas e seguiu Tanika para um quarto arejado, dominado por uma grande cama de carvalho. As janelas de um dos lados do quarto tinham vista para um pedaço de jardim malcuidado e uma cerca viva de louros, mas os olhos de Judith foram atraídos para as portas de vidro que se abriam para uma varanda com vista para o rio Tâmisa, os telhados e a igreja de Marlow logo adiante. Naquela hora da noite, o rio estava prateado pelo luar, e a torre da igreja era iluminada por refletores, como um farol.

Jenny estava sentada em um sofá, com Colin ao seu lado, enquanto Becks ocupava uma cadeira à sua frente, segurando suas mãos. Quanto a Andrew, ele estava parado ao lado de um pequeno cofre embutido na parede, que havia sido revelado após ele girar uma pintura a óleo presa a dobradiças. Judith foi direto até Jenny.

— Lamento muito pela sua perda — disse ela.

Jenny assentiu como forma de agradecimento, mas sem dar sinais de muita compreensão.

— Consegue mesmo abrir este cofre? — perguntou Tanika a Judith, ainda sem acreditar totalmente que aquilo pudesse ser verdade.

Na realidade, Judith não sabia abrir cofres, mas havia lido a autobiografia de um homem que afirmava saber, e ela não ia perder a chance de participar daquela situação. Não era a primeira vez que decidia que sua melhor estratégia era blefar.

— Eu, não — disse Judith com falsa modéstia. — Richard Feynman.

— Quem é ele? — Andrew quis saber.

— Um tocador de bongô, artista amador e físico que ganhou o Prêmio Nobel. Ele tinha como truque em festas abrir cofres quando trabalhava em Los Alamos, durante a Segunda Guerra Mundial.

— Sério? — perguntou Tanika.

— Ah, sim, muito sério.

— Qual era o método dele?

— Bem, vamos ver agora.

Judith começou a andar pelo quarto, inspecionando todas as pinturas e enfeites, pegando-os e virando-os, procurando algo, mas sem explicar o que estava fazendo.

— Não liguem para mim — disse. — Não vai demorar, conversem entre vocês.

Os outros trocaram olhares confusos e Tanika percebeu que precisava assumir o controle. Ela retomou a conversa com Andrew.

— O que pode me dizer sobre o novo testamento? — perguntou Tanika.

— Receio que nada. Sir Peter não me mostrou. A primeira vez que ouvi falar dele foi quando ele me chamou à casa para testemunhar sua assinatura. Junto com Chris Shepherd, o jardineiro daqui. Nós o chamamos para ser a outra testemunha.

— Sir Peter manteve o conteúdo do testamento em segredo de você?

— Foi altamente incomum e nada típico de sir Peter.

— Então pode me dizer o que havia no testamento antigo que ele estava substituindo?

— Acho que não importa mais, já que não é mais válido. O testamento antigo deixava toda a sua herança para Tristram.

— Sim, Rosanna e Tristram disseram o mesmo. Rosanna não foi mencionada de forma alguma?

— Havia uma cláusula dizendo que Tristram deveria fazer uma provisão adequada para ela. Uma mesada, por exemplo. Nunca achei que fosse um arranjo satisfatório. Mas sir Peter foi inflexível. Era tudo sobre proteger o título de baronete. O filho tinha que herdar.

— Mesmo sendo o segundo filho?

— Os Bailey são uma família muito antiga e nobre; eles nunca acreditaram na primogenitura matrilinear.

— Então talvez o novo testamento tenha garantido que Rosanna recebesse sua parte justa?

— Espero muito que sim. Ela merece o que é justo, pelo tanto que trabalha pela família.

— Ainda mais considerando que pai e filho não estavam se dando bem.

— De fato.

— Como está indo com o cofre? — perguntou Tanika a Judith.

— Para ser honesta, não muito bem — disse Judith de forma despreocupada. — Veja, a técnica de Feynman era simples, e ele dizia que quase sempre funcionava. Mas, no momento, não está funcionando para mim. Ainda não.

— Qual era a técnica?

— Bem, quando ele estava ajudando a construir a primeira bomba atômica, ele observou que os cientistas estavam tão preocupados em esquecer os códigos de seus cofres que invariavelmente usavam uma data memorável como combinação. E, se você calcular, os dois primeiros números, o mês no sistema de data americano, só poderiam ser entre zero-um e doze. Ter apenas doze opções para esses dois números, em vez de noventa e nove, tornava o processo muito mais gerenciável. Especialmente quando os dois números seguintes provavelmente seriam entre um e trinta e um, os dias do mês, e os últimos dois quase certamente seriam um número de dois dígitos dos cinquenta anos anteriores. Basicamente, ele reduzia as possibilidades e conseguia quebrar o código com força bruta, se necessário. Mas raramente precisava, porque geralmente encontrava o código anotado em um pedaço de papel, ou no verso de um caderno, em algum lugar próximo ao cofre. Em uma gaveta ou algo assim.

— Sério? — perguntou Tanika.

— Esse é o problema com truques de mágica. Se você olha para o evento: Richard Feynman arrombando o cofre de Robert Oppenheimer onde estavam guardados os códigos da bomba atômica, você fica de boca aberta. Mas, quando explicam o funcionamento, tudo se torna tão mundano. Porém — acrescentou Judith, voltando para o grupo —, vamos seguir a lógica. A ausência de qualquer tipo de lembrete com um número de seis dígitos por perto sugere para mim que talvez sir Peter não se sentisse à vontade para anotar o código. O que, segundo Richard Feynman, sugere que ele escolheu uma data memorável. Vocês já tentaram o aniversário de sir Peter?

Judith perguntou isso a Jenny, que assentiu.

— E os aniversários dos filhos dele? E o seu, Jenny?

Jenny assentiu novamente, e Judith foi até o cofre na parede. A tinta preta estava opaca pelo tempo, e havia um nome gravado na frente: "Marlow Locksmiths & Co". As letras eram grossas, sem serifa, e pareciam, aos olhos de Judith, notavelmente semelhantes à Futura, a fonte projetada por Paul Renner em 1927. Então, o cofre era anterior à guerra?

— Este foi originalmente instalado pelo pai de sir Peter — disse Judith para si mesma. — Alguém sabe a data de nascimento do pai de sir Peter?

— Acho que sei — respondeu Jenny. — Ele nasceu no verão de 1929, acredito. Deixe-me ver se consigo calcular isso.

Jenny se levantou de sua cadeira e se aproximou do cofre.

— Foi em agosto, acho — disse Andrew.

— Você está certo, foi em agosto — concordou Jenny enquanto começava a girar o dial do cofre da esquerda para a direita. — Peter me contou que o pai dele morreu no primeiro dia da temporada de caça à perdiz. Ele chamava isso de "glorioso doze". Então, isso faria o código ser um-dois para o dia doze, zero-oito para agosto e dois-nove para mil novecentos e vinte e nove.

Todos ouviram um clique quando a trava se soltou.

— Você tinha razão, Judith — disse Jenny, puxando a porta para abri-la, e todos se aproximaram.

— O testamento está em um envelope marrom, não é grande — disse Andrew.

— Não estou entendendo — disse Jenny ao dar um passo para o lado.

— O quê? — perguntou Tanika enquanto olhava dentro do cofre. — Ah, entendi.

O cofre estava vazio.

— Mas ele tem que estar aqui — disse Andrew. — Eu vi com meus próprios olhos sir Peter colocá-lo aí.

— Talvez ele tenha guardado em outro lugar? — sugeriu Judith.

— Não há como ele ter tirado — disse Andrew, e Judith e Tanika tiveram a impressão de que havia algo que Andrew não estava dizendo.

— Por que não? — perguntou Tanika.

— Olha, eu realmente não posso dizer — respondeu Andrew de maneira desconfortável.

— Gostaria de lembrá-lo de que sir Peter acabou de morrer em circunstâncias muito infelizes — disse Tanika. — Se há algo que você possa nos dizer que ajude a esclarecer o que aconteceu, é seu dever falar.

— Claro — disse Andrew, repreendido. — Você está certa.

— Você sabe o que estava no testamento, não sabe? — indagou Judith.

— Não, não é isso. Sério, eu não sei — garantiu Andrew. — Embora eu ache que Rosanna está certa ao presumir que sir Peter teria feito mudanças significativas a favor dela. É só que… eu tive uma pequena discussão com sir Peter depois que ele colocou o testamento no cofre. Eu senti que ele não deveria ter escrito nenhum tipo de testamento sem o meu aconselhamento. Ele rebateu dizendo que isso não era da minha conta e que precisava agir rápido porque… bem, não há uma maneira fácil de dizer isso, mas ele disse que esse novo testamento era a "apólice de seguro" dele.

— Apólice de seguro contra o quê? — perguntou Tanika.

— Ele disse que estava preocupado que Tristram fosse matá-lo.

— O quê? — disse Jenny, horrorizada.

— Eu sei que parece exagerado — disse Andrew. — E foi exatamente isso que eu disse a ele. Ele estava falando besteira. Por que alguém iria querer matá-lo, ainda mais Tristram? Mas sir Peter podia ser incrivelmente teimoso… e orgulhoso, aliás… quando tomava uma decisão. E estava convicto. Ele tinha medo de que, antes de conseguir se casar com Jenny, Tristram tentasse matá-lo. E ele precisava fazer um novo testamento o mais rápido possível, como uma apólice de seguro.

Tanika se virou para Jenny.

— Sir Peter mencionou isso para você? — perguntou.

— Não — respondeu Jenny, lutando para processar o que acabara de ouvir.

— Ele não lhe disse que temia pela própria vida?

— Não.

— Ou que ele tinha escrito um novo testamento?

— Não. Ele manteve tudo isso em segredo de mim.

— Mas ele deve ter falado com você sobre Tristram?

— Claro — concordou Jenny. — Só conversávamos sobre isso. Como Tristram estava tentando minar nosso relacionamento. Como ele era egoísta. Um "garoto mimado", foi assim que Peter sempre o chamou. Mas ele se culpava. Dizia que tinha sido indulgente demais com Tristram enquanto ele crescia. Que deveria ter imposto mais limites.

— E o que você acha? — questionou Judith.

— Sobre o quê?

— Sobre Tristram.

— Eu sempre disse ao Peter que não deve ter sido fácil para os filhos ter alguém como eu entrando em suas vidas e tirando o pai deles. Depois de tantos anos sendo apenas os três. Eu sei que eles acham que estou atrás do dinheiro do Peter, mas eu esperava conquistá-los com o tempo. Eu só precisava mostrar a eles o quanto eu amava o pai deles. Continuei dizendo ao Peter que Tristram acabaria aceitando nós dois juntos. Ele acabaria me aceitando. Só precisava de tempo, só isso. Mas ele nunca me contou que estava com medo de perder a vida...

— Quando sir Peter proibiu Tristram de comparecer ao casamento? — perguntou Judith.

Jenny olhou para Judith, sem entender direito a pergunta.

— Foi no mês passado, quando ele escreveu o novo testamento? Ou mais recentemente?

— Ah, sim. Não, eles tiveram a discussão no final de novembro. Foi quando Peter expulsou Tristram de casa e disse que ele não poderia vir ao casamento.

— Tristram morava aqui?

— Morou até o final de novembro.

— Como Tristram reagiu? — perguntou Tanika

— Ele ficou furioso, mas o que podia fazer? O pai dele o expulsou, e Peter também não queria vê-lo durante as festas de Natal. Disse que só veria Tristram no dia seguinte ao casamento.

— Essa é uma data bastante específica.

— Acho que ele só quis dizer que, quando estivéssemos casados, já seria tarde demais para Tristram tentar fazê-lo mudar de ideia.

— Quando você testemunhou o novo testamento, Andrew? — perguntou Tanika.

— Foi no dia dez de dezembro — respondeu Andrew

— Então — começou Judith, resumindo para todos —, sir Peter expulsa Tristram de casa após uma grande discussão no final de novembro, proibindo-o de comparecer ao casamento, e cerca de uma semana depois, ele escreve um testamento completamente novo, sua "apólice de seguro", ou pelo menos é o que ele diz a Andrew. Caso seu filho tente matá-lo antes que ele possa se casar novamente. E agora estamos aqui, na véspera do casamento, apenas um mês depois, e sir Peter morreu repentinamente em circunstâncias misteriosas, e seu testamento mais recente, sua "apólice de seguro", está desaparecido.

— É — disse Tanika, todas as tentativas de manter Judith afastada do caso agora esquecidas. — Parece ser isso mesmo.

Todos se entreolharam, pensando a mesma coisa. Será que Tristram acabou de matar o pai?

Capítulo 9

Havia apenas um punhado de convidados ainda esperando do lado de fora da casa para prestar depoimento aos dois policiais. Como todos estavam com frio e ansiosos para encerrar aquilo o mais rápido possível, mal perceberam a luz brilhante que se aproximava, oscilando pela lateral da casa. Era Suzie, com a lanterna do celular ligada. Ela olhou ao redor, viu Judith saindo da casa e foi em sua direção.

— Judith! — chamou Suzie.

— Conseguiu alguma coisa?

— Um resfriado, imagino, e pés congelados, posso te dizer isso com certeza. Mas acho que encontrei algo.

— Encontrou? — perguntou Judith, olhando ao redor para se certificar de que ninguém podia ouvi-las.

— Acho que sim. Venha ver por si mesma.

Ainda usando a lanterna do celular para iluminar o caminho, Suzie levou Judith para a lateral da casa, e Judith percebeu que agora estava no pedaço descuidado do jardim que havia visto por uma das janelas do quarto de sir Peter no andar de cima.

— Acho que não teria visto se as luzes não estivessem acesas — disse Suzie ao se aproximar da janela do escritório, de onde um feixe forte de luz em forma de trapézio se projetava no gramado.

Olhando pela janela, Judith viu um policial ajudando dois paramédicos a preparar uma maca ao lado do corpo de sir Peter.

— O que você encontrou? — perguntou ela.

Suzie apontou para os arbustos sob a janela, afastou os galhos de uma azaleia e direcionou a luz da lanterna para o chão.

Havia uma pegada na terra fofa.

— Uma marca de bota. E não é a única. Quem quer que estivesse aqui foi direto até a janela e depois seguiu pela lateral da casa.

Afastando ainda mais os galhos, Suzie iluminou mais marcas de botas que levavam até a janela e depois desapareciam atrás das azaleias.

— Alguém estava tentando descobrir o que estava acontecendo no escritório — disse Suzie.

— Essas pegadas devem ter sido deixadas em algum momento hoje — falou Judith. — Choveu o dia inteiro ontem e na madrugada, não foi? Essas marcas foram deixadas depois disso.

— E fica ainda melhor — acrescentou Suzie, jogando a luz da lanterna na pegada mais próxima. — Há um corte na sola do pé esquerdo. Tudo o que precisamos fazer é encontrar alguém que tenha um par de botas com uma rachadura na borracha do pé esquerdo.

Judith pôde ver que Suzie tinha razão. Em cada marca deixada pela bota esquerda, havia um corte atravessando a sola, onde a borracha estava rachada.

— Isso é um trabalho brilhante, Suzie — elogiou Judith.

Suzie sorriu, radiante.

— Precisamos contar para Tanika imediatamente. Embora eu ache que ela não vai gostar muito de ser interrompida por mim de novo. Vou buscar Becks. Você encontra Tanika e conta para ela.

— Qual é o problema dela? Só estamos tentando ajudar.

— Ela não tira da cabeça que estamos interferindo na investigação dela. Então, seja lá o que você fizer, não diga que estava procurando pistas quando a encontrar. Diga que achou essas pegadas completamente por acaso.

— Tudo bem — concordou Suzie, certificando-se de ter entendido o recado. — Eu não estava procurando pistas, encontrei essas pegadas completamente por acaso.

Alguns minutos depois, Suzie voltou aos arbustos sob a janela do escritório com Tanika.

— Eu estava procurando pistas — disse Suzie com orgulho, já tendo esquecido o que prometera a Judith. E então se lembrou. — Não, não estava! — corrigiu-se. — Eu estava fumando um cigarro, é isso. Estava desse lado da casa totalmente por coincidência, fumando um cigarro, quando vi as pegadas. Quero dizer, quais são as chances?

Tanika sabia que Suzie tinha contado a verdade na primeira vez, mas uma pista era uma pista. Enquanto examinava as pegadas, Judith se aproximou com Becks.

— Claro. — Tanika suspirou. — As outras duas mosqueteiras.

— Eu sei o que você está pensando — disse Judith.

— Acredite em mim, não sabe.

— Mas não tenho nada a ver com isso. Suzie me pediu para buscar Becks.

— Pedi? — disse Suzie, antes de mais uma vez perceber o erro e se virar para Tanika. — Eu pedi, sim — falou com muito mais confiança.

— Olha, eu agradeço por você ter encontrado a pegada, Suzie, mas pode me explicar o que está acontecendo?

— Um processo de identificação — respondeu Judith. — Achei que você gostaria de saber que tipo de bota deixou essas marcas.

— Nós *somos* a polícia — disse Tanika. — Temos bancos de dados com padrões de solado para consulta. Vamos descobrir.

— Mas por que esperar quando temos acesso à Becks?

— Não entendi — disse Becks, tão confusa quanto Tanika.

— O que você pode nos dizer sobre essa pegada? — perguntou Judith.

— Tenho certeza de que não posso dizer nada — respondeu Becks, surpresa ao ver todas olhando para ela. — Embora — acrescentou, analisando a pegada com mais cuidado —, suponho que, se me pressionassem, parece muito com uma bota feminina da marca Hunter. São esses sulcos triangulares no calcanhar. Você só encontra esse tipo de padrão na linha feminina dessa marca Hunter. E, se tivesse que arriscar, diria que é tamanho trinta e seis, da linha para panturrilhas finas. Não que eu seja especialista, é claro.

— Aí está — disse Judith para Tanika. — Não precisa esperar até amanhã. Essas pegadas foram deixadas por uma mulher com panturrilhas finas, pés tamanho trinta e seis, com um par de botas Hunter.

— Com um corte na sola do pé esquerdo — acrescentou Suzie para reforçar. — Se você encontrar quem possui essas botas, eu diria que encontrou o assassino.

— Não — discordou Tanika. — Vou ter que parar vocês aí…

— E eu vou ter que parar você aí — interrompeu Judith. — Porque nós três já encontramos uma lata de azeite com as impressões digitais apagadas, abrimos um cofre que prova que um testamento está desaparecido e agora achamos pegadas de um par de botas em um canteiro de flores do lado de fora do quarto onde aconteceu o assassinato.

— Esse é o meu ponto. Ainda não posso afirmar categoricamente que foi um assassinato…

— Sei que você precisa dizer isso, entendo. Você tem regras a seguir.

— Não são regras, Judith. São leis. Leis reais do tipo "não as siga e você vai para a prisão". E isso significa que eu preciso seguir um processo de evidências, garantindo que tudo o que fazemos seja legal.

— Então, você faz as coisas do seu jeito, mas nós faremos do nosso. Assim que você estiver pronta para admitir que sir Peter foi assassinado e precisar da nossa ajuda, estaremos aqui. Como estivemos da última vez. Vamos, meninas — disse Judith, virando-se e saindo.

Suzie foi rápida em seguir a amiga, mas Becks ficou para trás.

— Eu realmente não gosto de me intrometer — disse, meio sem jeito. — Mas elas são minhas amigas.

Tanika deu um sorriso tranquilizador.

— Não se preocupe, Becks. Eu entendo.

Com um aceno de agradecimento, Becks se virou e alcançou as duas.

Assim que elas foram embora, Tanika olhou para a pegada. Em seguida, caminhou até o canto da casa, de onde podia ver o gramado descendo suavemente até o Tâmisa, com o impecável pavilhão brilhando branco sob o luar. Não era possível imaginar um lugar mais idílico, pensou. Como o dia havia terminado em uma morte tão violenta?

Todos os seus instintos diziam que Judith estava certa. Sir Peter havia sido assassinado. Mas isso era o que seu coração lhe dizia. Sua cabeça, não. Porque, antes de conseguir sustentar o caso, ela sabia que precisaria provar, em um tribunal, que alguém conseguiu cometer um assassinato dentro de um quarto trancado e, de alguma forma, desaparecer dali antes que a porta fosse aberta poucos minutos depois.

Em resumo, se sir Peter havia sido morto, como, afinal, o assassino conseguiu fazê-lo?

Capítulo 10

Judith e suas amigas foram as últimas convidadas a prestar depoimentos formais à polícia. Assim que terminaram, Suzie sugeriu que fossem para a casa de uma delas para tomar um drinque e discutir o que havia acontecido, mas Becks estava ansiosa para voltar para os filhos e Judith também recusou. Por mais que tivesse gostado da emoção do dia, ainda passava a maior parte do tempo sozinha, e estar cercada por dezenas de pessoas por tanto tempo havia sido exaustivo. Ela só queria ir para casa.

Quando Judith fechou a porta da frente de sua casa, sentiu uma sensação de calma a envolver. Foi até a mesinha lateral, serviu-se de um revigorante copo de uísque e se sentou em sua poltrona favorita.

Que dia irreal, pensou sobre como tudo havia começado com o estranho telefonema de sir Peter e terminado com o assassinato dele.

Judith viu seu exemplar do *Marlow Free Press* sobre a mesa ao seu lado. Pegou-o, perguntando-se distraidamente se agora conseguiria perceber o que havia achado tão intrigante sobre as respostas do seu jogo de palavras cruzadas naquela manhã.

Era algo comum com palavras cruzadas. Uma pista parecia impenetrável, e a única maneira de resolvê-la era se afastar, esquecer completamente e depois voltar a ela muito mais tarde.

Desta vez, como esperava, a solução para o que vinha incomodando seu subconsciente surgiu em um súbito lampejo de compreensão. As respostas nos quatro cantos do diagrama, quando lidas uma após a outra, formavam uma mensagem. No canto superior esquerdo, a resposta para 1 Horizontal era DEZESSEIS. No canto inferior esquerdo, a 27 Horizontal era RELÓGIO. No canto inferior direito, a resposta era DOMINGO.

E no canto superior direito, a solução para 5 Horizontal era CHEQUERS. Dezesseis horas era claramente um horário — 16h. Domingo dispensava explicações, e Chequers poderia facilmente ser uma referência ao pub na rua High, The Chequers. Seria uma mensagem secreta indicando que algo aconteceria — ou que haveria uma reunião — às dezesseis horas de domingo no pub The Chequers? Se fosse isso, por que o criador do jogo de palavras cruzadas estaria se comunicando dessa forma? E para quem estaria enviando a mensagem?

Parecia tão improvável que Judith decidiu que devia estar errada. Era apenas coincidência que as respostas nos quatro cantos do diagrama pudessem formar uma mensagem.

Ela largou o jornal, decidida a voltar sua atenção para os eventos muito mais importantes do dia, mas sentiu os olhos se fechando. Em poucos minutos, estava dormindo profundamente.

Já Becks, quando ela e Colin voltaram para a casa paroquial, já estavam no meio de uma discussão acalorada.

— Você não pode me dizer o que fazer — disse Becks, batendo as chaves do carro na mesa lateral.

— Eu não estou dizendo o que você deve fazer — falou Colin, achando que estava sendo totalmente razoável.

— Não, você não está. Está sendo controlador.

— Não estou, não. Só disse que a morte de sir Peter é um assunto para a polícia, e você não deve se envolver.

— Você está com ciúmes, não está? É disso que se trata. Eu fui o centro das atenções no verão passado e você não gostou, não é?

— Não, isso não é verdade de jeito nenhum…

— O vigário de Marlow teve que ficar às sombras da esposa. Não que você sequer se interesse por mim. Eu poderia estar resolvendo assassinatos a torto e a direito ou, Deus me livre, fazendo algo muito pior, e você nem saberia.

— De onde está vindo toda essa raiva?

— Que tal você ir para o seu escritório verificar seus e-mails, como sempre faz? E eu vou cuidar das crianças, como sempre faço?

Becks tirou os sapatos e subiu as escadas batendo os pés. A cada degrau, ela batia seu novo anel de safira contra a balaustrada.

Colin ficou parado ao pé da escada, boquiaberto.

A verdade era que ele não tinha ficado com ciúmes de Becks quando ela ajudou a resolver os assassinatos no ano anterior. Pelo contrário, tinha sentido mais orgulho dela do que nunca. E havia uma vitalidade em Becks desde então que ele não via há anos. Mas, sempre que tentava dizer isso a ela, ficava sem palavras. Ele simplesmente não sabia como expressar o que sentia.

A ironia de passar a maior parte de sua vida profissional se comunicando com as pessoas não passou despercebida para ele.

A triste verdade era que Becks parecia estar constantemente irritada com ele desde então. E a única vez em que ele perguntou se ela estava passando pela perimenopausa foi também a última em que achou que conseguiria fazer uma pergunta dessas impunemente.

Mas os instintos de Colin diziam que não eram os hormônios da esposa que estavam mexendo com Becks. Ela ainda demonstrava os mesmos níveis de paciência e bondade com os filhos e com os paroquianos que encontrava. Era apenas com ele que parecia ter um problema. Mas o que ele poderia fazer a respeito?

Enquanto Colin ia verificar seus e-mails — afinal, ele precisava acompanhar o que acontecia com seus paroquianos no fim de cada dia —, do outro lado da cidade, Suzie entrava em casa e era recebida com uma recepção babada e alegre de sua dobermann, Emma.

A frente da casa ainda era um emaranhado de andaimes e tábuas, e o andar de baixo continuava sendo um verdadeiro show de horrores, com linóleo arranhado e sofás danificados — um risco ocupacional de ser cuidadora profissional de cães, como Suzie sempre dizia.

Ela subiu para sua parte privada da casa, muito mais organizada, abriu a lata de tabaco, pegou o papel de seda e enrolou um cigarro.

Ainda estava vibrando com a emoção do dia e mal conseguia acreditar que havia estado presente em um assassinato ao vivo e a cores. Sabia que haveria apenas um tema no programa de rádio Marlow FM no dia seguinte, e o fato de ter estado na festa onde tudo aconteceu tornaria suas interações com os ouvintes ainda mais interessantes.

Pegando o celular para ver o que as redes sociais e outros veículos de notícias locais estavam dizendo sobre a morte de sir Peter, Suzie percebeu que tinha uma mensagem de um de seus clientes regulares. Ele estaria em Londres no dia seguinte a trabalho e queria saber se ela estaria disponível para cuidar de seu cockapoo. Não havia a menor chance de Suzie perder seu programa de rádio, então respondeu dizendo que, infelizmente, já estava com sua agenda de cães completa.

Depois de resolver isso, soube exatamente com quem queria conversar sobre a emoção do dia. Já era tarde demais para bater papo com sua filha Rachel, mas sua outra filha, Amy, morava na Austrália. Consultando o relógio, Suzie imaginou que Amy acabara de voltar do trajeto matinal para deixar as crianças na escola. Com um sorriso, pegou o celular e discou o número da filha.

—

Na manhã seguinte, Judith tentou tirar a morte de sir Peter da cabeça, mas sem sucesso. Começou a elaborar um novo jogo de palavras cruzadas, mas não tinha foco o suficiente, então foi até seu quebra-cabeça mais recente para ver se aquilo acalmaria sua mente. Ela o comprara na loja do Thames Hospice e o voluntário no caixa ficou impressionado com o fato de Judith estar escolhendo montar um quebra-cabeça de mil peças com uma foto de feijões cozidos em close. O que ele não sabia era que não havia a menor chance de Judith montar um quebra-cabeça que fosse apenas de feijões cozidos — ela achava a ideia deles em grande quantidade repulsiva. Não, sua nova ideia, apenas para se desafiar um pouco mais, era virá-lo de cabeça para baixo, de modo que não houvesse nenhuma imagem para seguir, apenas uma cor cinza uniforme em todas as peças. Mas, mesmo enquanto trabalhava no quebra-cabeça monocromático, sua mente continuava voltando para sir Peter.

Judith percebeu que tempos drásticos exigiam medidas drásticas, então decidiu organizar suas coisas. No entanto, não passou de pegar o exemplar do *Marlow Free Press* do dia anterior. Depois de olhar para as respostas que havia escrito nos quatro cantos, voltou a se perguntar se aquilo pretendia formar uma mensagem ou se era apenas coincidência. Ela virou para a primeira página, encontrou o número da recepção do jornal e discou. Quando a ligação foi atendida, Judith pediu para ser colocada na linha com o editor de palavras cruzadas.

— Acho que não temos um — disse a mulher do outro lado da linha.

— Então pode me dizer quem cuida dos criadores dos jogos?

— Isso é fácil. Sou eu.

— Você sabe quem cria os jogos de palavras cruzadas?

— Sim. Embora seja apenas uma pessoa. Falo com ele toda semana. Ou melhor, ele entra em contato comigo quando as envia. E quer saber? Nunca preciso cobrá-lo; ele é um exemplo de pontualidade. Envia o jogo toda segunda-feira de manhã, às nove horas.

— Que maravilha saber disso.

Judith continuou explicando que também era criadora de palavras cruzadas. Quando pressionada, até admitiu que criava jogos para os jornais nacionais.

— Isso é incrível — comentou a mulher. — Todos eles?

— Mas o ponto é — disse Judith, querendo manter o foco no assunto —, eu admiro muito o criador do seu jogo de palavras cruzadas e queria entrar em contato com ele.

— Sinto muito, mas isso não será possível.

— Entendo que você não possa fornecer os dados dele, mas se eu deixar os meus, você poderia repassar?

— Esse é o problema. Ele faz os jogos com a condição de nunca entrarmos em contato com ele.

— O quê?

— Eu sei que soa estranho, mas ele faz isso há anos. Não cobra nada, nunca deixa de enviar na segunda-feira e, para ser honesta, eu realmente não sei quem ele é. Cá entre nós — acrescentou a mulher em tom confidencial —, eu nem sei o nome dele. Ou mesmo se é realmente um "ele". Ele… ou ela … assina os e-mails como "Higginson".

— Sim, eu vi que é assim que ele se identifica no jornal.

Era comum no mundo das palavras cruzadas que os criadores escondessem sua identidade por trás de um pseudônimo divertido. Os jogos de Judith eram publicados sob o nome Pepper, um trocadilho com seu sobrenome, Potts. Já o nome do criador do *Marlow Free Press*, Higginson, era perfeito, já que era um bom nome por si só e também uma referência ao parque Higginson, o maior espaço público da cidade.

— Você tem certeza de que não pode entrar em contato com ele?

— Engraçado, há alguns anos, eu quis enviar flores para ele em nome de todos daqui. Ele já fazia as palavras cruzadas há dez anos. Lembro-me do e-mail que ele me mandou de volta. Foi educado, quase antiquado, mas disse que, se alguém algum dia descobrisse sua identidade, ele pararia de enviar os jogos. E conteúdo gratuito é conteúdo gratuito, então deixamos por isso mesmo.

— Certamente alguém sabe quem ele é.

— Talvez algum dos antigos funcionários. Mas eles foram saindo ao longo dos anos. Não há ninguém no jornal agora que esteja aqui há mais de dez anos. E eu nem sei se deveria estar te contando isso. Não quero perdê-lo.

— Não, claro. Mas é estranho.

— Quando você fala assim, em voz alta, realmente parece bastante estranho. Mas, infelizmente, não há como eu te dizer quem ele é.

Judith agradeceu à mulher pelo tempo e desligou.

Ela se viu vagando até a janela para refletir sobre o que havia descoberto. Era uma daquelas manhãs de inverno em que o sol parecia apenas uma mancha amarela atrás das nuvens. A grama no jardim — que, pensou, não pela primeira vez, ela realmente deveria cortar com mais frequência, ou melhor, cortar de fato — deitava-se de lado em grossos tufos brancos cobertos de geada. No Tâmisa, além do jardim, uma névoa fria pairava sobre a água, e a visão fez um arrepio percorrer seus ossos.

Tinha sido mesmo ontem que ela havia falado com sir Peter ao telefone? Quanto mais pensava, mais tinha certeza de que ele praticamente implorou para que ela fosse à festa. Na verdade, aquela ligação foi um pedido de ajuda, não foi? E quem seria tão insensível a ponto de se recusar a ajudar alguém que acabou sendo assassinado apenas algumas horas depois?

Judith foi até sua bolsa e puxou o novelo de lã vermelha com as agulhas de tricô enfiadas que guardava ali ano após ano, na esperança otimista de um dia voltar a tricotar.

Ela tirou as agulhas e olhou para o novelo de lã restante.

Sim, isso serviria perfeitamente. Era hora de começar a trabalhar.

Capítulo 11

Na delegacia de Maidenhead, a investigadora Tanika Malik também tentava entender a morte de sir Peter Bailey.

O relatório da autópsia concluiu que sir Peter morreu devido a um traumatismo craniano causado por um objeto pesado — o armário que caiu sobre ele, por exemplo. Todos os outros ferimentos, como hematomas e ossos quebrados, também eram consistentes com a hipótese de que ele foi esmagado até a morte. Além disso, o relatório afirmou que sua morte foi quase instantânea. Não foram encontradas drogas ou toxinas em seu organismo, exceto por uma pequena quantidade de álcool, e não havia ferimentos inexplicáveis antes ou depois da morte.

Quanto à perícia digital, a análise inicial do computador e do telefone de sir Peter não revelou nada significativo. Seus e-mails tratavam principalmente de encontros com amigos para jantar ou organizar viagens para caça. Parecia que ele levava uma vida de completo lazer. E, embora se referisse frequentemente a Jenny como "aquela que deve ser obedecida", sua correspondência deixava claro o quanto amava a noiva. Ele acatava todas as decisões dela em relação ao casamento e declarava abertamente que ela era o "amor de sua vida".

Quanto às inúmeras mensagens de Jenny para sir Peter, ela parecia uma mulher prática, que não tolerava discordâncias. Um típico perfil de enfermeira, pensou Tanika. Enquanto não havia nenhuma troca de mensagens entre sir Peter e seu filho, Tristram, Rosanna estava constantemente em contato, informando o pai sobre as decisões que estava tomando — relacionadas ao desempenho das fazendas, subsídios do governo, questões de emprego e todas as inúmeras preocupações de uma grande propriedade. Sir Peter nem sempre respondia de imediato, o que frustrava Rosanna, que o pressionava com e-mails de acompanhamento. No entanto, no fim, ele geralmente concordava com o que ela sugeria — assim como tendia a concordar com todas as sugestões de Jenny, percebeu Tanika.

Sir Peter não era exatamente o chefe de família que Tanika havia inicialmente presumido.

A única pista concreta que a perícia digital havia desenvolvido até o momento vinha de um dos aplicativos de mensagens de sir Peter. Eles encontraram quatro mensagens recebidas na semana anterior ao Natal, mas todas as mensagens originais haviam sido apagadas por sir Peter, junto com suas respostas. Ainda era possível ver as datas e horários em que as mensagens e respostas foram enviadas, mas Tanika achou o sigilo incompatível com o comportamento habitual de sir Peter, que geralmente era aberto — às vezes excessivamente — e não tinha problemas em ser indiscreto, chegando até a ser mordaz. O que havia de tão sensível nesse diálogo para que precisasse ser excluído? Tanika sabia que seria quase impossível fazer a empresa responsável pelo aplicativo revelar o conteúdo das mensagens. Por isso, encarregou um de seus agentes de identificar o proprietário do número que havia contatado sir Peter aquelas quatro vezes. Talvez descobrir quem enviou as mensagens ajudasse a desvendar seu conteúdo.

Enquanto trabalhava, Tanika não conseguia se livrar da sensação de que Judith estava certa. A morte de sir Peter não foi acidental. Por esse motivo, ela solicitou verificações de antecedentes sobre Jenny Page e o restante da família, com foco especial no filho Tristram. Afinal, sir Peter acreditava que o filho queria matá-lo — o suficiente para expulsá-lo de casa, bani-lo do casamento e redigir um novo testamento "por precaução", seja lá o que isso significasse. No entanto, Tanika tinha que admitir que essa informação vinha apenas do advogado Andrew Husselbee. Não haviam encontrado nenhuma evidência entre os pertences físicos ou digitais de sir Peter que corroborasse a afirmação de que ele temia que seu filho quisesse matá-lo. Mas, então, por que um advogado local mentiria sobre algo tão sério?

Tanika via duas formas de como o crime poderia ter sido cometido.

A primeira era que o perpetrador tivesse empurrado o armário sobre sir Peter, trancado a porta por dentro, colocado a chave no bolso dele e, em seguida, se escondido no quarto até que os convidados arrombassem a porta e entrassem. No entanto, essa teoria parecia pouco plausível, já que vários depoimentos afirmavam que, ao entrarem no quarto, só encontraram o corpo de sir Peter. Seria realmente possível que todas as testemunhas tivessem falhado em notar alguém escondido no local? Por outro lado, a segunda opção parecia igualmente improvável. Ela envolvia o assassino empurrando o armário sobre sir Peter, saindo do quarto, trancando a porta por fora e, de alguma forma, conseguindo colocar a chave através da porta trancada no bolso de sir Peter.

Isso fez Tanika se perguntar se talvez houvesse uma terceira opção. Alguém teria feito uma cópia da chave? Era difícil imaginar quem teria habilidade para copiar uma chave de ferro como a da porta do escritório de sir Peter. Parecia antiquada demais para ser reproduzida em um chaveiro comum. Mesmo assim, Tanika instruiu um oficial a fazer investigações em todos os chaveiros e lojas de ferragens em um raio de oitenta quilômetros de Marlow. Algum deles já havia feito uma cópia daquela chave? Ela também solicitou que um especialista forense de fechaduras desmontasse a tranca da porta do escritório e analisasse todo o pó, ferrugem e lascas soltas de metal em seu interior. Qualquer cópia da chave original teria sido feita com metal moderno, e havia grandes chances de que um pouco desse material tivesse se desprendido ao ser usado na fechadura antiga. Certamente, se houvesse qualquer resíduo de metal moderno no mecanismo da fechadura, seria difícil explicar, considerando que a família afirmava que existia apenas uma chave muito antiga que se encaixava na fechadura.

O telefone de Tanika tocou. No visor, aparecia "pai", e sua mão pairou sobre o ícone antes de atender. Desde que sua mãe morreu após um derrame, sete anos antes, seu pai passou a depender cada vez mais de sua única filha — mesmo tendo dois filhos que também poderiam ajudar. Mas, na visão dele, cuidar dos pais doentes era uma responsabilidade da filha. E não havia dúvidas de que seu pai estava debilitado. Sua memória vinha piorando há anos, mas foi quando Tanika o visitou recentemente e encontrou o apartamento coberto de post-its com mensagens escritas para si mesmo que ela percebeu que precisava agir antes que fosse tarde demais. Ela sugeriu que ele vendesse a propriedade e se mudasse para uma casa de repouso, mas ele recusou. Sugeriu que um terapeuta ocupacional o ajudasse a adaptar o lar para o futuro, mas ele também recusou. Tanika encontrou um cuidador para ir todas as manhãs por uma hora. Novamente, ele disse não. Na verdade, qualquer coisa que alterasse sua rotina, mesmo que minimamente, era inaceitável para ele. E isso passou a incluir até mesmo conversar sobre se estava ou não sofrendo de perda de memória. Tanika, é claro, havia oferecido levá-lo ao hospital para fazer exames — foi a primeira coisa que sugeriu —, mas, mais uma vez, ele negou.

Enquanto isso, o pai de Tanika havia começado a ligar para ela todos os dias para ajudá-lo a resolver pequenos inconvenientes de sua vida — e, com frequência, várias vezes ao longo do dia, já que nem sempre se lembrava de ter falado com ela antes.

Tanika não estava com disposição para atender à ligação e, com certeza, não tinha tempo para isso. Mas atendeu mesmo assim.

— Pai — disse.

— O que eu vou jantar?

— Estou no trabalho.

— A geladeira está vazia.

— Ah, certo. Que tal sair e comprar alguma coisa?

— Você sabe que eu não sei cozinhar.

— Não precisa ser elaborado. Só uma refeição pronta do supermercado.

— Elas são pequenas demais. Ainda fico com fome depois de comer. E têm gosto de plástico.

Tanika decidiu que poderia muito bem antecipar o desfecho inevitável da conversa. Pelo menos isso encurtaria a ligação.

— Que tal eu pegar alguma coisa para você no caminho para casa?

— Você faria isso por mim?

— Com o maior prazer.

— Um bom pedaço de peixe. Preciso manter meu ômega-3. É o que você sempre me diz.

— Então vou comprar um peixe para você.

Depois de negociar com o pai qual peixe seria aceitável e concordar em verificar a cor dos olhos do animal para garantir que estivesse fresco, Tanika finalmente desligou.

Ela ficou por alguns momentos encarando o vazio.

Tanika foi arrancada de sua distração quando a porta se abriu, de repente, e um homem na casa dos cinquenta anos entrou na sala com confiança, vestindo um elegante terno cinza. Ele tinha ombros largos, um nariz quebrado típico de jogador de rúgbi e um corte de cabelo grisalho bem rente. Levou alguns instantes para Tanika registrar quem era.

— Senhor? — disse ela, levantando-se da cadeira.

O homem à sua frente era o inspetor-chefe Gareth Hoskins. Foi apenas porque ele havia sido afastado por motivos de saúde que Tanika pôde liderar os casos de assassinato no verão anterior. Desde então, ele continuou afastado e ela permanecceu como inspetora chefe interina.

— Investigadora — cumprimentou Gareth de forma amigável, mas que, mesmo assim, lembrou Tanika de suas patentes relativas.

— O que está fazendo aqui?

— Este é o meu escritório.

Era verdade. Tanika vinha usando o escritório de Hoskins desde que assumira o cargo.

— E vou precisar dele de volta. O superintendente me designou para o caso Bailey. Serei o investigador principal a partir de agora. Mas não se preocupe, você ainda será uma parte muito importante da equipe. Quero que trabalhe como minha responsável pela documentação. Pode deixar a sala em meia hora?

Tanika olhou para os desenhos feitos com giz de cera e canetas, colados com fita adesiva na janela, que sua filha Shanti havia feito para ela, e para as fotos emolduradas dela com o marido e a filha em cima da mesa. Esse escritório tinha sido seu lar fora de casa por um ano.

— Claro, senhor — respondeu Tanika.

— É bom estar de volta — disse ele com um sorriso.

Mas o sorriso não chegava aos olhos.

Capítulo 12

Na manhã seguinte, Judith conduziu Suzie e Becks para sua sala de estar, onde havia preparado um bule de chá e três xícaras com pires. Becks trouxe um bolo de limão com cobertura açucarada, recém-saído do forno. Ao colocá-lo em cima da mesa de carteado de Judith, seus olhos, como sempre acontecia, foram atraídos para o único painel de vidro, que era visivelmente mais transparente e liso… o vidro que havia sido substituído depois de ter sido estilhaçado por uma bala no ano anterior.

— O bolo não é nada especial — avisou Becks enquanto servia fatias para Suzie e Judith.

— Se foi você quem fez, tenho certeza de que está delicioso — respondeu Judith.

— Você não vai comer? — perguntou Suzie a Becks.

— Estou cuidando do peso — disse Becks com um sorriso tenso.

Suzie olhou para a amiga e percebeu que ela realmente parecia ainda mais magra do que o normal.

— Não conheço ninguém que consiga perder peso no Natal — comentou Suzie. E então se lembrou do que Judith havia dito na festa. — Na verdade, Judith estava dizendo como você está ótima, e eu concordo com ela.

— Acha mesmo? — perguntou Becks.

— E olha só esse anel novo que o Colin te deu.

— Que anel? — perguntou Becks.

— O de safira — disse Suzie, apontando para o anel de Becks. — É verdadeiro, não é?

— Ah, sim, é verdadeiro — respondeu Becks, escondendo a mão no colo. — Mas não é nada de mais.

Suzie e Judith trocaram um olhar. Por que Becks estava, de repente, tão reservada?

— Foi o Colin que te deu? — perguntou Suzie.

— Claro que foi. Quem mais me compraria joias caras? — disse Becks, mas ficou claro para as amigas que ela estava mentindo. — Enfim — continuou, virando-se para Judith para mudar de assunto —, por que você queria nos encontrar?

— Boa pergunta — disse Judith, também decidindo proteger a privacidade de Becks. — Eu só queria saber se vocês poderiam me ajudar.

— Com o quê? — perguntou Suzie.

— Com o caso de sir Peter Bailey.

— Claro! Desculpe, fui meio lenta para perceber. Com certeza. Estou dentro.

— Becks?

Becks hesitou por um breve momento.

— Com certeza — concordou. — Quando eu puder, é claro. Ainda tenho responsabilidades na paróquia. E as crianças precisam de mim. E, às terças-feiras, minha amiga Zoë quer que eu ajude a organizar um coral de protesto…

— Mas você vai ajudar? — interrompeu Judith, querendo encerrar rapidamente o que sabia que poderia se transformar em uma lista interminável de compromissos de Becks.

— Ah, sim — disse Becks.

— Bravo! — exclamou Judith, encantada.

— Embora, aposto que você já tenha elaborado algumas teorias — falou Suzie com uma risada. — Não é?

— Quer saber? Acho que fui um pouco além — respondeu Judith, segurando a pequena chave que usava em uma corrente ao redor do pescoço.

Os olhos de Suzie e Becks desviaram para a porta no canto da sala, trancada com um cadeado robusto. Elas haviam descoberto, no ano anterior, que Judith tinha reagido de forma um tanto exagerada após a morte de seu marido em circunstâncias suspeitas — muito suspeitas, na verdade —, começando a colecionar todos os jornais locais. Não demorou muito para que ela se tornasse uma acumuladora de todo tipo de material impresso que conseguisse encontrar, desde boletins paroquiais até grandes jornais nacionais.

Durante o outono, Becks havia insistido com Judith para que se livrasse de sua biblioteca empoeirada de papéis ressecados, principalmente porque representavam um risco de incêndio. Então, na semana entre o Natal e o Ano-Novo, Judith anunciou que estava pronta para fazer uma pequena limpeza. Havia dois cômodos em seus arquivos secretos. Embora ela não aceitasse tocar no cômodo mais afastado — onde estavam guardados os documentos mais antigos, desde a morte de seu marido na década de 1970 —, ela sabia que o mais próximo estava, em grande parte, cheio de tralhas acumuladas na última década. Ele não era, de forma alguma, o seu "santuário sagrado"; era mais um subproduto de um traço de personalidade que ela havia deixado sair do controle. E foi esse cômodo mais próximo, o mais "seguro", que Judith concordou em deixar Becks ajudá-la a limpar.

Becks havia agido rapidamente, encomendando caçambas, máscaras de proteção, um lote de sacos para aspirador de pó e carrinhos cheios de produtos de limpeza. Mas a tarefa não tinha saído exatamente como Becks esperava. Judith permitiu que começassem a desmontar as torres de jornais que quase alcançavam o teto e também concordou em esvaziar as estantes do chão ao teto, igualmente abarrotadas de papéis amarelados. No entanto, durante o processo, Judith foi ficando cada vez mais retraída. No final do primeiro dia, elas haviam limpado a maior parte dos papéis de um dos lados do cômodo, mas Judith anunciou que já era o bastante e não queria terminar o trabalho. Na verdade, queria que Becks fosse embora. Imediatamente, por sinal. Becks tentou argumentar, mas Judith não cedeu. Ela queria que Becks saísse e não queria mais ninguém mexendo naquele cômodo.

Ela não havia deixado nenhuma das amigas entrar nos cômodos trancados desde então.

Mas, naquele momento, enquanto Suzie e Becks seguiam Judith até a porta com cadeado, trocaram um olhar, ambas se perguntando a mesma coisa. Será que ela tinha voltado a acumular coisas?

Judith destrancou o cadeado e empurrou a porta.

Ao entrar, Becks ficou aliviada ao ver que a metade do cômodo que havia limpado ainda estava tão organizada quanto ela se lembrava — embora, ao olhar mais de perto, percebeu que isso não era totalmente verdade. Havia pedaços de papel e algo que parecia ser fio vermelho brilhante preso às prateleiras vazias.

— Meu Deus, está igualzinho aos filmes! — exclamou Suzie ao ver o que Judith havia feito.

— Isso é lã? — perguntou Becks, surpresa.

Havia um grande mapa de Marlow colado na parede, com fotos e impressões de sir Peter e sua família fixadas ao lado. Um emaranhado de fios vermelhos ligava cada foto da família a alfinetes que marcavam locais no mapa.

Judith havia criado um quadro de investigação caseiro.

— Onde você conseguiu essas fotos? — perguntou Becks.

— É impressionante o que você pode encontrar na internet — respondeu Judith com orgulho.

— E você também tem as pistas — constatou Suzie, apontando para uma folha A4 com o título Pistas, sob a qual havia uma foto de uma lata de azeite, outra da sola de uma bota de borracha rachada e um desenho de um testamento.

— Isso parece um jogo de charadas — disse Becks, animada. — Que história você consegue criar com uma lata de azeite sem impressões digitais, o solado rachado de uma bota e um testamento desaparecido?

— Uma história que termina em assassinato — respondeu Suzie, em tom sombrio, enquanto inspecionava os rostos da família. — E então, o que você acha?

— Bem — disse Judith —, acho que todas concordamos que Tristram é o nosso... qual é mesmo a palavra?

— Não sei — disse Suzie.

— Que a Helen Mirren interpretou na televisão.

— *A Rainha?* — perguntou Becks, confusa.

— Não, claro que não é a rainha... *A Principal Evidência*, é isso! Tristram é nossa principal evidência, ou seja, o principal suspeito.

— Com certeza — concordou Suzie. — Ele discutiu com o pai antes.

— E não vamos esquecer que o pai já achava que ele estava tentando matá-lo.

— Foi por isso que escreveu um novo testamento.

— Um testamento que agora desapareceu — acrescentou Judith. — O que significa que o antigo ainda é válido, aquele em que Tristram herda tudo. Isso já é motivo suficiente.

— Mas estávamos todos com Tristram do lado de fora quando o armário caiu — disse Becks. — Ele não pode ser o assassino.

— Então quem poderia ser? — perguntou Suzie. — Todos estavam no jardim conosco.

— Nem todos — disse Judith. — Jenny também estava dentro de casa naquele momento. Embora eu concorde com Becks que é difícil imaginar como ela poderia empurrar um armário sobre o noivo no andar de baixo ao mesmo tempo em que estava no quarto, no andar de cima.

— E vou dizer mais uma coisa — disse Suzie. — Não há como uma noiva matar o noivo na véspera do casamento. Não quando esse casamento estava prestes a torná-la rica.

— E não só rica — acrescentou Becks. — Também uma lady. Assim que se casasse com sir Peter, ela se tornaria lady Bailey.

— Concordo — disse Judith. — Tudo isso me sugere que deve ter havido uma terceira pessoa na casa quando sir Peter morreu. Alguém de quem não sabemos. Alguém que estava com ele no escritório.

— E que empurrou o armário sobre ele — disse Suzie.

— Antes de sair do quarto trancado depois — completou Becks.

— Sim, essa é a parte mais difícil de explicar — admitiu Judith. — Mas a alternativa é que o armário tenha caído sozinho, e acho isso igualmente difícil de acreditar. Então, estou sugerindo que descubramos quem poderia ter feito isso e tentemos resolver como foi feito no decorrer da investigação. E sei exatamente por onde começar, se estamos assumindo que havia outra pessoa no escritório com ele. Sua primogênita, Rosanna. Ela disse que estava na festa com o resto de nós quando sir Peter foi morto. Mas ela estava usando um casaco vermelho brilhante, e eu não me lembro de ter visto esse casaco em lugar nenhum antes. Vocês se lembram?

Becks e Suzie concordaram que não se lembravam de ter visto ninguém usando um casaco vermelho na festa.

— E tem mais uma coisa — continuou Judith. — Quando perguntei a Rosanna quem apareceu na janela do andar de cima logo após o estrondo, ela acabou dizendo que foi Jenny, mas havia algo estranho na resposta dela. Na minha opinião, ela está escondendo alguma coisa.

— Como o fato de que ela estava, na verdade, no escritório de sir Peter empurrando o armário sobre ele? — sugeriu Suzie.

— Exatamente! — exclamou Judith. — Porque não consigo parar de pensar no telefonema que sir Peter me fez. Ele ligou porque achava que sua vida estava em perigo. Tenho certeza disso. O que significa, na minha opinião, que ele estava me pedindo para investigar caso morresse de forma suspeita. — Ela fez uma pausa antes de continuar: — E acho que deveríamos aceitar o caso. Mesmo que o nosso cliente esteja morto. Não acham?

Capítulo 13

Não estou entendendo — disse Jenny, enquanto conduzia Judith, Becks e Suzie até a cozinha da Mansão Branca. — Peter ligou para você ontem de manhã?

Judith olhou para a mulher mais jovem e percebeu que ela parecia ainda mais distante do que na noite anterior. Era como se estivesse completamente retraída ou processando as informações muito mais devagar do que todos os outros.

— Sir Peter queria que eu estivesse na festa por um motivo, e acho que é como o advogado Andrew disse ontem à noite: ele temia pela própria vida.

— Isso não é possível.

— E, ainda assim, lamento dizer, aqui estamos nós.

— Você realmente acha que alguém fez isso com ele?

— Acho que as chances são grandes. E devo avisar que a polícia vai suspeitar que você esteja envolvida.

A boca de Jenny se abriu em surpresa.

— Como eles podem pensar isso? Eu o amava, ia me casar com ele. Ele era... — Jenny desabou em uma cadeira da cozinha.

— Eu sei — disse Becks, assumindo seu tom de "esposa do vigário". — Que tal eu preparar uma boa xícara de chá para todas nós?

Becks foi até os armários, adivinhando sem esforço onde estavam as xícaras e qual das muitas portas era a da geladeira, de onde pegou o leite.

Judith se sentou ao lado de Jenny.

— Desculpe perguntar, mas você conhece alguém que poderia ter desejado mal a sir Peter? — perguntou Judith.

— Não, claro que não.

— E quanto à Rosanna? — indagou Suzie.

Jenny balançou a cabeça.

— Não. Ela às vezes parece um pouco fria, mas isso é só porque Peter era muito expansivo, e Tristram muito emocional, então ela aprendeu a ser mais reservada. Mas ela sempre deu apoio ao Peter. E a mim. Não sei o que teria feito sem ela.

— Como assim? — perguntou Judith.

— Ela administra a propriedade da família. É brilhante nisso. Também ajuda na administração da casa. Ela é maravilhosa, de verdade.

— Como preparar pesto e macarrão para o almoço de todos ontem? — perguntou Judith.

— Isso é típico dela — respondeu Jenny com um sorriso triste. — Ela é tão inteligente. Sempre um passo à frente. Eu nem tinha pensado em comer nada, estava só correndo de um lado para o outro, tão estressada. Tão cheia de mim mesma. Tão egoísta.

— Você era a noiva — disse Becks, gentilmente. — É seu papel ser um pouco egoísta.

— Mas me diga — continuou Judith —, como era a relação de Rosanna com sir Peter?

— Havia algumas tensões, é claro, mas nada sério.

— Que tipo de tensões?

— Sempre sobre negócios, nunca algo pessoal. Isso nunca afetou o relacionamento deles. Peter não era muito bom em planejamento de longo prazo. Ele gostava de gastar dinheiro se divertindo. Ou com os amigos. É por isso que eu o amava. Ele era impulsivo.

— E isso era um problema? — perguntou Judith.

— Rosanna é tão cuidadosa, sempre contando os centavos. E não quero que vocês tenham a impressão errada. Peter nunca fez nada que colocasse os negócios da família em risco. Ele só queria gastar sua renda se divertindo, enquanto Rosanna queria que ele investisse. Ele dizia que tínhamos mais dinheiro do que poderíamos gastar em uma vida inteira, então, qual era o sentido?

Becks veio com uma caneca de chá fumegante e a entregou para Jenny.

— Coloquei duas colheres de açúcar.

— Obrigada.

— Se me permite perguntar — disse Judith —, você foi originalmente contratada como enfermeira de sir Peter?

Jenny sorriu, lembrando-se.

— Sim. Embora, na verdade, nos conhecemos pela primeira vez em Florença, na Itália.

— Em Florença? Vocês estavam de férias?

— Nem de perto. Eu tinha me formado como enfermeira, mas o sistema público de saúde era muito difícil. Uma loucura. No final dos meus vinte anos, deixei o mundo dos hospitais e das filas de espera e entrei em uma agência que indica enfermeiras aos clientes ricos que precisam de ajuda em casa. Então, no ano retrasado, eu estava trabalhando para uma cliente que tinha casas em Londres, Paris e Florença. Ela tinha mais de oitenta anos, morava sozinha e era bastante frágil. Eu era sua enfermeira residente, embora não se tratasse apenas de medir a pressão arterial e garantir que ela tomasse os remédios. Na verdade, nunca é só isso. Eu também era sua amiga. Alguém com quem ela podia conversar.

— E jogar cartas, imagino — disse Judith com um sorriso, lembrando como havia cuidado de sua tia-avó Betty por muitos anos.

— Exatamente. Ela era imbatível no gin rummy. Então era isso que eu estava fazendo em Florença, me divertindo muito, para ser honesta. Mas, quando tinha algum tempo livre, estava sempre sozinha. E atraindo a atenção dos homens. Não porque estivessem atraídos por mim, acho, mas só porque queriam conversar. Ou perguntar se eu estava perdida. Vocês sabem como é.

As mulheres compartilharam esse momento. Todas sabiam exatamente como era.

— Então, quando esse homem mais velho começou a conversar comigo em um bar, achei que fosse só mais um inconveniente. Um homem que achava ter o direito de falar comigo pelo simples fato de que eu estava sozinha.

— O que ele fazia em Florença?

— Ele me disse que estava lá para encontrar o filho. Tristram é ator, sabe, e estava fazendo uma peça em Florença. Mas tinha começado um caso com alguém do elenco e se recusava a voltar para o Reino Unido. Então, Peter me disse que tinha ido a Florença para localizá-lo antes que ele gastasse ainda mais seu dinheiro. Mas quando mencionei que era enfermeira, foi só disso que ele quis falar. Disse que tinha sido diagnosticado recentemente com diabetes tipo dois e precisava mudar sua vida em termos de saúde. Tentei explicar que não precisava ser uma doença tão limitante, mas ele não quis ouvir. Disse que, assim que encontrasse Tristram e o trouxesse de volta para casa, precisaria de um profissional para colocá-lo nos eixos e treiná-lo.

Jenny fez uma pausa enquanto se lembrava do encontro.

— Como eu disse, na época não pensei muito nele, mas dei os contatos da minha agência, caso ele quisesse contratar uma enfermeira. Eu só estava sendo educada, na verdade. Algumas semanas depois, ele ligou para a agência e pediu que eu fosse designada para trabalhar com ele. Não sei por quê. Eu nem tinha sido particularmente simpática quando nos conhecemos. Na verdade, pelo contrário. Mas ele disse à agência que não aceitaria um não como resposta. E o fato é que a mulher para quem eu estava trabalhando tinha percebido que precisava de mais ajuda do que eu poderia oferecer. Ela decidiu se mudar para um lar de idosos. Então, já estava perto do fim do meu contrato. No final, foi fácil dizer sim. Trabalho é trabalho.

— Quando foi isso? — perguntou Judith.

— Comecei a trabalhar para Peter em fevereiro do ano passado. Para ser sincera, não fui muito com a cara dele. Pelo menos, não no começo. Ele era exatamente como eu imaginava que seria: vinho do Porto e queijo depois de cada refeição, chamando as mulheres de "bonecas", nunca mais feliz do que quando estava caçando faisões com os outros proprietários de terras da região. Todos homens, é claro. E tudo para ele era uma piada, nada era sério. Na verdade, ele era um pesadelo. Não tomava os remédios, não cuidava da saúde. Exatamente como ele disse que seria.

— O que mudou? — perguntou Judith.

— Eu não sei, mas, quando você é uma enfermeira residente, não tem como estar tanto tempo ao lado de alguém sem que essa pessoa revele quem realmente é. E eu percebi que toda aquela arrogância do Peter era só fachada. Por baixo de toda aquela confiança havia alguém que… é difícil explicar, mas acho que ele, na verdade, não era tão confiante assim.

— Por que você acha isso?

— Acho que tem algo a ver com crescer sabendo que herdaria uma fortuna, mas sem ter nada pelo que lutar. A vida não vale a pena se não houver um pouco de desafio, não acha? E o fato é que também conheci um lado muito mais amoroso dele. Ele adorava os filhos.

— Até o Tristram? — perguntou Judith.

— Até o Tristram.

— Não é a impressão que temos.

— Eles são parecidos demais, esse é o problema. Muito passionais, muito impulsivos. Mas eu podia ver o quanto isso magoava Peter. Ele sabia que o relacionamento com Tristram estava quebrado, mas não sabia como consertá-lo.

— De acordo com Andrew Husselbee, estava mais do que quebrado. Sir Peter realmente nunca mencionou para você que achava que Tristram queria matá-lo?

— Não mencionou, e estou tentando não me sentir traída, para ser sincera. Se ao menos ele tivesse me contado o que estava acontecendo, talvez eu pudesse ter ajudado a consertar as coisas. Não era do feitio do Peter guardar segredos de ninguém, muito menos de mim. Por que ele não me contou?

Todas ouviram um barulho vindo da porta. Judith ergueu o dedo para que ficassem em silêncio, mas como não houve mais nenhum som, fez sinal para Suzie continuar falando enquanto ela começou a se aproximar cautelosamente da porta.

— Você tem razão — disse Suzie, tentando manter a conversa fluindo. — Não faz sentido ele não ter te contado.

Judith abriu a porta de repente e um Tristram surpreso tropeçou alguns passos para dentro da sala.

Quando se endireitou, ele parecia ao mesmo tempo envergonhado e furioso — e, como Judith percebeu, um pouco confuso. Ela se deu conta de que talvez ele não fosse tão inteligente quanto aparentava.

— Você tem o hábito de escutar atrás das portas? — indagou Judith.

— Quando elas me pertencem — respondeu Tristram, recuperando parte de sua compostura —, acho que posso escutar o que eu quiser. Só vim procurar a Jenny para perguntar quando ela vai embora.

Jenny não entendeu.

— Esta casa agora é minha — disse Tristram. — Então, quando você vai sair?

As mulheres ficaram indignadas.

— O noivo dela morreu ontem — disse Becks.

— É. Eu sei. Ele era meu pai. Mas isso significa que a casa é minha e eu quero que ela vá embora.

— Você se recuperou rápido — observou Suzie.

— O quê?

— Ontem à noite você estava arrasado. Parece que superou a morte do seu pai bem rápido.

— Você não faz ideia pelo que estou passando — respondeu Tristram, com desdém.

— Esta não é a sua casa — disse Judith com firmeza. — Você não herdou nada até que o espólio do seu pai passe pelo processo de inventário, o que levará meses. E, de qualquer forma, o que faz você pensar que herdou esta casa?

— Na família Bailey, filho homem mais velho sempre herda. Sempre foi assim. Desde o século XVII.

— Até seu pai escrever um novo testamento no mês passado.

— É, bem, isso é o que o advogado está dizendo. Não significa que seja verdade.

Enquanto Tristram falava, Judith alcançou sua bolsa e puxou sua lata de balas duras.

— Posso te fazer uma pergunta? — questionou ela, pegando uma bala de limão coberta de açúcar de confeiteiro. — Por que, exatamente, seu pai te expulsou da casa no final de novembro?

Judith colocou a bala na boca, sabendo que seu tom casual estava irritando Tristram.

— Não é óbvio? — respondeu ele, cerrando o punho direito. — Tivemos uma discussão.

— Sobre o quê?

— Eu não preciso te contar.

— Você não precisa, mas é uma pergunta razoável.

— Não há nada de razoável nisso.

— Sobre o que você e seu pai discutiram?

— Não é da sua conta, ok? — explodiu Tristram, com raiva nos olhos. — O que eu e meu pai fizemos diz respeito apenas a nós dois. O que vocês estão fazendo aqui, afinal?

— Estamos aqui como convidadas da Jenny — informou Suzie, posicionando-se ao lado de Judith para formar uma barreira entre Tristram e Jenny.

— Isso mesmo — concordou Becks, juntando-se à barricada, embora fosse evidente, pelo modo como pairava ligeiramente atrás do ombro de Judith, que estava bem menos confortável em confrontar Tristram do que as amigas.

— E Jenny está pedindo para você sair — disse Judith, guardando a latinha de balas na bolsa para deixar claro que a conversa havia terminado. — Então é melhor você ir embora.

— Você não pode me dizer o que fazer! — rebateu Tristram.

— Eu diria que você tem duas opções — respondeu Judith. — Pode sair pacificamente, ou nós ligamos para a polícia e eles garantirão que você saia, querendo ou não.

— Pelo amor de Deus! — resmungou Tristram, mas as mulheres puderam ver que ele estava apenas ganhando tempo para decidir o que fazer.

Após alguns segundos de indecisão, ele se virou e saiu furioso.

Ninguém disse nada por alguns momentos, e Judith se pegou lembrando das pegadas de botas que Suzie havia encontrado do lado de fora da janela do escritório. Elas quase certamente haviam sido deixadas por alguém tentando espiar o que estava acontecendo lá dentro — e agora tinham um exemplo de Tristram espionando na cozinha. Será que ele tinha o hábito de ouvir conversas escondido?

— Becks — disse Judith —, você tem certeza de que aquelas pegadas do lado de fora do escritório foram deixadas por uma bota feminina?

Becks ficou surpresa com a pergunta, mas se concentrou na resposta.

— Ah, sim. A linha feminina das botas Hunter tem um padrão bem diferente na sola em comparação à linha masculina.

— Então, definitivamente, era uma mulher fora do escritório?

— A menos que Tristram estivesse usando um par de botas femininas — sugeriu Suzie, percebendo onde Judith queria chegar.

— Isso sequer é possível? — perguntou Judith.

— Suponho que depende do tamanho dos pés dele — respondeu Becks.

— Do que vocês estão falando? — perguntou Jenny, confusa.

Olhando para Jenny, Judith se lembrou que o quarto principal da casa ficava diretamente acima do escritório de sir Peter e tinha uma janela com vista para os arbustos onde encontraram as pegadas.

— Quando você foi para o seu quarto após a discussão com Tristram — começou Judith —, por acaso olhou pela janela lateral e viu alguém parado no jardim abaixo?

— Não, acho que não — respondeu Jenny.

— Tem certeza? — insistiu Judith. — É possível que houvesse alguém escondido nos arbustos perto do escritório.

— Eu não vi ninguém — garantiu Jenny, mas as mulheres perceberam que havia algo que ela não estava dizendo.

Judith e suas amigas trocaram olhares. O que estava acontecendo?

— Olha — disse Jenny —, eu não deveria me envergonhar disso, mas a questão é que eu não olhei por nenhuma das janelas do quarto porque fui lá em cima para fumar um cigarro. Eu sei que não deveria fumar, e na verdade eu quase não fumo… foi o Peter que me fez voltar ao hábito… mas, de vez em quando, eu fraquejo. Como ontem. Depois que Tristram me humilhou na frente de todo mundo, eu sabia que Peter tinha deixado um maço de cigarros na lareira do nosso quarto. Foi por isso que subi. Eu estava fumando escondida.

— O que aconteceu com ele não foi culpa sua — disse Becks.

— Sou a enfermeira dele, eu deveria mantê-lo seguro.

— Mas não dá para esperar que você esteja com ele vinte e quatro horas por dia — respondeu Becks.

— E você não pode mudar o passado — acrescentou Judith com um suspiro. — Simplesmente não pode. No entanto — disse, animando-se —, *pode* mudar o futuro. E precisa saber que não tem nada a temer de Tristram. Ele não pode te expulsar da casa. Ela ainda pertence a sir Peter até que o inventário seja finalizado. Isso significa que você pode ficar aqui.

— Sabe o que eu acho? — disse Suzie, tentando animar a conversa. — Precisamos encontrar o testamento desaparecido. Quero dizer, e se sir Peter deixou a casa para você? Ou uma boa quantia em dinheiro? Você realmente não tem ideia de onde ele possa estar?

— Eu nem sabia que ele tinha feito um novo testamento — respondeu Jenny. — Ele nunca me contou.

— Então precisamos começar a procurá-lo — disse Judith, enérgica. — Afinal, há uma questão moral aqui. O testamento representa os últimos desejos de sir Peter. Você poderia argumentar que a melhor forma de honrar sua vida é fazer tudo ao nosso alcance para encontrá-lo.

Jenny foi até a pia, abriu a torneira, encheu um copo com água, tomou um gole e, então, virou-se para as outras, olhando para elas.

— Vocês têm razão — disse ela. — Acho que deveríamos tentar encontrar o testamento dele.

Judith sorriu.

— Então sugiro que reviremos esta casa até encontrá-lo.

Capítulo 14

Judith, Becks, Suzie e Jenny começaram a busca pelo testamento desaparecido no escritório de sir Peter. Os batentes das janelas e a ferragem da porta ainda tinham marcas de grafite, deixadas pela polícia depois da busca por impressões digitais. O mesmo acontecia com o armário de madeira que havia caído sobre sir Peter e o matado. Em frente ao armário, o tapete ainda estava coberto por equipamentos de laboratório e pedaços de vidro das várias jarras e frascos que se estilhaçaram quando o armário tombou.

— Você está bem com isso? — perguntou Becks a Jenny.

— Na verdade, não — respondeu Jenny, mas então as mulheres viram que ela reuniu forças e firmou sua determinação. — O testamento do Peter não estava no cofre, então deve estar em algum lugar da casa.

— Avise se isso ficar demais para você — disse Becks.

— Por onde você recomenda que comecemos? — perguntou Suzie.

— Talvez pela escrivaninha. Ele guardava um monte de papéis lá — sugeriu Jenny.

Enquanto Jenny, Becks e Suzie começaram a vasculhar a escrivaninha, Judith foi examinar o armário de madeira.

Agora que estava novamente de pé, havia um espaço entre ele e a parede, pois não havia sido recolocado exatamente na posição original. Judith deslizou para o vão estreito.

A parte de trás estava coberta de poeira e teias de aranha antigas, e havia um velho fecho de metal preso perto do topo. Ao se virar, ela viu que um gancho de ferro correspondente estava enterrado profundamente na parede.

Ele só se projetava alguns centímetros, mas parecia ser uma peça robusta de ferragem, e Judith percebeu que estava alinhado para se encaixar no fecho na parte de trás do armário.

Fazia sentido que um móvel tão pesado tivesse uma peça extra de segurança para garantir que não tombasse.

O fato de o gancho não ter sido arrancado da parede, nem o fecho ter sido puxado da parte de trás do armário, sugeria para Judith que, antes do assassinato, alguém — ou mais de uma pessoa, considerando o peso do móvel — o havia levantado apenas o suficiente para soltá-lo do gancho de segurança.

Judith colocou as palmas das mãos contra a parte empoeirada de trás do armário e empurrou. Ficou surpresa ao sentir que ele inclinava um pouco para a frente.

Ao olhar para cima, percebeu que, com os pesados entalhes de madeira na parte superior, o armário tinha o peso concentrado no topo. Ainda assim, teria exigido bastante força — quase certamente mais do que ela possuía —, mas agora ela não duvidava mais que seria possível para alguém empurrá-lo sobre sir Peter.

Judith saiu de trás do armário.

— Há um gancho ao qual o armário deveria estar preso — disse ela.

— Ele foi removido? — perguntou Suzie.

— Não, mas alguém o soltou. Talvez anos atrás. Talvez só recentemente. Jenny, o armário normalmente fica fixado na parede?

— Eu não faço ideia — respondeu Jenny. — Nunca olhei. Desculpe.

— Suponho que isso não importa. Mas, já que o armário estava desenganchado, tenho certeza de que alguém forte conseguiria empurrá-lo inteiro. Mas… posso perguntar? Por que sir Peter tinha um armário cheio de aparatos científicos? Achei que ele fosse só um proprietário de terras rico.

— Tem algo a ver com o pai do Peter — disse Jenny. — Ele montou uma empresa na área de medicina depois da Segunda Guerra Mundial. Inventou uma máquina de raio-X ou algo assim.

— Isso explica as imagens de raio-X atrás da escrivaninha — falou Judith.

— Exatamente. Acho que são do pai de sir Peter e do sócio dele. Foram as primeiras imagens de raio-X tiradas pelas máquinas que eles inventaram.

Enquanto Judith e Jenny conversavam, Becks se aproximou dos equipamentos de laboratório quebrados no chão, em frente ao armário.

— Magnésio é seguro? — indagou. — Ou melhor, fita de magnésio?

Becks apontou para um alto frasco de vidro sobre o tapete, com um rótulo escrito à mão que dizia "Fita de Magnésio".

— Magnésio é totalmente estável — disse Judith. — Desde que você não o coloque no fogo. Nesse caso, ele queima como fogos de artifício.

— Não entendi — disse Suzie, aproximando-se da amiga. — O frasco está vazio. O que importa o que diz o rótulo?

— Fiquei preocupada que pudesse ter deixado algum resíduo — respondeu Becks. — Ou algo tóxico... Só queria ser cuidadosa.

— Por que isso te chamou a atenção? — perguntou Jenny, juntando-se às outras mulheres.

— O frasco não quebrou.

— E daí? — disse Suzie.

— Bem, é que todos os outros objetos de vidro no armário quebraram quando caíram no chão. Mas este frasco, não. Só achei estranho.

— Você tem razão — disse Judith, observando os cacos de vidro e os equipamentos espalhados pelo carpete. A bagunça cobria uma área retangular que combinava com o formato do armário, e o frasco que Becks apontou era a única peça de vidro que havia sobrevivido à queda. — Esperem um pouco — acrescentou, olhando ao redor em busca de algo longo e fino que pudesse usar para pegar o frasco.

Ela foi até a lareira e viu um pequeno suporte de latão que parecia ter segurado algum tipo de ornamento. Havia uma placa do mesmo material com uma inscrição dedicada a "Juiz Sir George Bailey, Q.C.", e uma data, 1906.

Pela profissão do homem, Judith supôs que o suporte tivesse abrigado um martelo de juiz.

— Normalmente tem um martelo aqui? — perguntou Judith.

Jenny se aproximou, intrigada.

— Tem, sim — respondeu. — Acho que pertencia a um dos parentes de Peter.

— Alguma ideia de onde ele possa estar?

— Não. Desculpe. Quase nunca venho aqui. Este era o refúgio do Peter.

Judith ficou frustrada e foi até a escrivaninha de sir Peter. O martelo também não estava lá — teria sido perfeito para o que ela precisava —, mas encontrou uma chave de fenda relativamente longa em um porta-canetas, que também continha algumas moedas antigas.

Ela pegou a chave de fenda e voltou até o frasco aos pés de Becks. Inseriu a ferramenta no gargalo, levantou cuidadosamente o vidro e o levou até a escrivaninha de sir Peter. Em seguida, abaixou lentamente a chave de fenda até que o frasco ficasse novamente na posição vertical.

A luz da manhã entrava pelas janelas e o vidro brilhava ao sol. Na verdade, Judith percebeu, brilhava como se tivesse sido limpo recentemente.

— Esperem um pouco — disse, pegando sua latinha de balas duras na bolsa.

Com a precisão de uma cientista trabalhando em um laboratório de alta segurança, ela cuidadosamente desrosqueou a tampa. Colocando-a de lado, segurou a lata sobre o frasco e soprou pela abertura — um sopro de açúcar de confeiteiro se espalhou pelo feixe de luz solar, descendo suavemente sobre o vidro.

— O que você está fazendo? — perguntou Suzie.

— Procurando por impressões digitais — respondeu Judith.

— Com açúcar de confeiteiro? — disse Becks, surpresa.

— A superfície de vidro é dura o suficiente, tenho certeza de que vai ficar tudo bem. E isso não é interessante? — acrescentou Judith antes de se mover para o outro lado da mesa, observando o frasco.

Ela soprou mais açúcar de confeiteiro no feixe de luz e viu o pó se assentar sobre o vidro.

— Se eu não estiver enganada… e acho que não estou… não há impressões digitais neste frasco.

Judith olhou para os cacos de vidro e os equipamentos de laboratório quebrados no chão.

— Não há impressões digitais? — perguntou Jenny, confusa.

— Impressões digitais duram muito tempo no vidro — explicou Judith. — Anos.

— Como você sabe disso?

— Antigos episódios de *Assassinato por Escrito* — respondeu Judith, dando de ombros.

— Talvez tenha sido muito bem limpo? — sugeriu Suzie.

— Não sei — disse Jenny. — Isso não parece certo. Eu nunca venho aqui para limpar, e acho que a Patricia também não. Ela é nossa faxineira. Peter não gostava que mexessem nas coisas dele. Mas não faz sentido não ter impressões digitais, faz? Mesmo que você limpe o frasco, ainda deixaria suas marcas ao colocá-lo de volta na prateleira, não deixaria?

— Exatamente o que estou pensando — concordou Judith.

— Posso ver? — perguntou Suzie enquanto se aproximava, mas acabou esbarrando no canto da mesa. O frasco balançou, caiu no chão e se espatifou. — Meu Deus, me desculpem! — exclamou, horrorizada com sua falta de jeito.

— Isso era uma evidência, Suzie — disse Becks, com o tom de uma mãe repreendendo uma criança. — Você não pode ser estabanada em cenas de crime.

— Estabanada?

— Você sabe o que eu quero dizer.

As mulheres olharam para os cacos de vidro espalhados no chão.

— Quer saber? — disse Suzie, tentando salvar a situação. — Talvez eu tenha nos feito um favor.

— Como? — perguntou Becks.

— Acabei de provar o que vocês estavam dizendo. Aquele frasco de vidro deveria ter quebrado quando caiu do armário.

— Você tem razão — concordou Judith. — O vidro era tão frágil quanto parecia. Não viu a hora de se despedaçar, não é?

Judith voltou a olhar para o armário e para os cacos de vidro no chão. Por que aquele frasco havia sobrevivido quando os outros não?

— Acho que precisamos contar isso à polícia — disse Judith.

— Você quer dizer sobre eu ter quebrado o frasco? — perguntou Suzie, preocupada.

— Não, não se preocupe com isso. Mas precisamos contar à Tanika que havia um frasco de vidro, limpo de impressões digitais, que não se quebrou quando caiu do armário. Isso pode ser importante.

Enquanto Becks, Suzie e Jenny continuavam a busca pelo testamento em outras partes da casa, Judith pegou o celular e ligou para Tanika.

Depois de explicar sobre o frasco de vidro, Tanika ficou em silêncio por um momento, como se não tivesse certeza de ter ouvido direito.

— Você está dizendo que havia uma evidência importante, mas vocês quebraram? — perguntou Tanika.

— Não há necessidade de focar os aspectos negativos — respondeu Judith. — E isso realmente não importa. Quaisquer impressões digitais que estivessem no frasco, ou que não estivessem, ainda estarão lá. Afinal, ele só se quebrou em alguns pedaços. E já que estamos falando disso, acho que você deveria buscar por impressões digitais em todo o equipamento e vidro que caiu do armário. Acho que há um padrão aqui. Lembra como a lata de azeite também não tinha digitais? Nosso assassino é muito cuidadoso para garantir que não deixa rastros na cena do crime.

— O que vocês estão fazendo no escritório de sir Peter? — perguntou Tanika.

— Jenny nos pediu para ajudá-la a encontrar o testamento desaparecido. E eu sei que você vai dizer que não deveríamos interferir, mas não estamos interferindo. Estamos ajudando uma amiga.

— Não se preocupe. Precisamos encontrar esse testamento, e eu não me importo com quem o encontre. E obrigada pela dica sobre as impressões digitais. Vou mandar um oficial para recolher as evidências.

Judith ficou em silêncio por um momento, incerta se havia ouvido direito.

— Você *não se importa* que estejamos investigando? — perguntou ela, surpresa.

— Mas vocês não estão investigando, estão? — respondeu Tanika. — É como você disse, estão ajudando uma amiga. Contanto que nos avisem sobre qualquer pista que encontrarem, estão simplesmente auxiliando nas investigações.

Judith agradeceu a Tanika e desligou a chamada, sentindo-se um pouco inquieta. Desde quando Tanika não se importava que elas investigassem um dos casos dela? Era realmente muito estranho.

Deixando o pensamento de lado, Judith atravessou o corredor e encontrou Becks, Suzie e Jenny no cômodo destinado às botas da casa. Havia uma fileira de capas de chuva penduradas em ganchos ao longo de uma das paredes, com vários tipos de botas de caminhada e galochas embaixo. Na parede oposta, havia duas pias de porcelana estilo mordomo.

— Então, o que vocês encontraram? — perguntou ela ao entrar.

Inveja — respondeu Becks, olhando para a fileira de botas.

— Concordo com Becks — disse Suzie. — Ter um espaço assim. Um cômodo inteiro só para casacos e botas.

— Eu sei — falou Jenny, olhando ao redor, admirada. — Eu não tinha nada quando era mais jovem. Menos que nada. Dizia a mim mesma que não precisava de coisa alguma. E não preciso, de verdade. Mas tem sido tão bom não ter que me preocupar. Me sentir segura pela primeira vez.

Uma onda de tristeza atingiu Jenny.

— Quer dar uma pausa? — perguntou Becks.

— Sim, acho que quero. Preciso sair. Dar uma volta de carro. Esvaziar a cabeça.

— Quer que uma de nós vá com você? — perguntou Suzie.

— Não, tudo bem. Fiquem aqui e continuem procurando o testamento — disse Jenny.

— Tem algum lugar específico onde acha que deveríamos procurar? — perguntou Judith.

— Não, olhem em todos os lugares que conseguirem pensar. Sem restrições. Revirem a casa inteira. Quero que o testamento do Peter seja encontrado.

Assim que Jenny saiu, Becks atualizou Judith sobre o andamento da busca.

— Não há testamento neste cômodo. Olhamos em todos os armários e bolsos de casacos.

— E nas botas — acrescentou Suzie.

— Suponho que não haja uma galocha tamanho trinta e seis com um corte na sola esquerda? — perguntou Judith.

— Não há nenhuma bota Hunter feminina aqui — respondeu Becks. — O que não é exatamente uma surpresa.

— Por quê? — perguntou Suzie.

— As Hunter deixaram de ser moda para mulheres há pelo menos dez anos.

— Espera — disse Suzie, querendo confirmar. — Você está dizendo que existe moda em botas de borracha?

— Claro.

— Está falando sério?

— Não sei por que isso deveria ser uma surpresa. Existe moda para tudo.

— E qual é a bota da moda agora?

— Essa é fácil: Le Chameau Vierzonord.

— Desculpa, o quê?

— É a que a Catherine, princesa de Gales, usa.

Suzie levou um momento para assimilar a informação.

— Eu tenho tantas perguntas — disse Suzie. — Embora eu ache que não quero ouvir nenhuma das respostas. Mas para responder à sua pergunta, Judith, nenhuma dessas galochas tem um corte na sola esquerda.

As mulheres decidiram que precisavam procurar em outro lugar e se dirigiram para a cozinha. Depois de quase meia hora de busca, concluíram mais uma vez que não havia testamento escondido atrás das latas de tomates ou nos potes de vidro com massas. O mesmo aconteceu na sala de estar. Não encontraram nenhum envelope secreto sob as almofadas ou atrás das pinturas a óleo na parede.

— Alguém tem a impressão de que estamos perdendo tempo? — perguntou Suzie.

— Bobagem — disse Judith. — Cada vez que terminamos um cômodo, estamos aprendendo algo novo.

— Sim. O testamento ainda está desaparecido.

— Vamos tentar lá em cima — disse Judith. — Sugiro que comecemos pelo quarto de Tristram.

Foi fácil para as mulheres descobrirem qual quarto tinha pertencido a Tristram antes de ser expulso de casa. As paredes estavam cobertas com cartazes de peças de teatro e havia estantes com livros sobre atuação e peças publicadas.

Enquanto começavam sua busca, Judith se viu olhando para os cartazes de teatro. Ela encontrou um para um show chamado *Savonarola*, com o rosto de Tristram em destaque, e os rostos de outros quatro atores um pouco atrás. O texto abaixo da imagem explicava que a peça seria apresentada no British Council, em Florença. Então, aquele era o show de teatro que Tristram estava fazendo quando fugiu com alguém do elenco e se recusou a voltar para casa?

Judith olhou para os rostos no cartaz, todos homens. Será que o caso de Tristram tinha sido com um dos rapazes do elenco, ou havia uma mulher ligada à produção que não estava ali? Judith olhou os outros nomes listados e viu que o diretor e o produtor do show também eram homens. Ela decidiu arquivar essa informação para outro momento.

— Não há testamento aqui também — disse Suzie, exasperada.

— Então vamos em frente — falou Judith. — Não podemos desistir agora.

— Podemos, sim, sabe? Poderíamos desistir e ir tomar um bom chá em algum lugar. E comer uma fatia de bolo.

— Mas prometemos à Jenny que procuraríamos em todos os lugares — lembrou Becks. — Não podemos decepcioná-la. Vamos — chamou, dirigindo-se para a porta. — Acho que devemos olhar no quarto de sir Peter e Jenny agora.

Mas naquele cômodo também foi igual. Elas olharam debaixo da cama e do colchão, no banheiro privativo, e Suzie até checou a chaminé da pequena lareira no canto do quarto.

— Se houver um testamento escondido na chaminé — disse Becks —, ele já deve ter queimado faz tempo.

— Não se ninguém acendeu a lareira desde que sir Peter morreu — respondeu Suzie.

— Então, o testamento está lá?

— Não.

Enquanto Becks e Suzie discutiam, Judith se lembrou de que Jenny havia dito que tinha ido ao quarto para fumar um cigarro. Ela se juntou a Suzie na lareira e viu um pacote velho de cigarros com um isqueiro barato em cima dele.

— Você poderia pelo menos tentar procurar — disse Suzie para Judith, com impaciência.

— Claro, claro — respondeu Judith. — Só estava pensando sobre o que aconteceu.

Judith olhou ao redor e decidiu procurar no guarda-roupa próximo.

— Quanto mais rápido terminarmos neste quarto, mais rápido vamos para casa — disse Suzie.

— Ainda precisamos ser minuciosas — argumentou Becks. — Porque se provarmos que não há testamento na casa, isso já é uma informação útil. Não é?

— Você acha?

— E mesmo que não encontremos o testamento — disse Judith, olhando dentro do guarda-roupa —, quem sabe o que mais podemos encontrar de interessante.

O tom de Judith chamou a atenção das amigas.

— Você encontrou alguma coisa? — perguntou Becks.

Judith se agachou e pegou algo do chão de madeira no fundo do guarda-roupa.

— O que é isso? — indagou Suzie.

— É engraçado, porque achei estranho na hora — respondeu Judith.

— O quê?

— O botão da manga do casaco da Rosanna.

— E o que tem ele?

— É que ela estava tão bem-arrumada. Nenhum fio fora do lugar. Um casaco novinho. Ainda assim, estava faltando um botão na manga dela.

— E daí? — perguntou Suzie, já tendo perdido a linha de raciocínio há algum tempo.

— Os botões do resto do casaco eram dourados e em formato de nó de corda. Então, para responder à sua pergunta, já que ela perdeu um deles naquele dia, o que eu gostaria de saber é: como é que eu acabei de encontrar esse botão no chão do guarda-roupa no quarto de sir Peter e Jenny?

Judith abriu a mão e todas puderam ver um botão dourado no centro de sua palma.

Capítulo 15

O escritório da propriedade Bailey ficava em uma das salas do Old Barrel Store, um prédio histórico de tijolinhos vermelhos que já foi uma antiga cervejaria, perto da rua High, em Marlow. Rosanna se surpreendeu ao ver Judith e suas amigas na porta, mas as conduziu até um cômodo escuro, com algumas poltronas de couro perto de uma lareira, pinturas a óleo e mapas antigos das propriedades da família nas paredes, além de uma grande escrivaninha coberta com pilhas de papéis. Em muitos aspectos, Judith se lembrou de uma versão mais arrumada do escritório de sir Peter.

— Desculpe, mas só posso lhes dar alguns minutos — avisou Rosanna, voltando para sua mesa. — Tenho uma reunião em Hambleden daqui a meia hora com um oficial de planejamento sobre algumas obras.

— Não se preocupe — disse Judith. — Não vamos tomar mais do seu tempo do que o necessário. Só queremos saber como o botão do seu casaco vermelho foi parar no guarda-roupa do seu pai no dia em que ele morreu.

Enquanto dizia isso, Judith deixou o botão dourado em cima da mesa. Rosanna mal reagiu.

— O que é isso? — perguntou ela, pegando o botão.

— Um botão do casaco que você estava usando na festa.

— Você está dizendo que o encontrou no guarda-roupa do meu pai?

— No quarto dele.

— Você tem razão. Parece o botão que perdi na festa. Não faço ideia de como ele foi parar no guarda-roupa. Já terminamos?

Rosanna se levantou, mas Suzie não estava disposta a deixar aquilo passar.

— Nós, definitivamente, não terminamos aqui — disse Suzie, dando um passo em direção a Rosanna de uma forma que só poderia ser interpretada como ameaçadora. — Você estava se escondendo no guarda-roupa, não é? Foi assim que o botão foi parar lá.

— Suzie tem razão — acrescentou Judith. — Foi por isso que parecia tão culpada da primeira vez em que conversamos e perguntei quem saiu para a varanda quando sir Peter morreu. Você não viu a Jenny pelo jardim, viu? Na verdade, você estava no mesmo cômodo que ela.

Pressionada por Judith e Suzie, Rosanna olhou para Becks para ver o que ela diria, e Becks balançou a cabeça, como se pedisse desculpas, sugerindo que estava tão desconfortável com a conversa quanto Rosanna.

— Há uma série de explicações para como o botão poderia ter ido parar lá — disse Rosanna, cautelosa.

— Mas só uma é verdadeira — falou Judith. — E é melhor você nos contar, porque, se não contar, será a polícia que vai te perguntar da próxima vez.

Rosanna estava quase impressionada.

— Você está me *chantageando*?

— De modo algum — respondeu Judith, pegando sua latinha de balas duras e abrindo a tampa. — Só estou destacando que não precisamos fazer um registro formal da nossa conversa. Ao contrário da polícia. Já que tenho certeza de que há uma explicação perfeitamente inocente para o fato de você estar se escondendo no guarda-roupa do seu pai e da Jenny no dia em que ele foi morto. Quer uma balinha?

Judith ofereceu a lata para Rosanna.

— Muito bem — disse Rosanna, ignorando a latinha. — Você está certa. Há uma explicação perfeitamente inocente. A primeira coisa que vocês precisam saber é que eu não pretendia me esconder.

Judith colocou a tampa de volta na lata.

— Claro — concordou ela.

— Tudo começou com o maldito testamento do papai.

— O que tem ele?

— Eu descobri que ele tinha escrito um novo testamento pouco antes do Natal.

— Mas eu vi como você reagiu quando Andrew Husselbee nos contou sobre isso. Ficou surpresa.

— Tristram não é o único ator da família.

— Como você descobriu?

— O Chris me contou. O jardineiro. Ele estava aparando algumas sebes e tinha começado uma fogueira. Isso foi algumas semanas antes do Natal. Bem, você sabe como o fogo atrai as pessoas. Começamos a conversar, e ele me perguntou se eu sabia o que estava no novo testamento do meu pai. Fiquei chocada. É como eu te falei, meu pai sempre disse que não tinha escolha sobre seu testamento, o título de baronete e a propriedade haviam ido para a linhagem masculina por centenas de anos. Tudo tinha que ir para Tristram. Mas eu também sabia que houve aquela briga entre meu pai e meu irmão, então, se ele tinha mudado seu testamento, só podia haver uma conclusão: ele deveria ter deixado parte da sua propriedade para mim. Ou tudo. Quero dizer, obviamente a Jenny teria recebido sua parte assim que se casasse com meu pai. Mas isso não era sobre os próximos anos. Era sobre garantir que, quando ele e Jenny morressem, o testamento refletisse o fato de que eu sou a única pessoa da família que faz qualquer trabalho por aqui. Eu mereço minha parte.

— Sim, a Jenny falou sobre como você é ótima no seu trabalho — disse Judith.

— Ela disse isso? — replicou Rosanna, surpresa. — Eu não sabia que ela tinha notado. Ela estava tão envolvida com meu pai. O ponto é que, assim que soube que havia um novo testamento, não consegui parar de pensar nisso. E sabem como é quando uma coisa não sai da cabeça de jeito nenhum, você começa a ficar um pouco paranoica. Não demorou muito até que eu tentasse abrir o cofre do meu pai toda vez que o visitava. Eu sabia que era lá que ele teria guardado. Pior que isso, comecei a ir até sua casa só para tentar abrir o cofre.

"Tentei todas as combinações que consegui pensar: o aniversário dele, o da Jenny, o do Tristram, o meu. O número do seguro nacional dele, a data em que ele casou com a mamãe, até o aniversário dela. Nada funcionou. E como era o quarto de Jenny e do papai, eles estavam entrando e saindo o tempo todo enquanto se preparavam para o casamento. Mas aí chegou o dia do coquetel, e eu sabia que teria outra chance. Vi que o papai e a Jenny estavam conversando com os amigos lá fora, então entrei na casa e fui para cima. Eu tinha uma lista de novos números para tentar no meu celular, mas nenhum deles abriu o cofre."

— É mesmo? — perguntou Judith, de forma incisiva.

— Assim como nos outros dias, não consegui abrir o cofre. Enfim, assim que comecei, ouvi vozes altas lá fora. Antes que eu percebesse, ouvi alguém subindo as escadas. Não ousei ser pega tentando arrombar o cofre, afinal, que impressão isso daria? E não tive tempo para pensar, então me escondi no guarda-roupa. E bem a tempo, se quer saber. Era a Jenny. Eu a vi quando fechei a porta.

— Ela te viu? — perguntou Judith.

— Não. Ela foi direto para a lareira. Estava chateada.

— E o que aconteceu depois?

— Eu não sei. Não conseguia ver. Mas pude ouvi-la. Acho que ela acendeu um cigarro.

— Sim, foi isso que ela nos disse.

— Já sabemos há um tempo que, de vez em quando, ela fuma escondida; inclusive fumava com meu pai.

— Eu não entendo — disse Becks. — Ela era a enfermeira dele.

— Eu sei. E ela foi assim desde o começo. Fez com que ele mantivesse diários de alimentação, cortou o álcool e o fez beber esses smoothies horríveis que pareciam ser feitos só de couve. E funcionou. Ele perdeu muito peso, a diabetes foi controlada, foi um milagre, na minha opinião. Ela foi uma força para o bem. Mas era preciso uma mão de ferro para manter o papai sob controle. Sempre foi assim. E ele sempre foi bom em corromper as pessoas. Fazendo-as tomar um copo extra de vinho, ou pedir uma segunda porção de comida. "A vida é para ser vivida", ele dizia a qualquer um que o ouvisse. E eu não sei como aconteceu, mas ele começou a cair de novo em seus velhos hábitos, e dessa vez, a Jenny parecia deixar.

— Eles já estavam namorando nessa época? — perguntou Becks.

— Não sei. Olhando para trás, acho que eles devem ter estado juntos. Quando a Jenny deixou de ser a enfermeira dele e se tornou a namorada, ela perdeu o controle sobre ele. E ele teve mais controle sobre ela.

— Então, você estava no guarda-roupa? — disse Suzie, querendo que Rosanna voltasse ao ponto.

— E eu tinha decidido que ia sair e admitir o que tinha feito. Sou uma mulher adulta, não deveria estar me escondendo em guarda-roupas, mas foi quando ouvi aquele barulho enorme lá embaixo. Eu me atrevi a abrir a porta do guarda-roupa só um pouquinho e vi a Jenny saindo para a varanda. Por um segundo, pensei em correr, mas acabei desistindo e fechei a porta; e tive sorte de ter feito isso. Assim que o fiz, a Jenny voltou da varanda, atravessou o quarto e desceu as escadas. Eu estava tão cheia de adrenalina que precisei de um minuto ou dois para me recuperar. E pude ouvir uma confusão se desenrolando lá embaixo. Eu não sabia o que estava acontecendo. No fim das contas, saí do guarda-roupa, desci e foi aí que descobri o que tinha acontecido. Mas eu imagino que foi assim que o botão acabou no guarda-roupa. Deve ter ficado preso em alguma coisa quando eu estava me escondendo lá.

Rosanna olhou para as mulheres como se o que tivesse descrito fosse algo bem comum e entediante. Judith se perguntou o que seria necessário para abalar a compostura de Rosanna. Ela claramente era uma mulher que valorizava estar sempre no controle. Mas Judith não pôde deixar de perceber que ela tinha admitido que, quando a conheceu pela primeira vez e se mostrou surpresa com a notícia do novo testamento, sua reação tinha sido exatamente aquilo — uma atuação — e era totalmente convincente, Judith sabia. Então, por que ela deveria acreditar em qualquer coisa que Rosanna dissesse agora?

— Você realmente acha que alguém fez isso com meu pai, não acha? — perguntou Rosanna.

— Nós achamos que sim — disse Judith.

— Isso te surpreende? — perguntou Becks.

— Claro. Papai era um velho rabugento. Uma figura de diversão. Quem iria querer matá-lo?

— Você sabia que seu pai estava preocupado que Tristram fosse matá-lo? — perguntou Suzie.

Rosanna riu, debochada.

— Isso não é possível — disse ela. — Sério. O Tristram sempre foi mimado. Perde a cabeça se não consegue o que quer, mas ele não faria isso com o próprio pai.

— Como é a relação entre você e seu irmão? — perguntou Becks.

— É complicado — admitiu Rosanna. — Eu o amo, mas ele me tira do sério. Ele é impaciente, esse é o problema dele. É um bom ator, mas não aceita os trabalhos pequenos que recebe, tipo em teatros menores pelo país. Ou fazer papel de figurante para peças maiores em Londres. Ele diz que é melhor do que isso. E depois reclama quando não tem trabalho.

— Ele costuma ficar sem trabalho? — perguntou Becks.

— Não acho que ele tenha arrumado um trabalho em mais de um ano.

— O que ele faz para ganhar dinheiro?

— Recebe uma pequena mesada do pai. E morar na Mansão Branca não custava nada para ele.

— Onde ele está morando agora?

— Com a minha mãe. Ela mora naquela fileira de casas em frente ao antigo Waitrose. Mas, respondendo à sua pergunta, aposto que Tristram dizia para os amigos que queria que o pai morresse para poder herdar tudo, mas não era exatamente o que ele queria. É louco dizer isso, mas, apesar de todas as reclamações, ele amava o nosso pai.

— Jenny disse que eles eram muito parecidos.

— Sim, a gente costumava falar sobre como esses dois eram farinha do mesmo saco. Cheios de si, mas tão sensíveis de um jeito estranho. Era uma combinação bem tóxica.

— Então, como você pode ter tanta certeza de que ele não estava por trás da morte do seu pai?

— Tristram não tem coragem — Rosanna respondeu com tanta raiva que fez Judith ter uma ideia.

— É possível que ele tenha um cúmplice? — questionou Judith. — Alguém com mais coragem do que ele, caso ele não tenha conseguido fazer isso sozinho?

Rosanna pareceu surpresa; quase culpada.

— O quê? — disse, mas foi só para evitar dar uma resposta concreta.

— Tem mais *alguém*, não tem? — perguntou Suzie, ansiosa.

Rosanna não sabia o que dizer, e então as mulheres viram seu olhar se voltar para a parede, onde estava uma árvore genealógica da família, escrita em caligrafia desbotada. Os nomes e as linhas de conexão da família Bailey remontavam a centenas de anos.

Rosanna olhou para as mulheres novamente.

— Não, não tem ninguém — falou.

— Isso não é verdade — disse Suzie. — Tem alguém.

— Não tem ninguém — repetiu Rosanna, fechando o notebook e desconectando-o da tomada. — Agora, realmente preciso ir para meu compromisso. E se vocês vão insistir que papai foi assassinado, tudo o que posso dizer é que tenho certeza de que não foi Tristram, ou qualquer cúmplice; e com certeza não fui eu. Como vocês acabaram de provar com aquele botão, acho. Eu estava no guarda-roupa lá em cima quando o armário despencou sobre ele. Eu deveria estar agradecida por isto aqui ter caído — acrescentou Rosanna, pegando o botão da mesa e colocando-o no bolso. — É meu álibi.

Rosanna saiu do escritório, e uma Judith profundamente frustrada a seguiu, acompanhada por suas amigas.

— A árvore genealógica não vai te proteger — disse Judith enquanto Rosanna começava a destrancar uma bicicleta. — Toda essa história, e tudo pertence aos homens. Assim como o seu futuro pertence ao seu irmão agora.

— Eu não sei do que você está falando — disse Rosanna.

— Você é a primogênita. Faz todo o trabalho. Mas o Tristram está prestes a se tornar seu chefe. Ele vai herdar e vai querer se vangloriar disso, não vai? Porque sabemos que sim. Na verdade, aposto que ele mal pode esperar para te dizer como você tem administrado a propriedade de forma errada todos esses anos. Como ele vai fazer tudo melhor. E aqui está a reviravolta! — acrescentou Judith, surpresa pelo insight repentino. — Ele vai estragar tudo. Porque ele não é como você. Não é inteligente. Não é trabalhador. Mas acredita que é superior a você. Típico de um homem.

Rosanna hesitou. Mais uma vez as mulheres perceberam que ela estava considerando dizer algo. Judith, secretamente, ficou satisfeita por enfim ter abalado a compostura de Rosanna.

Mas então as defesas de Rosanna se levantaram.

— Você está errada — disse. — Formamos uma boa equipe, o Tristram e eu. Sempre fomos uma boa equipe. Vamos fazer um trabalho brilhante administrando a propriedade juntos. Agora, preciso ir para Hambleden.

E, com isso, Rosanna subiu na bicicleta e pedalou para longe.

— Por que ela está protegendo ele? — perguntou Suzie.

— Não faz sentido para mim — concordou Judith. — Não tem como ele protegê-la.

Becks se assustou ao ouvir seu telefone vibrar. Ela pegou o celular, conferiu rapidamente, ficou vermelha e o guardou de volta na bolsa.

— Está tudo bem? — quis saber Judith.

— Na verdade, tenho um compromisso.

— Tem? — perguntou Suzie, percebendo a vergonha da amiga.

— Não é nada de mais. Só negócios da igreja. Na verdade, bem chato. Mas eu realmente preciso ir. Agora mesmo.

— Precisa de ajuda? — ofereceu Judith.

— Não! — disse Becks, em pânico, antes de se recompor. — Isso é muito gentil, mas não é nada. Só preciso ir agora. Até mais.

Antes de se comprometer mais, Becks se apressou pela rua High, em direção à casa paroquial.

— O que foi isso? — perguntou Suzie.

As mulheres viram Becks passar direto pela entrada da casa.

— Certo, então ela não vai para a casa — disse Suzie. — Imagino que vai entrar na igreja. Já que é um assunto da igreja. Faz sentido.

Pouco antes de Becks chegar à igreja, ela se escondeu em um dos pequenos becos que cortam a cidade e desapareceu de vista.

— Espera aí — disse Suzie, olhando para Judith, sabendo que ambas estavam pensando a mesma coisa. — Para onde ela está indo?

— Acho que essa é uma pergunta bem justa.

— Precisamos segui-la.

— O quê?

— Vamos lá, eu sei que você quer saber o que está acontecendo tanto quanto eu. Porque você está certa, Becks está agindo de maneira diferente. E ela ficou toda nervosa quando perguntamos sobre o anel de safira novo dela. Então, por que agora está recebendo ligações misteriosas das quais não pode nos falar?

Judith mordeu o lábio por alguns segundos.

— Você tem razão, eu quero saber. Vamos lá — falou, começando a seguir Becks, com Suzie rapidamente atrás.

Quando as duas mulheres chegaram à entrada do beco, pararam abruptamente, tiraram um momento para se recompor e então espiaram por cima da parede. Becks não estava em lugar nenhum, então correram pelo beco o mais rápido que podiam, parando bruscamente quando chegaram ao final. Olhando mais uma vez pela esquina, viram Becks virando uma ruazinha ao lado do pub Two Brewers.

Tentando ser invisíveis o bastante, o que, na verdade, não era nem um pouco invisível, Judith e Suzie atravessaram a rua e viraram no exato momento em que viram Becks se apressar até uma casa geminada. Elas a observaram ajeitar o cabelo, se recompor e então apertar a campainha.

Logo depois, a porta se abriu, um homem de cabelos escuros, na faixa dos quarenta anos, saiu e abraçou Becks, antes de a convidar para entrar. Momentos depois, Becks apareceu na janela do andar de cima e fechou as cortinas.

Judith e Suzie se entreolharam, completamente sem palavras.

— Por isso ela não podia nos contar sobre o anel novo — Suzie conseguiu dizer finalmente.

— Não acredito nisso — disse Judith, mas estava claro que ela concordava com a amiga. — Não pode ser… a Becks.

— Você quer dizer, uma mulher casada com um dos homens mais chatos do mundo? Vamos ser honestas, só há uma razão pela qual uma mulher casada visitaria secretamente a casa de um homem durante o dia, subindo diretamente para o segundo andar com ele e fechando as cortinas para que ninguém pudesse olhar.

Judith olhou para a amiga e sabia que concordava. Então Becks estava tendo um caso?

Capítulo 16

Tanika estava sentada em sua mesa na sala de investigações e lutava para conter a frustração. Não era tanto pelo fato de o inspetor-chefe Hoskins ter reassumido seu antigo cargo, embora, para ela, o momento fosse incrivelmente suspeito. O problema era que ela já conseguia perceber que ele estava perdendo o interesse no caso Bailey. Depois de revisar as provas, ele coçou o queixo, como se estivesse ponderando os fatos, e então declarou para a equipe que simplesmente não conseguia entender como alguém poderia ter empurrado o armário e depois saído de um cômodo que estava trancado com uma chave que foi encontrada no bolso do falecido. Todos os protestos de Tanika de que a morte ainda era suspeita foram ouvidos com atenção — esse sempre havia sido o estilo de gestão de Hoskins, ouvir atentamente as opiniões dos outros — e, em seguida, ele disse que não mudaria de ideia. Esse também sempre fora o seu estilo de liderança.

Não ajudava o fato de Tanika não ter encontrado nenhuma evidência que mostrasse como o assassino poderia ter saído do cômodo trancado após empurrar o armário sobre sir Peter. Os chaveiros que sua equipe contatara disseram que não haviam feito uma cópia da chave do escritório — e a maioria deles afirmou que nem sequer tinha a capacidade de fazer isso. Era uma chave muito antiga. Ainda mais frustrante foi o fato de que, quando a perícia desmontou a fechadura, não conseguiu encontrar nenhum resquício de metal proveniente de uma chave feita recentemente. Tudo o que encontraram foi poeira, ferrugem e lascas de ferro antigas deixadas pelo uso da chave original ao longo das décadas.

Quanto ao seu novo papel na equipe, era difícil para Tanika não levar seu rebaixamento para a função de responsável pela documentação como uma ofensa pessoal. Não que não fosse um trabalho importante — garantir que todas as evidências fossem devidamente registradas e vinculadas era algo de suma importância —, mas o cargo representava, de certa forma, um retrocesso para alguém que havia sido inspetora-chefe interina apenas alguns dias antes.

Tanika voltou à sua tarefa de etiquetar os escaneamentos dos últimos seis meses dos extratos bancários de sir Peter. Ela sabia que seus sentimentos pessoais não eram desculpa para um trabalho descuidado, então, antes de fazer o upload de cada extrato, passou os olhos pelas transações. Afinal, parecia senso comum garantir que tivessem sido corretamente digitalizadas. Infelizmente, além do fato de sir Peter ter uma conta no mesmo banco da rainha, o Coutts, sua conta pessoal não era muito interessante. O saldo era um pouco acima de vinte mil libras. Ele não gastava dinheiro com utilidades ou despesas domésticas — Tanika imaginou que houvesse outra conta bancária para cobrir isso — e esta conta era simplesmente uma longa lista de despesas em restaurantes, pubs e táxis, pedidos para a Wine Society e vários pagamentos para o Royal Automobile Club, em Londres. Nenhuma despesa parecia particularmente alarmante — até que o olhar de Tanika foi atraído por quatro saques em dinheiro feitos pouco antes do Natal. Cada um foi de cinco mil libras, retirados nos dias dezessete, dezenove, vinte e dois e vinte e três de dezembro.

Ao revisar a conta, Tanika percebeu que o saldo havia sido superior a quarenta mil libras no início de dezembro. Ela conferiu o extrato de novembro e viu que o saldo também girava em torno de quarenta mil libras. O mesmo ocorreu com o extrato de outubro. Na verdade, Tanika conseguiu verificar os extratos do ano inteiro, e o saldo de sir Peter nunca ficava muito abaixo de quarenta mil libras. Ele também nunca sacava valores em dinheiro maiores do que algumas centenas de libras.

As quatro visitas ao banco para retirar vinte mil libras pouco antes do Natal eram, sem dúvida, algo fora do comum. Então, o que ele estava planejando? Seria dinheiro para presentes? Parecia uma quantia alta demais e, se soubesse que precisaria de vinte mil libras em dinheiro, por que não retirar tudo logo, em vez de fazer saques menores diluídos em vários dias?

Mas era mais do que isso, Tanika percebeu. Havia algo sobre os pagamentos — ou sobre o momento em que foram feitos — que a incomodava.

O que era? Mais do que qualquer outra coisa, Tanika era metódica, então pegou seu caderno e anotou as quatro datas em que sir Peter havia retirado o dinheiro. O que nessas datas havia despertado seu subconsciente? Era estranho, pensou distraidamente, que as duas primeiras datas tivessem um intervalo de um dia entre elas e, depois, após um espaço de alguns dias, as últimas dez mil libras tivessem sido retiradas em dias consecutivos.

Enquanto analisava as datas consecutivas, percebeu o que lhe incomodava. Felizmente, Tanika estava na posição perfeita para verificar se sua suspeita estava certa.

Ela abriu os registros dos aplicativos de mensagens de sir Peter e acessou as capturas de tela da única troca de mensagens que ele havia excluído. Era exatamente como ela se lembrava; tinham sido apagadas, mas as datas e o identificador de chamadas permaneciam. Tanika conseguiu ver que cada mensagem estava datada no dia anterior aos saques de cinco mil libras em dinheiro. As mensagens apagadas haviam chegado nos dias dezesseis, dezoito, vinte e um e vinte dois de dezembro, e o dinheiro havia sido retirado nos dias consecutivos.

Para Tanika, era óbvio. Alguém havia enviado uma mensagem para sir Peter exigindo cinco mil libras — em dinheiro — em quatro ocasiões, e ele havia ido ao banco no dia seguinte, sacado o valor e entregue a quantia. Ele também se certificou de apagar tanto a mensagem que pedia o dinheiro quanto sua resposta.

Tanika se lembrou de que, quando estava à frente do caso, havia encarregado um membro da equipe de identificar o número de telefone que enviara as mensagens para o celular de sir Peter. Ao verificar o registro relevante em seu computador, ficou satisfeita ao ver que a captura de tela da conversa agora tinha um link incorporado. Ela clicou no link e descobriu que as mensagens haviam sido enviadas para o telefone de sir Peter a partir de um número virtual registrado em uma empresa localizada em Vanuatu, no Pacífico Sul.

Agora não havia mais dúvidas. O que quer que estivesse acontecendo entre sir Peter e seu misterioso remetente de mensagens era, na melhor das hipóteses, desonesto e, na pior, ilegal. Tanika saiu da sala antes mesmo de decidir conscientemente o que deveria fazer com aquela informação. Quando percebeu, já estava diante do escritório de Hoskins. Bateu uma vez à porta e entrou sem esperar ser chamada.

— Chefe — disse ela, parando ao ver que ele já estava em reunião com o superintendente deles. — Desculpe interromper — acrescentou.

— Não. Pode entrar, investigadora — disse Hoskins, e Tanika se lembrou de como seu chefe podia ser acolhedor quando estava diante dos superiores.

— Espero que não se importe com sua nova designação — falou o superintendente, um homem que, para Tanika, poderia ser inteiramente definido pelo ar de cansaço constante. — Eu estava comentando com o Hoskins sobre como você cuidou bem do lugar dele durante sua ausência. Imagino que agora pretenda fazer a prova para se qualificar como inspetora?

— Desculpe, senhor? — Tanika ainda tentava se situar na conversa.

— Já que você tem trabalhado como inspetora nos últimos doze meses, espero que esteja considerando fazer o exame formal.

A verdade é que Tanika mal havia pensado nisso. Ela andara ocupada demais tentando sobreviver à própria rotina — fazendo o melhor que podia no trabalho, ajudando a cuidar da filha e lidando com os problemas do pai — para ter algo além de uma esperança vaga de que Hoskins continuasse "afastado por doença" pelo maior tempo possível.

— Esse é um sentimento que compartilho — informou Hoskins, embora parecesse ansioso para mudar de assunto. — Então, o que valeu interromper minha reunião?

Tanika explicou como sir Peter havia recebido quatro mensagens de texto de um número descartável registrado em Vanuatu, como ele havia excluído cada mensagem e sua resposta, e depois retirado cinco mil libras em dinheiro no dia seguinte.

— Não é o comportamento de um homem inocente — concluiu ela.

Tanika percebeu que o superintendente observava Hoskins, atento à sua reação.

— Concordo — disse Hoskins, e Tanika sentiu um arrepio de empolgação. Finalmente tratariam o caso com a seriedade que ele merecia! — No entanto — continuou —, todo mundo tem segredos. Coisas que não gostariam que o resto do mundo soubesse. Eu sei que tenho. E mesmo que sir Peter estivesse envolvido até o pescoço em algum tipo de negócio duvidoso, a autópsia deixou claro que ele morreu quando o armário caiu sobre ele. Não havia toxinas ou substâncias estranhas em seu corpo. Nada além de um pouco de álcool, que, não preciso lembrá-la, teria prejudicado seu julgamento. E ele foi encontrado sozinho em um cômodo trancado, sendo que a única chave estava no bolso dele. Então, independentemente do que estivesse acontecendo na vida de sir Peter, como podemos, plausivelmente, dizer que ele foi assassinado?

— Foi uma morte suspeita, senhor.

— E é aí que preciso discordar de você mais uma vez. Não há muita coisa suspeita. Um móvel enorme caiu sobre ele.

— Mas *como* caiu? E por que naquele momento exato? Ele iria se casar no dia seguinte. E o testamento dele ainda está desaparecido.

— Testamentos desaparecem o tempo todo. E se tem tanta certeza de que foi assassinato, como acha que o assassino saiu do cômodo depois?

Enquanto falava, Hoskins deu ao superintendente uma piscadela conspiratória, sem sequer tentar esconder de Tanika.

Em vez de perder a paciência com os homens que eram seus chefes, Tanika, como sempre, escondeu sua fúria sob uma aparente aceitação.

— Eu não sei, senhor.

— O motivo de você não saber é porque isso é impossível. Como você mesma acabou de admitir. Agora, já estamos sobrecarregados o suficiente sem tentar resolver assassinatos que não existem. Sugiro que termine de registrar as evidências necessárias e, depois, eu encontrarei um novo caso de assassinato para você ajudar.

— Sim, senhor — respondeu ela, e, com um sorriso tenso, virou-se e saiu da sala.

Quando voltou à sua mesa, Tanika sabia que a inflexibilidade do chefe deixava apenas uma opção para ela. Porque, se ele não ia levar o caso a sério, ela conhecia três pessoas que já estavam levando.

À medida que pensava no que estava prestes a fazer, não conseguiu conter um sorriso. Era hora de Tanika Malik — a filha, esposa e mãe perfeita e exemplar — quebrar as regras.

Capítulo 17

Após o encontro clandestino de Becks com o homem de meia-idade no dia anterior, Judith e Suzie concordaram em realizar uma reunião de emergência em Hurley Lock. Era um local conveniente para ambas, já que Judith podia ir a pé de sua casa e Suzie podia levar alguns de seus cães para correr por lá.

Enquanto Emma e uma magnífica saluki de cor caramelo chamada Princesa corriam pelo campo em grandes círculos, Judith e Suzie estavam sentadas em um banco, rio acima de alguns barcos atracados.

— Nunca poderemos contar à Becks que a seguimos — disse Judith, puxando a conversa. — Ela nunca nos perdoaria. Acho que nem eu me perdoaria.

— É claro que não — concordou Suzie. — Mas temos que dizer algo.

— Não temos. Não podemos interferir.

— Certo, eu concordo. O que Becks faz com a vida dela não é da nossa conta.

— Exatamente.

As duas mulheres ficaram em um silêncio confortável, observando os cães.

— Mas podemos simplesmente perguntar a ela — disse Suzie.

— De jeito nenhum — respondeu Judith com firmeza.

— Não, claro — concordou Suzie imediatamente. — Você tem razão.

As duas caíram novamente no silêncio, embora Judith pudesse perceber que Suzie estava se preparando para tentar mudar sua opinião mais uma vez.

— Ela deve estar passando por um inferno, se está fazendo isso — disse Judith, tentando mudar o rumo da conversa.

— Tem razão — concordou Suzie. — Ela sempre foi tão perfeita. Não há como ela ter feito isso se estivesse feliz. Então, voltando um pouco, se *fôssemos* dizer algo a ela, o que você acha que diríamos?

— Não diríamos nada, acabamos de concordar que não vamos falar nada.

— Eu sei, e não vamos, eu prometo. Mas *se* disséssemos, é só isso que estou dizendo, *se* disséssemos, o que diríamos?

Judith suspirou. Suzie não ia desistir.

— Acho que diríamos que estamos aqui para ajudá-la. Que, seja lá pelo que ela estiver passando, estamos do lado dela e que ela pode conversar conosco a qualquer momento.

— Perfeito. E então perguntaríamos com quem ela está dormindo?

— Não, não perguntaríamos!

— Por que não?

— Porque não é da nossa conta! Suzie, olhe para mim. Você precisa prometer. Não vamos ultrapassar os limites. Somos amigas da Becks.

— Tudo bem — cedeu Suzie, embora não parecesse feliz com a decisão. — Não se preocupe comigo, minha boca é um túmulo, você não vai ouvir um pio.

Judith olhou para a amiga. Não havia ninguém que ela conhecesse que fosse menos capaz de manter promessas. Exceto ela mesma, é claro. Era por isso que gostava tanto da companhia de Suzie.

— Mas, caramba — disse Suzie, maravilhada —, Becks infiel? Quem diria?

— Eu sei, é inacreditável — concordou Judith. — Sabe de uma coisa? Acho que meu bumbum ficou completamente dormente.

Suzie caiu na risada.

— Sei exatamente o que você quer dizer — disse Suzie. — Está frio demais para ficar sentada ao ar livre no meio do inverno. De qualquer forma, preciso ir. Tenho que levar os cachorros para a cuidadora.

— O quê?

— Preciso fazer o programa de rádio mais tarde. Posso levar a Emma comigo para o estúdio; ela só fica sentada no canto, em silêncio, olhando para mim. Mas não tem como fazer o programa com a Princesa lá também.

— Espera aí — disse Judith, ainda confusa. — Mas o seu trabalho é ser cuidadora de cães.

— Eu sei.

— Então, por que você precisa de uma cuidadora de cães?

— Bem, às vezes uma cuidadora de cães precisa de outra cuidadora de cães — respondeu Suzie, um pouco irritada com a pergunta, enquanto se levantava do banco.

— Espera, estou entendendo isso direito? Você está sendo paga para cuidar da Princesa e está repassando esse dinheiro para outra pessoa fazer o trabalho por você?

— A alternativa é não cuidar dela de jeito nenhum; e já recusei trabalho suficiente só para fazer o programa de rádio. Sem contar que a cuidadora que estou usando cobra mais do que eu. Isso me dá nos nervos, pode acreditar. Cuidadoras de cães em Marlow são absurdamente caras.

Suzie chamou as duas cadelas, e enquanto prendia a guia na coleira de Emma, Judith percebeu que a saluki não estava usando coleira. Ela ainda estava presa à guia que Suzie segurava na mão.

— Você tem certeza de que deveria estar soltando ela sem coleira? — perguntou Judith.

— Acho que não — respondeu Suzie, recolocando a coleira no pescoço da Princesa. — Mas o dono dela nunca deixa que ela corra de verdade. Ela é uma cadela de exposição, sabe, e ele é obcecado com a possibilidade de ela quebrar uma perna e não poder ganhar mais prêmios.

— Mas o que isso tem a ver com a coleira?

Agora que havia recolocado a coleira, Suzie apontou para uma peça cinza de plástico em formato de pedrinha presa à coleira junto com as etiquetas de identificação de latão.

— Isso é um rastreador. Tem um aplicativo que permite ver onde a cadela está em tempo real. Serve para localizá-la caso seja roubada ou se perca na floresta. Mas também, como descobri na primeira vez que a soltei da guia, serve para o dono dela me espionar e garantir que, quando eu disser que nunca vou soltá-la, eu realmente nunca a solte.

— Muito esperto da sua parte — disse Judith. — Mas que tipo de dono não deixa o cachorro correr sem guia?

— Tenho certeza de que a única razão pela qual a Princesa ganha prêmios é porque eu tiro a coleira e deixo ela correr por aí. Isso a mantém saudável.

— Aposto que sim. Vamos lá.

As duas amigas começaram a caminhada de volta para Hurley. Depois de passarem pela casa flutuante mais próxima, ouviram uma voz feminina atrás delas dizer:

— Eu sabia que eram vocês.

Elas se viraram e viram Rosanna parada no deck.

— Ah, olá — cumprimentou Judith.

— O que você está fazendo aqui? — perguntou Suzie.

— Eu moro aqui — respondeu Rosanna, indicando a casa flutuante enquanto tirava a bicicleta de um suporte e a colocava na grama.

— É linda — disse Judith. Pelas janelas, ela podia ver uma mulher se movendo lá dentro. Ela usava um suéter grosso, calças de pijama florais e tinha cabelos loiros lisos com as pontas tingidas de azul brilhante.

— Estive pensando no que vocês disseram ontem — começou Rosanna.

Suzie estava prestes a responder, mas Judith cutucou a amiga com o cotovelo para que ficasse quieta.

— E vocês têm razão — continuou Rosanna. — Tristram vai estragar tudo.

Havia uma vulnerabilidade — até mesmo uma fragilidade — nela que Judith ainda não tinha notado.

— E se ele for inocente, então não importa o que eu contar a vocês, importa? Mas posso perguntar, vocês têm certeza absoluta de que meu pai achava que Tristram queria… isso é loucura… mas que ele queria matá-lo?

— Foi o que Andrew Husselbee nos disse.

Ao ouvir o nome do advogado, Rosanna olhou para a mulher dentro da casa-barco.

— Se foi isso que Andrew disse, então deve ser verdade — murmurou, quase para si mesma. — E não tenho certeza se isso significa algo, mas acho que Tristram tem uma namorada secreta. Há anos. Alguém sobre quem ele nunca nos contou.

— Você já perguntou isso a ele?

— Algumas vezes, mas a vida particular dele é só dele. Tristram é assim.

— O que pode nos contar sobre ela?

— Quase nada. Mas, no verão passado, quando eu estava na Mansão Branca, entrei na sala e peguei Tristram sussurrando palavras doces ao telefone. E, quando brinquei com ele sobre isso, ele ficou vermelho como um pimentão, como se eu o tivesse pegado no flagra.

— Que tipo de palavras doces? — perguntou Suzie.

— Algo sobre como eles só precisavam ter paciência, que a hora deles chegaria, que só precisavam estar lá um para o outro, esse tipo de coisa.

— E você não faz ideia de com quem ele estava falando? — perguntou Suzie.

— Nenhuma. Mas ele ficou realmente estranho com aquilo. Quando perguntei sobre o assunto depois, ele negou até mesmo ter estado ao telefone com alguém.

— E por que ele faria isso? — perguntou Judith.

— Não faço ideia, mas era isso que eu queria contar a vocês ontem.

— Obrigada — disse Judith.

Rosanna sorriu tristemente, subiu na bicicleta e foi embora.

— Bom, essa é uma reviravolta interessante — comentou Suzie.

— É, não é? — concordou Judith. — Embora, se Rosanna se lembrou corretamente da conversa, esta não soou para mim como se ele estivesse falando com uma namorada, e sim com um cúmplice.

— Concordo com você.

O telefone de Judith tocou, então ela o pegou na bolsa para ver quem estava ligando.

— É a Tanika. O que será que ela quer?

Capítulo 18

Judith, Becks e Suzie estavam no parque Higginson, observando dezenas de crianças gritarem e correrem enquanto brincavam nos balanços e escorregadores. Judith adorava ver crianças brincando; o caos e o barulho delas. Muitas vezes, ela se pegava pensando em como a sociedade transformava esses espíritos livres em adultos monótonos. Mas, naquela ocasião, ela também mantinha parte de sua atenção em Becks. A descoberta de que sua amiga estava tendo um caso havia deixado Judith mais abalada do que gostaria de admitir. Suzie tinha razão — o grande ponto sobre Becks era que ela sempre fazia "a coisa certa". O que, afinal, havia acontecido com ela para fazê-la transgredir?

— Adoro os balanços e os escorregadores — disse Suzie, e Judith sorriu em concordância.

— Eu me lembro de levar meus dois pequenos ao parque perto de casa — disse Becks. — Isso foi quando morávamos em Greenwich. Sam subiu no topo de uma casa de madeira estranha, era enorme. Não sei como ele conseguiu chegar lá, era tão perigoso.

— Mas aposto que ele desceu bem, certo? Eles sempre conseguem.

— Ele caiu e quebrou o braço. Foi, provavelmente, o pior dia da minha vida.

— Ah — disse Suzie, tentando não rir, e Judith também se pegou sorrindo. Tendo um caso ou não, Becks ainda assim não conseguia deixar de ser preocupada.

— Isso não tem graça. Por que você riria disso? — perguntou Becks.

— Não, claro que não, desculpe. É só que… só você pensaria que parquinhos são armadilhas mortais — disse Suzie.

— Sem supervisão de um adulto, os parquinhos são, sim — retrucou Becks.

Uma mulher de meia-idade, vestindo um casaco cinza acolchoado que ia dos ombros até os joelhos, viu Suzie e veio em sua direção.

— Você é Suzie Harris? — perguntou. — Da Marlow FM?

Suzie pareceu crescer um centímetro de altura.

— Sou eu — respondeu.

— Eu escuto você todos os dias, acho você incrível. Posso pegar seu autógrafo?

— Eu? — disse Suzie, com uma modéstia impressionante, enquanto já puxava um cartão de visitas e uma caneta do bolso. — Sério, eu não sou ninguém — falou, assinando o verso do cartão com um floreio antes de entregá-lo. — São os ouvintes que são as verdadeiras estrelas da estação.

— Muito obrigada — agradeceu a mulher, antes de se virar para Judith e Becks. — A amiga de vocês é famosa — comentou, como se isso encerrasse o assunto, e então se virou e foi embora.

Assim que a mulher se afastou, Judith percebeu o quanto aquela interação significava para Suzie. Ela estava toda inflada, como uma galinha orgulhosa.

— Isso acontece com frequência? — perguntou Becks.

— Não — respondeu Suzie, radiante. — Foi a primeira vez.

Judith não tinha certeza se a admiração de estranhos era a fonte mais saudável de autoestima, mas então se lembrou da primeira vez que viu Suzie. Ela estava falando com uma equipe de notícias da TV local, algo que Tanika havia especificamente dito que ela não podia fazer.

Suzie sempre tinha sido atraída pelos holofotes.

— Olá, pessoal — disse uma voz ao lado delas, e as mulheres viram que Tanika havia se juntado ao grupo. — Obrigada por concordarem em me encontrar assim.

— Sempre felizes em ajudar — respondeu Judith. — Mas por que tanto segredo?

— Fui retirada do caso.

— O quê?! — exclamaram as três mulheres em uníssono.

— Bem, não exatamente. Mas fui rebaixada.

As mulheres ficaram indignadas.

— Mas você é brilhante no que faz — disse Becks.

— Isso é muito gentil da sua parte.

— Gentil? — disse Judith. — Isso é simplesmente a verdade.

— Acontece que eu era apenas uma substituta esse tempo todo.

— Substituta?

— Significa que, quando o inspetor-chefe Hoskins quisesse voltar da licença médica, ele poderia.

— E agora, com outro assassinato, ele de repente volta? Ele não aguentaria você levando o crédito de novo?

— O momento é… infeliz — disse Tanika, evitando falar mal de um superior. — Porém, mais preocupante, ele acha que sir Peter não foi assassinado.

— Argh!

As mulheres olharam para Judith, confusas. O que ela tinha acabado de dizer?

— Mas você acha? — perguntou Becks.

— Sendo sincera, desde o início tenho achado que ele foi assassinado.

— Você podia ter dito alguma coisa — disse Judith.

— Eu realmente não podia — falou Tanika. — Não enquanto eu era a inspetora-chefe. Mas agora que não sou mais, minha opinião não importa. O caso continuará aberto, Hoskins é esperto demais para encerrá-lo imediatamente, mas ninguém vai investigá-lo de fato.

— Nós temos que pegar o assassino! — exclamou Suzie.

Uma garotinha de quatro anos que corria por perto parou, começou a chorar e correu de volta pelo parque para os braços da mãe.

— Ops — disse Suzie. — Desculpa.

— A questão é — continuou Tanika — que não posso ir contra as ordens do meu chefe.

Judith finalmente entendeu.

— Entendi — falou ela, admirada. — Por isso você me disse ao telefone que não se importava que procurássemos o testamento na Mansão Branca. E por isso agora quer nos encontrar secretamente.

— Eu não posso pedir formalmente que façam nada. Não estou aqui de modo oficial. Mas talvez vocês pudessem continuar vasculhando um pouco? Encontrar mais sobre sir Peter e a família dele, porque eu não acho que chegamos nem perto de descobrir o que realmente estava acontecendo.

Judith não respondeu de imediato, mas Tanika percebeu que o silêncio dela era crucial. Afinal, se Judith e suas amigas tinham sido tão úteis da última vez, por que deveriam ser rebaixadas a detetives amadoras agora?

— O que você descobriu sobre o azeite na dobradiça da porta do escritório de sir Peter? — perguntou Judith.

Tanika assentiu, entendendo que Judith estava pedindo que provasse sua credibilidade.

— Fizemos a análise e o azeite nas dobradiças corresponde ao azeite encontrado na lata metálica na cozinha.

— A lata que havia sido limpa para remover impressões digitais.

— E vocês devem saber, todo o equipamento científico que caiu do armário também foi limpo para remover digitais. Mas quando contei isso a Hoskins, ele só disse que eles deviam ter uma boa faxineira.

— Mas é como a Jenny disse na época — comentou Becks. — Mesmo um bom faxineiro deixaria impressões digitais ao colocar de volta o que foi limpo na prateleira.

— E eu penso da mesma forma — concordou Tanika. — Alguém limpou todas as impressões digitais do equipamento científico de propósito. Da mesma forma como limpou as digitais da lata de azeite. Mas há algo específico que quero que vocês investiguem. Sir Peter sacou cinco mil libras em dinheiro em quatro ocasiões diferentes pouco antes do Natal. E cada vez que fez isso, foi logo após receber uma mensagem de um número não rastreável registrado em Vanuatu; uma mensagem que ele, então, apagou. Também deletou todas as respostas.

— Isso parece suspeito pra caramba — disse Suzie.

— Quais foram as datas? — perguntou Judith.

Tanika olhou ao redor para verificar se ninguém estava observando e entregou um pedaço de papel com as datas anotadas. Judith guardou o bilhete na bolsa e puxou sua latinha de balas. Abrindo a tampa, ofereceu o doce a Tanika.

— Uma balinha? — perguntou Judith, e ambas sabiam que ela estava oferecendo muito mais do que um simples doce.

Tanika estava ciente do acordo que estava prestes a aceitar.

— Obrigada — disse ela. — Seria ótimo.

Ela pegou uma bala e a colocou na boca.

— Vocês verificaram os antecedentes da família? — perguntou Judith.

— Fizemos verificações completas de todos os principais envolvidos, e lamento dizer que todos têm ficha limpa. A agência de enfermagem de Jenny Page disse que ela era eficiente, totalmente digna de confiança e trabalhava para eles há quase quinze anos. Durante todo esse tempo, não houve uma única reclamação.

— E quanto à Rosanna Bailey?

— Falei com algumas pessoas que trabalham para ela e todos disseram que ela era competente, mas não suporta tolos. Uma pessoa até disse que ela podia ser implacável, do tipo de empregadora que demitiria um funcionário fixo na sexta-feira e contrataria um temporário na segunda para economizar alguns trocados.

— Chefe típica — comentou Suzie.

— E Tristram?

— Sobre ele, recebi mensagens mistas. Algumas pessoas disseram que ele era arrogante, convencido, um típico garoto rico que nunca teve que trabalhar de verdade. Mas falei com a antiga diretora dele, que achava que toda essa arrogância era fachada. Disse que ele era profundamente inseguro e faria qualquer coisa para ganhar aprovação.

— Algum sinal de namorada? — perguntou Judith.

— Não — disse Tanika. — Ele tem uma?

— Rosanna disse que o ouviu ao telefone no verão passado, sussurrando o que chamou de "palavras doces" para alguém.

— Bem, se foi no verão passado, talvez já tenha esfriado?

— É possível, mas Rosanna disse que ele falou para essa pessoa que eles tinham que esperar o momento certo — contou Judith. — Você teve algum progresso em descobrir como o assassino saiu do cômodo depois do assassinato?

— Desculpe, isso continua um mistério. E vocês?

— Não, ainda estamos no escuro quanto a isso. É tão frustrante. Sir Peter foi assassinado, não tenho dúvidas disso…

— Eu não tenho tanta certeza — interrompeu Becks.

— Agora não, Becks — disse Judith, falando por cima da amiga.

— Vou dizer uma coisa — falou Tanika. — Se alguém pode descobrir isso, são vocês três. Agora, preciso voltar ao escritório antes que percebam minha ausência. Qualquer coisa que descobrirem, vocês têm meu número. Me liguem a qualquer hora, de dia ou de noite.

Tanika se virou e saiu, e as três amigas observaram enquanto ela caminhava em direção aos portões do parque.

— Você precisa parar de dizer que ele não foi assassinado — repreendeu Suzie.

— Eu sei — respondeu Becks. — Desculpa.

— Eu não acredito que a Tanika foi rebaixada — disse Judith. — É praticamente a coisa mais vergonhosa que já ouvi.

— Então precisamos capturar o assassino de sir Peter — disse Suzie. — Para conseguir o emprego dela de volta.

— Concordo. E acho que devemos começar com essa namorada secreta. Porque me ocorreu que há alguém que talvez consiga identificá-la.

— Quem? — perguntou Becks.

— A pessoa que acolheu Tristram quando ele foi expulso de casa e o resto da família lhe virou as costas. A mãe. Rosanna disse que ela mora em uma das casas geminadas em frente ao antigo Waitrose. Acho que deveríamos ir descobrir em qual casa ela mora e conversar com ela.

Capítulo 19

Na hora de identificar onde lady Bailey morava, o impecável conhecimento de Becks sobre a classe média mais uma vez veio ao seu auxílio. Apesar de haver uma fileira com mais de uma dúzia de casas geminadas na rua onde Rosanna havia dito que a mãe vivia, Becks caminhou com confiança até a sétima porta e bateu.

— O que te faz pensar que esta é a casa dela? — perguntou Judith.

Becks ficou perplexa com a surpresa da amiga.

— Todas as outras portas e janelas são pretas, brancas ou de madeira natural — disse ela. — Esta porta foi pintada com Farrow and Ball.

— O que é isso? — perguntou Suzie.

— Acho que é Suspiro de Elefante.

Suzie não soube o que dizer.

— Saúde? — ofereceu, por fim.

— O quê?

— Pareceu que você espirrou.

— Suspiro de Elefante é uma cor da linha Farrow and Ball — explicou Becks, surpresa por precisar esclarecer. — Fica entre as cores Costas de Rato e Salmão Morto — acrescentou, achando que isso resolveria a confusão.

Quando percebeu que não resolveu, tentou de novo:

— Foi, simplesmente, a cor da moda há uns dez anos.

— Você está dizendo que cores podem estar na moda? — perguntou Judith com um sorriso. — Assim como as galochas?

— Claro!

Parece um mundo completamente diferente — comentou Suzie, maravilhada.

A porta foi aberta por uma mulher na casa dos sessenta anos, com um cigarro na mão, usando um casaco de pele sintética de leopardo, calças de moletom cinza-claro e pantufas brancas e fofas.

Suzie sorriu de lado, certa de que, apesar das palavras refinadas de Becks, ela havia escolhido a porta errada.

— Lady Bailey? — perguntou Judith, sabendo que Becks, na verdade, havia acertado em cheio.

— Sim? — respondeu a mulher, em um tom arrastado e com voz de classe alta.

Suzie ficou pasma. Fez um esforço enorme para evitar que seu queixo caísse.

— Somos amigas da família — disse Judith. — Nossos pêsames pela sua perda.

Lady Bailey sacudiu o cigarro, derrubando cinzas na calçada.

— Muito gentil da sua parte — disse ela.

— Também estamos ajudando a polícia a tentar descobrir o que aconteceu. Seria possível entrarmos para uma conversa rápida?

Lady Bailey olhou para as três mulheres e decidiu que não tinha nada melhor para fazer.

— Entrem, então — convidou, seguindo para dentro da casa e deixando a porta da frente aberta.

Judith conduziu suas amigas pelo corredor até uma aconchegante sala de estar, repleta de vigas de carvalho escuro e pinturas a óleo penduradas tortuosamente nas paredes. Havia um vaso com papoulas de seda na janela, bloqueando a vista do tráfego que passava rapidamente lá fora, uma pequena TV equilibrada sobre uma mesa lateral com porta-retratos prateados de família, e um grande cinzeiro cheio de bitucas de cigarro na outra mesa.

Todo o ambiente cheirava à fumaça de cigarro.

— Agora, quem gostaria de uma bebida? — perguntou lady Bailey.

— Seria ótimo — disse Becks.

— Gim ou vodca?

— Só uma xícara de chá, por favor — respondeu Becks, lançando um olhar firme para Judith e Suzie, deixando claro que não era para começarem a beber gim com lady Bailey.

— Um momento, então. Não demoro — disse lady Bailey, desaparecendo em uma pequena cozinha ao lado da sala.

Assim que ficaram sozinhas, Judith foi até os porta-retratos. Três deles mostravam lady Bailey com Tristram, e havia apenas um de Rosanna. Ela aparecia sozinha na foto.

Judith também notou um envelope com o logotipo de um banco. Pegou-o, fez um sinal para Suzie ficar de vigia — Suzie entendeu imediatamente e foi até a porta — e puxou um extrato bancário de dentro do envelope.

Becks ficou boquiaberta e gesticulou, horrorizada:

— O que você está fazendo?

Judith percorreu rapidamente os números e teve a impressão de uma vida simples e modesta. Comprinhas quase diárias no Sainsbury's, sem extravagâncias, viagens ou jantares. Quanto à renda, havia uma pensão estatal de trezentas libras e um depósito programado de mil libras que chegava todo mês.

Suzie tossiu alto e Judith conseguiu, por um triz, esconder o extrato bancário atrás das costas quando lady Bailey entrou na sala carregando uma bandeja com chá e seus utensílios.

— Você se importa se eu usar açúcar? — perguntou Judith, esperando que isso fizesse com que lady Bailey voltasse à cozinha.

— Tenho aqui.

— É açúcar mascavo?

— Um pires de mascavo e outro de branco.

O sorriso de Judith ficou um pouco desesperado. Como poderia devolver o extrato bancário ao envelope sem ser vista?

— Desculpe incomodar — chamou Becks. — Mas teria leite de aveia?

— Claro — respondeu lady Bailey com um sorriso que deixava claro que encarava a pergunta como um desafio, e voltou para a cozinha.

Assim que ela saiu, Judith enfiou o extrato de volta no envelope, colocou-o de novo na mesa e o alisou rapidamente — virando-se com um grande sorriso no rosto exatamente no momento em que lady Bailey retornou com uma caixa de leite de aveia.

— Muito gentil da sua parte — disse Becks.

— Seus filhos são adoráveis — comentou Judith, apontando para os porta-retratos na mesa lateral.

— Obrigada — respondeu lady Bailey, feliz por ser distraída. — Eles são muito especiais para mim.

— Sim, dá para ver. Conte-me sobre eles.

— É meu assunto favorito. O que você quer saber?

— Eles se davam bem com o pai?

Lady Bailey tomou um gole de chá antes de responder.

— Claro que sim.

Judith levantou uma sobrancelha.

— Eu sei o que você está insinuando, mas Tristram e Peter sempre tiveram uma relação complicada. Se quer saber, acho que Peter tinha ciúmes dele.

— Mesmo?

— Ele era um homem vaidoso. Não acredite se disserem o contrário. E acho que tinha inveja da juventude e da aparência de Tristram. Ele odiava ser lembrado de sua idade. E, por causa disso, menosprezava tudo o que Tristram fazia. Isso era muito difícil para ele, que já tinha problemas com autoconfiança.

— Soubemos que Tristram discutiu com sir Peter no mês passado. Foi uma briga feia, e é por isso que ele acabou vindo morar com você. Estávamos na festa onde… bem, sir Peter morreu. Ele e Tristram tiveram uma discussão acalorada logo antes disso. Não vi falta de confiança ali.

— Discutiu? Garoto estúpido. Não consegue evitar. É um mecanismo de defesa. Se ele se sente encurralado, parte para o ataque. Mas é só fachada. Quanto mais você o conhece, mais percebe que ele é sentimental, como um filhote de labrador. E leal como um também.

Judith ficou intrigada. Lady Bailey corroborava a visão de Rosanna — também compartilhada por uma antiga professora de Tristram — de que ele era, na verdade, muito mais frágil e impressionável do que aparentava inicialmente.

— Sabe quando dizem que devemos julgar uma pessoa pelos amigos que tem? — continuou lady Bailey. — Pois bem, Tristram passa nesse teste com louvor.

— Quem são os amigos dele?

— Ora, eu, é claro. Mas ele tem outros. Principalmente da escola.

— Alguma namorada? — perguntou Judith, como se o assunto não tivesse muita importância.

— Acho que ele sempre tem alguém — respondeu lady Bailey, quase com orgulho. — Não que ele me conte o que anda fazendo. Mas acho que ele meio que pula de uma namorada para outra.

— Ele já teve mais de uma?

— Claro.

— Ouvimos dizer que houve uma em particular que talvez fosse especial para ele. Alguém para quem ele talvez faça telefonemas secretos.

— Interessante — disse lady Bailey, tomando outro gole de chá enquanto pensava no que responder. — Desde que começou a ficar comigo, às vezes entro na sala e o ouço ao telefone; e é quando ele encerra a ligação ou sai para ter um pouco de privacidade. O que é compreensível. Esta casa não é muito maior do que uma casa simples de dois andares. Mas gosto da ideia de ele se estabelecer com alguém. Espero que vocês estejam certas.

— Já ouviu ele mencionar o nome dela? — perguntou Judith, e então se lembrou de que o pai de Tristram precisou ir a Florença buscá-lo quando ele fugiu com outro ator da peça em que estava, e que o elenco era todo masculino. — Ou dele? — acrescentou.

— Não acho que ele já tenha demonstrado interesse em homens — falou lady Bailey. — E não teria motivo para isso, é claro. As mulheres o acham muito atraente. Não que eu necessariamente saiba disso, obviamente. Quando Tristram não quer que você saiba o que ele está fazendo, você não sabe. Ele pode ser muito reservado nesse aspecto.

Judith lançou um olhar para Becks e Suzie, e sabia que elas também captaram a palavra "reservado". Seria isso mais uma prova de que, na verdade, Tristram não havia sido ouvido por lady Bailey e Rosanna conversando com uma namorada, mas, sim, com um cúmplice?

— E Rosanna? — perguntou Judith, tentando tornar o interesse em Tristram menos óbvio. — Como era a relação dela com sir Peter?

— Vou ser honesta: Rosanna é leal e trabalhadora, mas nunca valorizou Peter. Ela só o vê como um misógino. O que ele não é, devo acrescentar. Ele nunca odiou mulheres. Meu Deus, ele não odeia mulheres. Mas é pró-homem, isso é verdade. É muito chauvinista.

— Ouvi dizer que eles discutiam sobre negócios.

— Pode apostar. Rosanna e o pai brigavam como gato e rato. Às vezes, eu me perguntava se aquilo não terminaria em violência; não que eu esteja sugerindo que ela faria algum mal a ele — acrescentou lady Bailey apressadamente. — Mas há uma raiva ali. Às vezes, acho que é isso que a faz trabalhar tão duro. Ela está tentando provar ao pai que é tão boa quanto qualquer homem. Se importam se eu fumar?

— Claro que não — respondeu Judith. — A casa é sua, pode fazer o que quiser.

Lady Bailey pegou um maço de cigarros todo branco com o logotipo da Cartier na frente e retirou um cigarro longo e branco. Usou um isqueiro dourado para acendê-lo.

— Que marca você está fumando? — perguntou Suzie, intrigada.

— Cartier.

— Da joalheria?

— Isso mesmo.

— Eles fabricam cigarros?

— Agora preciso importá-los. É meu único capricho. Você fuma?

— Fumo — disse Suzie. — Mas não desses — acrescentou, olhando desconfiada para a embalagem elegante.

— Gostaria de um? — perguntou lady Bailey.

Suzie ficou dividida. Queria fumar, agora que lady Bailey estava fumando, mas se sentia envergonhada de tirar seu surrado kit de fumo, e definitivamente sabia que não tinha coragem de fumar um cigarro importado fabricado por uma joalheria francesa.

— Não, estou bem, obrigada — respondeu.

— Posso perguntar o que aconteceu entre você e seu marido? — perguntou Judith.

Lady Bailey deu uma tragada no cigarro antes de responder.

— Tento focar o presente. Sempre mantivemos contato. Ainda tomávamos decisões juntos.

— É o melhor para os filhos — acrescentou Becks com a sabedoria de uma esposa de vigário.

— Basicamente, o que estamos perguntando é: quem deixou quem e por quê? — indagou Suzie.

Lady Bailey pareceu chocada, acreditando-se refinada demais para responder a uma pergunta tão direta. Mas ela também sabia qual era a verdade.

— Fui eu — disse. — Eu o deixei. — Judith e suas amigas esperaram, e lady Bailey continuou: — Não houve nenhuma diferença irreconciliável. Nenhuma crueldade. Se há uma coisa que Peter nunca foi, é cruel.

— Então, o que aconteceu? — perguntou Becks.

— Seus casos. Ele não conseguia encontrar uma mulher sem tentar levá-la para a cama, e nem todas conseguiam resistir às suas investidas. Quando o confrontei, nem tentou esconder. Sempre insinuava que tinha necessidades que precisavam ser atendidas, como se isso justificasse seu comportamento. E que nenhuma daquelas mulheres significava algo para ele, que eram só diversão. Quando perguntava se eu significava algo, ele ria. Para ele, meu papel era dar filhos a ele, tolerar seus casos e, com o tempo, envelhecermos juntos. Era assim na família Bailey. Como o pai dele era, e como ele sempre foi.

— Ele não se arrependia?

— De jeito nenhum. Peter nunca sentiu culpa. Foi o que primeiro me atraiu nele. Ele era tão divertido… dizia o que pensava e que se danasse o resto. Mas eu esperava que ele mudasse quando nos casamos.

— Homens não mudam — disse Suzie tristemente.

— Alguns mudam — respondeu Becks, igualmente triste.

Becks e Suzie trocaram um sorriso solidário.

— Então por que ele ia se casar de novo? — perguntou Judith.

— Não faço ideia — disse lady Bailey. — Mas nenhum de nós está ficando mais jovem, e Peter sempre foi hipocondríaco. Como eu já tinha dado filhos a ele, talvez o que ele quisesse agora fosse uma enfermeira.

Era óbvio para Judith que o novo casamento de sir Peter incomodava lady Bailey muito mais do que ela deixava transparecer. Na verdade, ao observar a mulher, Judith se lembrou da pintura a óleo que vira no corredor da Mansão Branca. Ela retratava sir Peter com os braços em torno da esposa e da filha, enquanto lady Bailey abraçava Tristram. Mas o que realmente impressionava Judith, ao olhar para lady Bailey tantos anos depois, era como a efervescência e a vitalidade tão evidentes na pintura haviam sido substituídas por um vazio — um cansaço, pensou Judith a observando apagar o cigarro.

Judith percebeu que lady Bailey estava se entediando com o papo.

— Se me permite perguntar... — disse Judith. — Há evidências de que sir Peter pagou recentemente vinte mil libras em dinheiro, pouco antes do Natal. Suponho que ele não tenha dado essa quantia a você, certo?

— Há! — respondeu lady Bailey. — Aquele homem não me dava nada. Nada! Porque ele pode até ser rico e amigo de todos, mas isso é só enquanto você faz parte do grupo dele. Se você sai, ou é expulso, deixa de existir para ele. Ele me dava uma miséria. Está vendo a casa onde moro? Tudo o que me resta é o título.

Judith sentiu um choque, como um raio de eletricidade.

— Você está certa — disse Judith. — É tudo o que você tem.

— O que quer dizer com isso?

— Você não tem dinheiro — continuou Judith, elaborando sua teoria em voz alta. — Nem uma casa grandiosa. Mas você tem o título. Lady Bailey. E teria perdido isso no momento em que sir Peter se casasse com Jenny Page, não teria?

— Não quero que o nome dessa mulher seja mencionado nesta casa, muito obrigada.

— Ela estava prestes a se tornar lady Bailey, e você, o que teria se tornado? Sra. Bailey. É uma queda e tanto, não é?

— Espero que você não esteja sugerindo que matei meu ex-marido para manter meu título — disse lady Bailey, horrorizada. — Sei que pareço barata, mas não sou tão barata assim.

— Posso perguntar — interviu Becks, tentando ser mediadora —, se não foi você, sabe para quem sir Peter poderia ter dado esse dinheiro?

Lady Bailey olhou para Becks, e sua presença calma, quase angelical, pareceu tranquilizá-la.

— Não faço ideia — admitiu. — Vinte mil libras é muito dinheiro, até mesmo para Peter.

— Então você tem alguma ideia de quem poderia ter desejado o mal dele? — perguntou Judith.

Isso captou a atenção de lady Bailey.

— Vocês não acham que a morte dele foi um acidente?

— Alguém o matou — disse Suzie, antes que Becks pudesse expressar sua posição mais cética.

— Que horror — falou Lady Bailey, estremecendo.

— Então, se tivesse que escolher alguém que poderia querer vê-lo morto, quem você escolheria?

Lady Bailey não respondeu de imediato, mas seu silêncio dizia tudo.

— Há alguém, não é? — disse Judith, avançando.

O som de uma chave na fechadura da porta da frente interrompeu a conversa.

Lady Bailey se levantou da cadeira em expectativa.

Tristram entrou na sala e viu as mulheres.

— O que estão fazendo aqui? — perguntou ele.

— Eu estava apenas acompanhando-as para fora — respondeu lady Bailey, instantaneamente tomando partido do filho.

— Ótimo — disse Tristram, subindo a escada com passos pesados.

— Sim, realmente preciso pedir que saiam — disse lady Bailey, indo para o pequeno corredor.

Judith trocou olhares com suas amigas, todas notando como lady Bailey de repente pareceu tímida na presença do filho.

Elas se deixaram conduzir até a porta da frente.

— Mas há alguém, não é? — repetiu Judith.

— Alguém que tinha motivos para desejar mal ao seu ex-marido.

— Talvez — disse lady Bailey. — O nome dele é Chris Shepherd.

Judith demorou um momento para se lembrar do nome.

— O jardineiro da família?

— Se você está perguntando quem poderia querer Peter morto, ele é a única pessoa que consigo imaginar.

— Por quê?

— Ele vai te contar a história. Ele conta a história para qualquer um que pergunte.

— Mas a senhora pode nos dar uma pista? Só para sabermos o que perguntar a ele?

— O pai de sir Peter traiu o avô de Chris. Desde então há uma rixa de sangue entre as duas famílias.

— Você sabe onde podemos encontrá-lo?

— A esta hora do dia, ele deve estar no Two Brewers, terminando um almoço só de líquido. Agora eu preciso ir, Tristram vai querer algo para comer. E eu realmente preciso pedir que vocês não voltem. Já falei demais.

Com isso, Judith e suas amigas se viram conduzidas para a calçada, com a porta da frente firmemente fechada atrás delas. Em seguida, ouviram o som de uma tranca sendo girada.

— Bem, isso não saiu como eu esperava — disse Suzie, resumindo os sentimentos das três mulheres.

— Vamos dar uma volta — sugeriu Judith.

Becks olhou o relógio.

— Preciso estar de volta à casa paroquial às duas. Há uma reunião do conselho da paróquia.

— Tenho certeza de que terminaremos antes disso.

— Por quê? — perguntou Suzie. — Para onde estamos indo?

— Não é óbvio? Para o Two Brewers. Precisamos conversar com Chris Shepherd.

Capítulo 20

A caminho do Two Brewers, as mulheres discutiram o encontro com lady Bailey. Para Judith, a principal conclusão era que, mais uma vez, as conversas telefônicas de Tristram, ouvidas por outros, poderiam até ser com uma namorada, mas também poderiam facilmente ser com um cúmplice — homem ou mulher —, planejando juntos o assassinato de sir Peter. Já para Suzie, a principal observação, da qual ela realmente teve dificuldade de se desvencilhar, era que lady Bailey podia até falar como Margaret Thatcher, mas se vestia como Bet Lynch. Quanto a Becks, ela falou tão pouco no caminho até o Two Brewers que até mesmo Suzie notou.

— Está tudo bem? — perguntou Suzie ao chegarem.

— Acho que não devo entrar — disse Becks, olhando pela janela.

— Um pub é muito *pé de chinelo* para você?

— Não, claro que não. Não é isso.

— Então o que é?

— Eu só... não quero entrar — respondeu Becks, com a voz fraca.

— Você pode ser vista em um pub na hora do almoço — disse Judith. — Mesmo sendo a esposa do vigário.

— Não é isso... — Becks deixou a frase morrer. — Ah, quer saber? Está bem, então. Vamos entrar. Ver se o Chris Shepherd está aqui.

Becks tomou a dianteira, enquanto Judith e Suzie trocavam um olhar intrigado antes de segui-la. No entanto, assim que entraram na área principal do salão, entenderam por que Becks havia hesitado tanto. Havia dois homens sentados no bar. Um usava um gasto casaco de lã cinza, calças de jardineiro com acolchoamento nos joelhos e lia um exemplar do *Marlow Free Press*. O outro era o homem que elas haviam visto abraçando Becks pouco antes de ela entrar na casa dele e fechar as cortinas para ficarem a sós. Ele estava sentado sozinho, comendo um Ploughman's lunch, uma típica refeição da classe trabalhadora britânica, mas a intensidade com que focava a comida sugeria que havia notado Becks e estava tentando não olhar em sua direção.

Suzie e Judith perceberam Becks corar enquanto tentava fingir que tudo estava normal.

— É o Chris ali? — perguntou ela, indicando o homem que lia o jornal.

— Vamos descobrir — disse Judith, decidindo assumir o controle da situação.

Ela as conduziu até o bar e sorriu.

— Desculpe interromper, mas você é Chris Shepherd?

Agora, mais perto, as mulheres puderam ver que o homem tinha cerca de cinquenta anos, cabelo preto encaracolado e um rosto bronzeado e marcado — parecido com uma noz, pensou Judith.

— E se eu for? — respondeu ele com uma voz áspera.

— O jardineiro de sir Peter Bailey?

Chris abaixou o jornal e olhou diretamente para as mulheres.

— Somos amigas de Jenny — continuou Judith. — E ela está tentando entender o que aconteceu com sir Peter.

O silêncio de Chris talvez significasse que Judith deveria continuar falando ou que ele não estava nem um pouco interessado em conversar com as mulheres. Elas não conseguiam dizer ao certo.

— Por que você não foi à festa? — indagou Suzie.

— Obviamente porque eu não quis ir — respondeu Chris.

— Você foi convidado? — perguntou Judith.

— O casamento era suficiente pra mim. Não precisava ir à festa no dia anterior também.

Vendo como Chris estava relutante em conversar, Judith decidiu que a honestidade era a melhor abordagem.

— Não achamos que a morte de sir Peter tenha sido totalmente acidental. — O interesse de Chris se aguçou. — E acabamos de falar com lady Bailey, que disse que o pai de sir Peter prejudicou seu avô.

— Foi o que ela disse?

— Ela mencionou que havia uma rixa de sangue entre as famílias.

— Trabalhei para sir Peter durante quinze anos, isso parece uma rixa de sangue pra você?

— Não, acho que, olhando por esse lado, talvez não pareça.

— É lady Bailey quem tem a rixa contra o ex-marido, se quer saber minha opinião. Porque, se vocês estão procurando alguém que não perdoa nem esquece, e que eu acho que seria capaz de matar para conseguir o que quer, é ela.

— Você não gosta dela? — perguntou Becks, antes de perceber que Chris talvez já tivesse respondido à pergunta.

— Então, o que é essa rixa que ela mencionou? — Judith quis saber.

— Preciso mesmo explicar?

— Ela disse que você ficaria feliz em contar.

— Não tem muita coisa que aquela mulher acerte na vida.

— O que aconteceu?

— Certo, já que estão perguntando. Mas vamos fazer isso logo, porque é coisa do passado — falou Chris. — Tudo começou quando o pai de sir Peter saiu do Ministério da Guerra depois da Segunda Guerra Mundial. Ele era um administrador responsável pelo departamento que desenvolvia raios-X ou algo assim. De qualquer forma, o cientista principal dele era o meu avô, e eles eram melhores amigos. Ambos eram de Marlow, então isso foi o ponto de partida para eles. Quando a guerra acabou, o pai de sir Peter convenceu meu avô a abrir um negócio com ele. Iam fabricar máquinas de raios-X juntos.

— O seu avô é o outro nome nos raios-X do escritório de sir Peter? — perguntou Judith, lembrando-se de como Jenny havia contado que os raios-X no escritório pertenciam ao pai de sir Peter e ao sócio dele.

— É o que sempre me disseram.

— Um pouco estranho ter as entranhas de um parente na casa de outra pessoa — comentou Suzie, e Chris sorriu pela primeira vez.

— Você não está errada nisso — disse ele. — De qualquer forma, essa empresa de raios-X era basicamente um projeto paralelo para o pai de sir Peter, cujo negócio principal era ser dono de todas as terras por aqui. Ele não tinha interesse ou conhecimento em ciência; era das finanças. Mas, para o meu avô, aquilo era a obra da vida dele.

— Espere aí — disse Judith, uma ideia começando a se formar. — De quem originalmente era aquele gabinete de equipamentos científicos no escritório de sir Peter?

— Do meu avô — respondeu Chris.

— Mas agora está na casa da família Bailey? Como isso aconteceu? — perguntou Judith.

— Meu avô construiu um protótipo de máquina de raios-X para o pai de sir Peter, mas eles não conseguiram que nenhum hospital encomendasse nem encontraram ninguém para fabricar. Foi um fracasso, então eles fecharam a empresa. Como forma de agradecer por todo o trabalho, o pai de sir Peter comprou a parte do meu avô da empresa. Foi assim que ele pegou o gabinete de equipamentos científicos. Mas adivinhem? Não muito tempo depois, o pai de sir Peter, enfim, encontrou uma empresa que queria fabricar as máquinas de raios-X e hospitais que queriam fazer pedidos. E, como ele tinha comprado a parte do meu avô, o pai de sir Peter ficou com toda a empresa. Ele ganhou todo o dinheiro.

— Ele prejudicou seu avô — disse Suzie, horrorizada.

— Prejudicou — concordou Chris.

— Isso é cruel — disse Judith.

— Você não está errada. Mas isso foi há setenta anos. Mais de setenta agora. E a parte que lady Bailey esquece é que meu avô superou isso. Ele não se importava. As máquinas levaram o nome dele. Ninguém fingia que ele não era o cara que as projetou. Nem mesmo o pai de sir Peter. Ele sempre creditou meu avô como o criador das máquinas.

— E o que aconteceu com o seu avô?

— Virou professor de ciências na Borlase e sempre afirmou que tirou muito mais prazer do ensino do que qualquer dinheiro poderia ter trazido.

— Eu jamais perdoaria a família Bailey — disse Suzie.

— Você e lady Bailey são iguais. Mas eu só queria que ela deixasse isso pra lá. Nem todo mundo é tão amargo quanto ela. Eu cresci muito orgulhoso do meu avô. Não há uma máquina de raios-X neste país que não exista por causa do que ele fez. Isso é bem legal.

Chris terminou o restante de sua cerveja e Judith percebeu que não teriam muito mais tempo com ele.

— Como você acabou se tornando jardineiro de sir Peter? — perguntou Judith.

— Ele me ofereceu o emprego num momento difícil da minha vida. Eu tinha passado por um divórcio complicado e meu negócio tinha falido. Eu estava sem rumo. Aí nos encontramos na cidade, começamos a conversar e, depois, fomos tomar uma bebida… aqui mesmo, por acaso. Uma bebida se transformou em várias e, no final da noite, eu era o novo jardineiro de sir Peter. Fiquei com ele desde então.

— Foi tão fácil assim? — perguntou Suzie.

— Foi o pai dele quem prejudicou meu avô. Não tem nada a ver com sir Peter. Nem comigo, aliás. E sir Peter disse que sempre cuidaria de mim, que corrigiria os erros do passado. E ele fez isso.

— Como ele corrigiu os erros? - perguntou Judith.

Houve uma breve hesitação antes de Chris responder.

— Já disse — falou ele com tranquilidade. — Ele me empregou quando ninguém mais me contrataria. Mas se vocês estão procurando alguém que tinha um problema com sir Peter, deveriam ficar de olho no Tristram.

— Sim, todos dizem que a relação deles era complicada.

— Aqueles dois viviam brigando.

— Embora tenha havido uma briga particularmente feia no final de novembro, não foi?

Chris olhou para Judith com atenção.

— Você sabe sobre isso?

— Sir Peter achava que Tristram ia matá-lo. Pelo menos foi o que disse Andrew Husselbee, o advogado da família.

— Eu não acreditaria em nada do que aquele homem diz. Ele mente toda vez que abre a boca.

— Ele não é confiável?

— Ele é advogado — disse Chris, como se isso fosse resposta suficiente. — Mas, dessa vez, não está errado. Eu estava no jardim e sir Peter e Tristram estavam no escritório quando tudo começou. Mas, sinceramente, não levei muito a sério.

— O que você ouviu?

— Foi uma loucura. As janelas do escritório estavam fechadas, mas eu ainda conseguia ouvi-los claramente do jardim. Sir Peter estava gritando sobre veneno, dizendo que não ia deixar a tentação no caminho de Tristram de novo, que iria manter a porta do escritório trancada até o casamento. E aí já seria tarde demais para Tristram.

— Ele achava que Tristram estava tentando envenená-lo?

— Eu não levaria isso muito a sério. Sir Peter sempre perdia a cabeça e fazia alegações absurdas. Ele era dramático. Não tinha muito o que fazer na vida, então precisava exagerar em tudo.

— Mas ele disse que ia manter o escritório trancado para tirar a tentação do caminho de Tristram?

— Algo assim. Mas isso não é relevante, é? Ninguém envenenou ninguém. O gabinete do meu avô caiu sobre sir Peter, foi o que ouvi. E não importa o quanto Tristram odiava o pai, não tem como ele ter feito isso. Ele não tem coragem. Não se deixe enganar por toda aquela pose. Ele é covarde. Do tipo que entraria para uma seita, sabe? Não tem ideia de quem ele é, se quer saber.

— Mas imagino que ele seria o tipo de pessoa que talvez usasse veneno? — perguntou Judith.

— Exatamente assim que ele mataria alguém, você não está errada. Ele faria à distância. Como um covarde. Não querendo sujar as mãos. Pensando bem, aquele garoto nunca sujou as mãos, não é? Nunca trabalhou um dia sequer. Empurrar um gabinete seria trabalho demais pra ele, tenho certeza.

— Você contou à polícia que Tristram e sir Peter discutiram por causa desse veneno? — perguntou Judith.

— Pra quê? Isso foi meses atrás. E não deu em nada — falou Chris, virando-se para o barman. — Posso colocar minha bebida na conta?

— Claro — respondeu o homem.

— Porque acho que terminamos por aqui — disse ele às mulheres. Chris se levantou do banco e seguiu para a porta da frente.

— Só mais uma pergunta — disse Judith às suas costas. — O que estava no testamento mais recente de sir Peter?

Chris parou na porta.

— Por que está perguntando?

— Andrew Husselbee disse que você foi uma das testemunhas.

— Então, por que não pergunta a ele o que estava no testamento?

— Ele diz que não sabe. Sir Peter não mostrou o testamento para ele.

— Também não mostrou para mim. Mas isso prova que sir Peter e eu nos dávamos bem, não acha? Pensando bem, ele confiou em mim o suficiente para assinar o testamento dele. E eu gostava o suficiente dele para fazer isso.

E, com isso, Chris virou nos calcanhares e saiu do pub. Antes que as mulheres pudessem dizer algo, o barman se aproximou e pegou o copo de Chris e seu jornal.

— Esse é o *Marlow Free Press* de hoje? — perguntou Judith.

— Sim — respondeu o homem.

— Posso dar uma olhada?

O barman entregou o jornal a Judith. Ela virou para a página de passatempos e arrancou o desafio de palavras cruzadas daquela semana. Dobrou a página ao meio e guardou em sua bolsa.

— Obrigada. Não preciso do resto — disse ela.

— Tudo bem — respondeu o barman, pegando o jornal e se afastando.

— As palavras cruzadas desta semana — explicou Judith às amigas. — Então, o que achamos do sr. Shepherd?

— Não acredito nele — disse Suzie. — Ninguém pode ser tão tranquilo sobre alguém roubando o dinheiro da sua família.

— Acho que concordo com você — disse Judith.

— Embora ele seja jardineiro, não é? — ponderou Becks. — Alguém que escolhe ser jardineiro não é motivado por dinheiro da mesma forma que outras pessoas. E ele estava certo em uma coisa: sir Peter devia confiar nele para escolhê-lo como testemunha do testamento.

— Talvez seja verdade — admitiu Suzie. — E sobre essa história de sir Peter achar que Tristram estava tentando envenená-lo?

— Isso me pareceu exagerado, se quer saber — disse Becks; suas amigas notaram que ela lançava olhares nervosos para o homem com quem a viram no dia anterior.

— Está tudo bem, Becks? — perguntou Suzie.

— O que foi?

— É que você não para de olhar para aquele homem ali — disse Suzie, ignorando o olhar de advertência de Judith.

Becks corou.

— Eu não sei do que você está falando — disse ela.

— Nem eu — falou Judith, sentindo-se aliviada quando todas ouviram um telefone tocar. Ela mexeu em sua bolsa e pegou o celular. Não reconheceu o número na tela.

— Alô? — disse ao atender a ligação.

— É a Jenny, sra. Potts — respondeu Jenny Page do outro lado da linha, com a voz angustiada.

— Como posso ajudar?

— É o Tristram. Ele está aqui na Mansão Branca, gritando e me ameaçando. Por favor, venha imediatamente, eu não estou segura!

Capítulo 21

A van de Suzie parou com uma freada brusca em frente à Mansão Branca e as três amigas saltaram do veículo, seguindo em direção à casa, de onde vinham vozes exaltadas. A porta da frente estava trancada, então elas deram a volta pelos fundos e entraram pelo vestíbulo.

— Dispense essas mulheres malditas! — Elas ouviram Tristram gritar lá de dentro.

— Por favor, eu imploro, vá embora! — pediu Jenny.

— Rápido — disse Judith, apressando-se para o hall principal.

— Não aconteceu nada com o papai, por que você está dizendo a todos que ele foi assassinado?

— Eu não estou, não estou! Mas algo aconteceu com ele. Precisamos descobrir o quê.

As vozes vinham da sala de estar, então Judith, Becks e Suzie entraram apressadas e viram Jenny encolhida em uma poltrona, enquanto Tristram se inclinava sobre ela, apontando o dedo agressivamente em seu rosto.

— Pelo amor de Deus! — exclamou ele. — E lá vêm elas de novo! Por que continuam aparecendo aqui?

— Afaste-se de Jenny agora mesmo — disse Judith em um tom que não admitia discussão.

Tristram olhou para Judith, os olhos ardendo de fúria.

— Eu disse, *agora*! — repetiu Judith.

Tristram ergueu as mãos no ar e deu um passo para trás.

— E saia desta casa — acrescentou Judith.

As mulheres podiam ver que Tristram queria desafiar Judith, mas ele deu de ombros, como se dissesse que não se importava.

— Vocês não têm nada melhor para fazer? — ele perguntou a elas.

— E você, tem? — retrucou Suzie.

— Esta casa é minha.

— Ainda não é.

— E talvez nunca seja — acrescentou Judith. — Dependendo do que estiver no testamento do seu pai.

— Há! — exclamou Tristram e começou a sair da sala. Não existe testamento novo.

— Você acha que ele chamou o advogado e Chris Shepherd para testemunhar algo que não era o testamento dele? — perguntou Judith.

— É exatamente o que eu acho. Ele não estava no cofre quando vocês o abriram. E eu falei com Andrew e ele confirmou que o único testamento que tem deixa tudo para mim. Então é só uma questão de tempo — disse ele, lançando um último olhar de desprezo para Jenny antes de sair do cômodo.

Judith se aprumou e foi atrás dele.

— Nós conversamos com Chris Shepherd — disse ela.

Tristram parou no corredor, de costas para ela.

— Você não sabia que ele estava no jardim, perto do escritório do seu pai, quando vocês tiveram aquela grande briga no ano passado, não é? Ele nos contou exatamente por que seu pai o expulsou desta casa, por que o baniu do casamento dele e mudou o testamento. Chris ouviu tudo. Cada palavra.

Becks e Suzie saíram atrás de Judith enquanto ela falava e trocaram um olhar confuso — seus rostos diziam "não, ele não ouviu" —, mas Judith levou o dedo aos lábios, sinalizando para que ficassem em silêncio.

Tristram se virou e começou a se aproximar.

Judith manteve sua posição.

— Diremos à polícia que seu pai afirmou que precisaria manter o escritório trancado a partir daquele momento. Que ele não podia colocar a tentação do veneno em seu caminho novamente — disse Judith, como se fosse apenas mais um item em sua lista de coisas a dizer, e não uma das únicas duas informações que havia conseguido arrancar de Chris. — A menos que você tenha uma versão diferente dos fatos e queira esclarecer tudo? — acrescentou, como se já estivesse entediada com o que Tristram pudesse dizer.

— Eu estava olhando os velhos produtos químicos do vovô no armário — contou Tristram, ferido no orgulho. — Não conseguia acreditar que tinham ficado lá por sabe-se lá quantas décadas. E eu achava que conhecia tudo o que havia naquelas prateleiras, mas dessa vez vi um pequeno frasco de vidro na prateleira de cima com "cianeto" escrito nele. Então, eu o peguei. Estava olhando quando papai entrou, me viu com o frasco e simplesmente perdeu a cabeça. Ele ficou fora de si. Ele realmente achava que eu queria matá-lo? E se eu quisesse, eu seria tão estúpido a ponto de deixar que ele me encontrasse segurando um frasco de cianeto no escritório dele?

— Mas isso não é tudo, é? Chris nos contou mais — mentiu Judith, esperando arrancar ainda mais informações de Tristram, mas percebeu que ele estava confuso.

— Isso é tudo. Ele se recusou a acreditar que eu estava dizendo a verdade. Conviver com ele sempre foi assim. Especialmente depois que aquela vaca cravou suas garras nele.

— Você quer dizer Jenny?

— Ela acha que foi muito esperta. Insinuando-se nesta casa, fazendo papai se apaixonar por ela… o que não é difícil. Dê a ele um bom estoque de vinho tinto e três refeições por dia, e ele se apaixonaria por qualquer uma. Mas no fim das contas, quem riu por último fui eu, não foi? Porque essa gananciosa não conseguiu nada. Ele morreu antes que ela pudesse se casar com ele.

Enquanto Tristram falava, todos perceberam que Jenny estava parada no batente da porta da cozinha, ouvindo cada palavra.

Tristram foi distraído pelo toque do celular. Pegou-o, viu que havia recebido uma mensagem e, então, lançou um olhar apavorado para Jenny antes de guardar o telefone no bolso, onde ele continuou vibrando.

— Você não vai atender? — perguntou Judith.

— Não — respondeu ele, mas então pareceu mudar de ideia, virou-se e saiu apressado pela porta da frente.

As quatro mulheres foram até a janela e viram Tristram pegar o telefone e começar a falar enquanto caminhava em direção ao seu antigo carro esportivo. Ele parecia discutir com a pessoa do outro lado da linha… Na verdade, estava perdendo a paciência.

— O que achamos? — indagou Judith. — Mais uma das ligações clandestinas de Tristram?

— Como assim? — perguntou Jenny.

— Lady Bailey nos contou que Tristram tem feito ligações secretas desde que foi morar com ela — disse Becks.

— E Rosanna disse a mesma coisa — acrescentou Suzie.

— Sério? — disse Jenny. — Para quem são essas ligações?

— Não sabemos — respondeu Judith. — Lady Bailey e Rosanna acham que pode ser para uma namorada. Mas nós consideramos outra possibilidade: um cúmplice. Alguém que estava dentro do escritório de sir Peter, empurrando o armário sobre ele, enquanto Tristram estava do lado de fora, todo amável e prestativo, construindo seu álibi.

— Realmente acham isso? — perguntou Jenny.

— Sabemos que Tristram está livre de suspeitas. Ele estava no jardim conosco. Mas alguém estava no escritório empurrando o armário sobre sir Peter. E, considerando que Tristram é quem mais se beneficia com a morte do pai, e se essa pessoa for cúmplice dele?

— A pessoa com quem ele está falando agora ao telefone — completou Suzie.

As mulheres observaram Tristram entrar no carro esportivo — ainda falando ao telefone — e, em seguida, arrancar com um chiado de cascalho.

— Então precisamos descobrir com quem ele tem falado — disse Jenny, subitamente animada. — Essa pode ser a pessoa que matou Peter!

— Concordo — disse Judith. — Devemos segui-lo.

— Já é um pouco tarde — falou Becks. — Não vamos mais alcançá-lo.

— Ah, é? — disse Suzie, com uma ideia surgindo em mente. — Acho que sei *exatamente* como podemos segui-lo.

Capítulo 22

Interrompemos este programa para uma transmissão urgente — disse Suzie ao microfone, no estúdio da Marlow FM.

O apresentador da tarde, um professor de geografia aposentado chamado Trevor, estava parado num canto da sala, apavorado com as três mulheres que haviam invadido o estúdio e tomado o microfone de sua mão segundos antes.

— Aqui é Suzie Harris — continuou ela. — E os ouvintes mais antigos sabem que eu administro um serviço de cuidadora de cães. Pois bem, algo terrível aconteceu. Minha querida dobermann, Emma, foi sequestrada. Agora mesmo! Aqui em Marlow! Eu não vi quem a levou, mas acho que foi um homem dirigindo um carro esportivo verde-escuro. Sabe o tipo, um Triumph antigo ou um Spitfire... ou seja lá como se chama... mas é um modelo verde, de dois lugares, com capota de tecido preto. Se puderem olhar pelas janelas agora e ver se um carro assim está passando, liguem para a rádio. Vocês conhecem o número. Eu só quero minha querida Emma de volta. Se virem um carro esportivo verde em Marlow, por favor, liguem para nós.

Suzie olhou para a tela do computador para ver qual música estava na fila e então voltou ao microfone, dizendo com um tom melodioso:

— E agora, um pouco de Neil Diamond.

Ela clicou no ícone da tela com o mouse e abaixou o volume do microfone.

— Obrigada, Trevor — agradeceu ela.

Trevor assentiu, mas não disse nada. Isso se devia principalmente ao fato de que o estúdio da Marlow FM era muito pequeno — ele havia sido montado em um antigo depósito nos fundos do Sea Cadets Hall —, então ele se sentia perigosamente próximo das três mulheres.

Uma luz verde acendeu no painel de mixagem e Suzie agiu rapidamente, diminuindo o volume da música ao mesmo tempo em que aumentava o do microfone.

— Você está no ar, ouvinte.

— Olá, Suzie — disse uma voz fraca pelo alto-falante.

— Maggie, como você está? — respondeu Suzie, imediatamente se arrependendo do erro tático. Todos na estação sabiam que nunca se devia perguntar a Maggie como ela estava.

— Já estive melhor — disse Maggie, num tom pesaroso. — Para ser sincera, minha ciática está piorando...

— Preciso interromper, você viu o carro esportivo verde?

— Ah, sim, eu vi.

Suzie esperou um momento e então retomou seu tom animado de radialista.

— Isso é ótimo! Onde você o viu?

— Ele acabou de passar pela minha janela.

— E em que rua você está?

— Estrada Station.

Outra luz verde acendeu no painel, ao lado da primeira.

— Muito obrigada pela ligação. Ok, pessoal, parece que o carro esportivo verde está subindo a Station. Agora, vamos para outra chamada.

Suzie apertou um botão no painel.

— Você está ao vivo na Marlow FM.

— Acabei de ver um carro verde virar na estrada Dedmere! — anunciou um senhor com voz potente.

— Obrigada pela ligação, Brian. Então, se estava na Station e agora está na Dedmere, ele está indo para o leste, em direção ao distrito comercial. Qualquer ouvinte no leste de Marlow, corram para suas janelas e vejam se conseguem avistar um carro esportivo verde lá fora. A vida de um cachorro está em jogo!

Suzie aumentou o volume da música enquanto esperavam pela próxima ligação.

— Você é incrível — disse Becks.

— Tenho uma certa conexão com meus ouvintes — admitiu Suzie.

Uma luz verde piscou no painel.

— Você está no ar na Marlow FM — disse Suzie, diminuindo o volume da música.

— Ah, desculpe, estou sem fôlego — disse uma voz idosa.

— Tudo bem. Respire, sem pressa.

— Acabei de perseguir um carro esportivo verde pela rua usando minha cadeira de rodas motorizada.

As mulheres trocaram olhares espantados ao imaginar uma senhora idosa perseguindo o carro de Tristram pela rua.

— Mas eu o perdi. Coitadinho do seu cachorro!

— Que cachorro? — perguntou Suzie, antes de se lembrar. — Ah, claro, minha cadela, desculpe, estou muito abalada. Você se recorda de onde perdeu o carro de vista?

— No cruzamento da Dedmere com a estrada Alison. Demorei um pouco para subir na cadeira, e quando cheguei ao cruzamento, o carro verde havia sumido.

— Muito obrigada, ouvinte. Alguém mais viu um carro verde na estrada Alison nos últimos minutos? Se tiver visto, ligue para a gente.

Suzie aumentou o volume da música novamente e se virou para as amigas, as bochechas coradas de empolgação.

— Como você sabe exatamente quais botões apertar? — perguntou Judith.

Trevor deu um meio passo à frente.

— Na verdade… — começou ele.

— São só botões — disse Suzie, falando por cima de Trevor. — Se você sabe dirigir um carro, sabe operar uma mesa de rádio.

Trevor franziu a testa, claramente incomodado por ver suas habilidades arduamente conquistadas sendo descartadas tão levianamente, mas não ousou contradizer Suzie.

— Vamos lá — murmurou Suzie, olhando para o painel de mixagem, esperando que alguma luz se acendesse, indicando uma nova ligação. Mas nada aconteceu.

Os segundos se transformaram em minutos e, depois de tocar Neil Diamond, Suzie seguiu com *Caravan*, de Barbara Dickson. Aos poucos, as amigas começaram a perceber que nenhum outro ouvinte tinha visto o carro esportivo de Tristram.

Suzie interrompia a música a cada trinta segundos para pedir ajuda aos ouvintes, mas ninguém mais ligou.

Após dez minutos de espera, aceitaram que haviam perdido o rastro e começaram a sair do estúdio.

— Mas… e o seu cachorro? — perguntou Trevor, num tom quase aflito.

— Ah, claro! — exclamou Suzie, inclinando-se até o microfone do estúdio. Ela aumentou o volume e disse: — Ok, pessoal, não se preocupem, Emma foi encontrada. Está sã e salva. Mas um enorme obrigado a todos os nossos ouvintes fiéis que ligaram, ela só foi encontrada por causa de vocês. E lembrem-se, se estão procurando alguém que vá além pelo seu pet, pensem em Suzie Harris. Esses são os esforços que eu faria pelo meu próprio animal, e faria o mesmo pelo de vocês.

Puxando o fader para baixo e lançando um sorriso para um Trevor agora completamente confuso, ela saiu do estúdio com as amigas.

— Perdemos ele — disse Suzie, desapontada.

Judith olhou para a amiga e percebeu o quão à vontade ela parecia atrás da mesa de som. Era fácil entender por que Suzie vinha abrindo mão de alguns turnos como cuidadora de cães para investir na carreira de radialista, mesmo sem receber por isso.

— Não necessariamente — disse Judith. — É possível que seus ouvintes tenham perdido ele de vista na estrada Alison porque esse era o destino dele. Se ele entrou numa garagem ou em uma entrada, talvez o veículo tenha ficado fora de vista.

— Mas como vamos descobrir onde ele parou? — perguntou Becks.

— Ou se ele parou, de fato? — acrescentou Suzie.

— Não sei se conseguiremos — admitiu Judith. — Mas conheço alguém que consegue.

Capítulo 23

Assim que chegou em casa, Judith ligou para Tanika e explicou que Tristram havia saído em alta velocidade em seu carro durante uma ligação tensa e que elas o perderam no cruzamento entre as estradas Dedmere e Alison.

— Mas como é que vocês conseguiram seguir ele até lá? — perguntou Tanika.

— Melhor você não saber. Mas se identificar o número da pessoa que ligou para Tristram esta tarde, pouco antes das duas horas, provavelmente vai revelar a identidade de quem estava no escritório matando sir Peter enquanto Tristram estava lá fora construindo seu álibi.

— Essa é uma ótima ideia. Infelizmente, acho que não vou conseguir fazer isso.

— Por que não?

— Eu não sou a inspetora-chefe. Não posso emitir mandados para apreender registros telefônicos.

— Então peça para o inspetor-chefe fazer isso.

— Ele não vai. Sinto muito. Sempre que peço para ele tomar alguma atitude para avançar na investigação, ele simplesmente não se interessa. Lembra que ele não achou relevante o fato de sir Peter ter sacado vinte mil libras em espécie depois de receber mensagens de um celular descartável registrado no Pacífico Sul? Para ele, não houve assassinato. E Tristram receber uma ligação não vai mudar a opinião dele.

Judith franziu os lábios.

— Me conte mais sobre esse seu inspetor-chefe.

— Ele é um bom policial — disse Tanika, sem querer criticar um colega. — Faz bem o seu trabalho.

— Besteira! — exclamou Judith. — Se ele está te ignorando, parece mais um chauvinista. E se você passar por cima dele e falar direto com o superior?

— O superintendente provavelmente ficaria do lado de Hoskins.

— Outro homem?

— Outro homem.

— Não sei como você aguenta — disse Judith, sem esperar uma resposta. A realidade de um mundo onde os homens detinham o poder, o status e o dinheiro não era novidade para nenhuma das duas.

— Alguma chance de você envenená-lo?

— Acho que não chegou a esse ponto — disse Tanika, rindo. — Pelo menos, ainda não.

— Só mencionei veneno porque descobrimos outra coisa — disse Judith, contando a Tanika sobre a conversa com lady Bailey. Explicou que Chris Shepherd e sua família tiveram uma possível fortuna roubada pelo pai de sir Peter e que Chris tinha ouvido a discussão no final de novembro, a qual levou sir Peter a expulsar Tristram de casa.

— Sério? — perguntou Tanika. — Sir Peter achava que Tristram estava tentando envenená-lo?

— Nós confrontamos Tristram sobre isso e ele não negou. Apenas disse que foi um erro inocente. Ele estava olhando um frasco de cianeto no armário de produtos químicos do escritório quando o pai entrou. Foi tudo um grande mal-entendido. Vale ressaltar que os membros da família com quem falamos descreveram sir Peter como dramático e um tanto impulsivo. Acho que é bem possível que ele tenha interpretado tudo errado.

— E não posso deixar de notar que sir Peter, na verdade, não foi morto por envenenamento. Então, o que estamos dizendo? Que todas as tentativas dele de escrever um novo testamento e de dizer ao advogado que Tristram estava tentando matá-lo foram apenas exageros?

— Não sei. É possível que ele tenha desencorajado Tristram de usar cianeto, e foi por isso que ele acabou inventando o plano de esmagá-lo com o armário.

— Vou te dizer o que posso fazer. Vou falar com a equipe que documentou o conteúdo do escritório e ver se há um frasco de cianeto listado. Se houver, isso sugere que talvez o que Chris Shepherd disse seja verdade.

— E se não houver cianeto, pode significar apenas que o que Chris disse ainda é verdade, mas que alguém o removeu depois.

— Também é uma possibilidade, suponho. Vou continuar investigando por aqui e ver o que consigo descobrir. E obrigada por todo o trabalho. Sinto muito que você não consiga nenhuma autorização oficial para fazer isso.

— Não se preocupe, nós duas sabemos quem é o culpado por isso, e não é você.

Depois de se despedirem, Judith sabia que precisava refletir, então decidiu dar um mergulho à tarde. A água do Tâmisa estava gelada, mas aguçava sua mente, assim como a xícara de chocolate quente diante da lareira depois a ajudava a organizar os pensamentos. Mas, dessa vez, Judith percebeu que não conseguia se concentrar direito. Sempre que tentava pensar no caso com mais detalhes, voltava à mesma questão: se tivessem descoberto para onde Tristram havia ido, talvez tivessem identificado a pessoa que matou sir Peter para ele. Isso, é claro, assumindo que Tristram estivesse por trás da morte do pai. E que tivesse um cúmplice.

Pegando seu iPad, Judith procurou o número fixo de lady Bailey, ligou e, quando ela atendeu, perguntou se ela ou Tristram conheciam alguém que morasse na estrada Alison ou nas proximidades.

— Estrada Alison? — repetiu lady Bailey, como se fosse um lugar estrangeiro, e Judith percebeu que ela estava bêbada. — O que raios ele estaria fazendo lá? — disse com a voz arrastada.

— Não sei — respondeu Judith, decidindo ver se conseguia aproveitar o estado alterado de lady Bailey. — Mas suponho que ele tenha andado bem secreto ultimamente, não é? Como você mesma disse.

— Há! — exclamou lady Bailey. — Você está falando da amante dele, não está?

— Fico tão feliz que concordemos — disse Judith. — Há quanto tempo isso acontece?

— Anos. Perguntei a ele sobre isso e ele negou, é claro. Ele sempre foi reservado; você tem razão, essa é a palavra certa para ele. Mas uma mãe sabe. Quando lavo as roupas dele, sinto o perfume de uma mulher nas camisas. E ele nem sempre volta para casa à noite — acrescentou lady Bailey, mas Judith percebeu que ela hesitava, talvez achando que havia falado demais.

— Fico muito feliz por ele — disse Judith, tentando manter lady Bailey à vontade.

— É mesmo? Que bom. Sim, também fico feliz por ele.

Agradecendo lady Bailey pelo seu tempo e desligando a chamada, Judith decidiu ligar para Jenny para ver se ela poderia acrescentar algo ao que acabara de descobrir.

— Você estava falando com lady Bailey? — perguntou Jenny assim que Judith explicou o motivo da ligação.

— Só sobre Tristram, e apenas para tentar descobrir quem poderia ter desejado mal a sir Peter. Historicamente, claro. Mas ela disse que acha que Tristram tem um caso com alguém há pelo menos um ano. Ou mais.

— Isso é muito interessante — comentou Jenny —, porque estive pensando sobre isso e tenho certeza de que nunca ouvi ninguém mencionar que Tristram tivesse uma namorada. Peter, com certeza, nunca falou disso.

— Então, você sabe se Tristram conhece alguém que mora na estrada Alison?

— Por que na Alison?

Judith explicou como haviam rastreado o carro de Tristram, mas o perderam depois que ele virou naquela rua.

— Sinto muito — disse Jenny. — Nada me vem à mente. Rosanna mora em um barco no canal, logo depois de Hurley Lock, então ele não estava indo visitá-la.

— Sim, Suzie e eu a encontramos naquela área. Ela mora com alguém, não é?

— Isso mesmo. A namorada, Katie Husselbee.

— Husselbee? Ela tem alguma relação com seu advogado?

— É filha dele. Todo mundo a chama de Kat. Ela também é advogada, trabalha na mesma firma que o pai, mas é muito engajada em causas ambientais. Faz muito trabalho voluntário para grupos de protesto. É uma mulher impressionante.

Judith percebeu que não estava avançando como esperava.

— E quanto a Chris Shepherd? Ele mora perto da estrada Alison?

— O que te fez perguntar sobre ele?

— Lady Bailey acha que Chris guardava rancor contra sir Peter.

— Não sei se isso é verdade — disse Jenny, pensativa. — Chris pode ser um pouco rude, mas não acho que ele tenha um lado ruim de verdade. Ele ama a natureza, gosta de estar ao ar livre e tem muito o que fazer por aqui. Mas isso nem importa. Ele nem mora em Marlow. Vem todo dia de Reading em uma caminhonete velha. Quando ela funciona — acrescentou, com um tom divertido. — Está sempre quebrando.

Judith sabia que Reading ficava a uma boa distância a sudoeste de Marlow, enquanto o carro de Tristram havia sido visto pela última vez seguindo para o leste, saindo da cidade.

Houve uma pausa na linha e Judith teve a impressão de que Jenny estava se preparando para dizer algo. Ela esperou.

— Você não acredita nele, acredita? — perguntou Jenny.

— Acreditar em quem?

— Tristram. No que ele disse hoje. Sobre eu ser uma interesseira.

— Claro que não.

— Mas a questão é que… eu não posso negar totalmente — disse Jenny. — Sempre tentei dizer que era por amor, e era, não me entenda mal. Ou pelo menos afeição e atração. Peter era uma companhia maravilhosa, tão cheio de vida… — Jenny respirou fundo antes de continuar. — Mas Tristram também não está completamente errado. Eu queria a segurança que ele poderia me proporcionar. Não consigo evitar. Não estou ficando mais jovem, e minha carreira na enfermagem me afastou da vida amorosa. De certa forma, eu achava que teria que trabalhar pelo resto da vida. A ideia de finalmente ter estabilidade financeira era uma grande parte do apelo de estar com Peter.

Judith percebeu o alívio na voz de Jenny ao fazer aquela confissão.

— Isso é natural — disse Judith. — Tristram mencionou que você era órfã.

— Passei de um lar adotivo para outro enquanto crescia. Alguns eram melhores do que outros, algumas das crianças que estavam lá comigo eram incríveis, mas na maioria das vezes não eram. Para ser sincera, passei a vida inteira lutando. Para ter uma educação, para me qualificar, para construir uma carreira de sucesso. A ideia de deixar tudo isso para trás...

Jenny fez uma pausa e Judith sentiu que ainda havia mais que a jovem queria dizer.

— Acho que o que estou tentando dizer é que meus motivos para querer me casar com Peter não eram perfeitos.

— Ninguém tem motivos totalmente puros. Não quando se olha de perto.

— Mas é por isso que quero encontrar o testamento dele. Quero saber a quantia que ele me deixou.

E ali estava, Judith percebeu: a confissão vergonhosa que Jenny vinha se preparando para fazer.

— Isso é completamente natural.

— Isso me torna uma pessoa ruim. Uma interesseira.

— Quando há tanto dinheiro em jogo quanto no patrimônio de sir Peter, eu sei que faria o mesmo.

Judith encerrou a ligação, serviu-se de uma pequena dose de uísque para pensar e foi até a sala ao lado, onde ficava seu quadro improvisado de investigação.

Ela se viu atraída pela foto que havia impresso de Tristram. Era uma imagem a preto-e-branco, um daqueles retratos 10x8 que atores usam para se apresentar a diretores. Ele era, de fato, um jovem muito bonito, mas Judith achou interessante que ele não estivesse sorrindo no retrato. A imagem que ele queria transmitir era claramente Heathcliff — sombrio, sedutor e perigoso.

Mas então, Judith se lembrou de como Rosanna, lady Bailey e Chris Shepherd haviam feito questão de dizer que Tristram era só pose, latia mais do que mordia.

Então, qual era a verdade? Ele era um homem perigoso, capaz de matar, como seu pai acreditava? Ou apenas alguém fraco, com sérios problemas de controle da raiva?

Judith achou que seria eficaz se servir de mais um pequeno gole de uísque. Mas em vez de levar o copo até a garrafa na sala de estar, decidiu trazer a garrafa até o copo. Quando voltou, despejou um mínimo respingo do líquido dourado e tomou um gole, pensativa.

Então, o que haviam descoberto?

Tudo ainda indicava que, mesmo que Tristram não tivesse empurrado o armário sobre o pai, ainda poderia estar envolvido. Certamente, era quem mais se beneficiava com a morte de sir Peter. A menos que houvesse alguma maneira de ele ter matado o pai sem nunca ter pisado no escritório — o que parecia impossível.

Olhando para as outras fotos na parede, Judith se lembrou de como Rosanna havia mentido sobre seu paradeiro desde o início. Mas, coitada, pensou Judith. Ela era a única da família imediata que conseguia manter um emprego. E, apesar de ser a filha primogênita de sir Peter e lady Bailey, não herdaria nem a casa nem o dinheiro quando o pai morresse — o que, como ela mesma mencionara, era motivo suficiente para querer que ele continuasse vivo.

Quando Tristram herdasse tudo, teria total controle sobre os bens da família.

Então, por mais que Rosanna estivesse escondida em um guarda-roupa por razões um tanto suspeitas no momento da morte de sir Peter, não fazia sentido que ela quisesse o pai morto.

Tudo voltava ao testamento, não era? Porque, se sir Peter o tivesse mudado para incluir Rosanna, ou até mesmo deixado toda a sua herança para ela, isso poderia mudar completamente o cenário.

Era tudo tão frustrante, e Judith reconheceu aquela sensação de estar emperrada, como quando ficava presa ao montar uma palavra cruzada. Todas as possibilidades pareciam girar em sua mente, e ela sabia que, por enquanto, não conseguiria avançar mais.

Pensar em palavras cruzadas lembrou-a da página do *Marlow Free Press* que ela havia arrancado do jornal de Chris Shepherd. Servindo-se de mais uma pequena dose de uísque, voltou para a sala de estar, sentou-se na poltrona e começou a vasculhar a bolsa em busca do pedaço de papel.

Alisou-o no colo.

Ignorando a maioria das pistas, focou as palavras cruzadas que preenchiam os quatro cantos do tabuleiro.

A primeira era: *1. O que a Chapeuzinho leva uma vez por semana. (10 letras)*

Toda pista enigmática tinha duas partes — uma que era a definição literal da resposta e outra que servia como charada. Judith sorriu, percebendo que essa pista era tão elegante quanto simples. A parte enigmática estava em *O que a Chapeuzinho leva uma vez por semana*, e a Chapeuzinho leva consigo uma "cesta". Uma vez por semana também acontece a sexta, que parece com cesta. SEXTA-FEIRA.

Judith então olhou para a pista no canto inferior esquerdo na 26 Horizontal: *João conta cruzeiros com dez, mas sem exagero. (7 letras)*

Judith sorriu novamente. Como criadora de palavras cruzadas, ela mesma já havia usado soluções elegantes assim antes para despistar. *Conta com dez,* poderia significar um sistema de contagem à base 10, ou seja, o sistema decimal. *Mas sem exagero*, indicava que era um sistema exato, nem mais, nem menos, o que confirmava a exatidão da contagem. *João conta cruzeiros* sugere o antigo sistema monetário a base do sistema decimal, logo a resposta estava confirmada: DECIMAL.

Agora, Judith olhou para o canto inferior direito na 28 Horizontal:

Flui sobre um mar sem água, apoiado em quatro luas e uma ponte. (5 letras)

Desta vez, ela não teve um palpite imediato sobre a resposta. *Mar* poderia sugerir um anagrama, mas *água* tinha quatro letras, logo não parecia correto. Então, ela se concentrou na frase como um todo. Separou a pista em duas partes para entender melhor. *Flui sobre um mar sem água* sugeria um movimento contínuo, como uma correnteza, um fluxo. Um fluxo de trânsito talvez? No mar de carros da cidade. Sim, referia-se a um transporte da cidade.

Apoiado em quatro luas e uma ponte tornou a resposta muito mais clara para ela. Quatro luas eram rodas e a ponte era uma prancha. O que flui pela cidade em quatro rodas e uma prancha: SKATE.

Três resolvidas, faltava uma.

A última pista, no canto superior direito na 3 Horizontal, era: *Onde a cidade faz uma pausa, os caminhos se encontram e a vida circula sem pressa. (5 letras)*

Judith deduziu, pela quantidade de sentenças da pista — e pelo fato de estar procurando uma palavra de apenas cinco letras — que se tratava de uma pista simples, sem truques elaborados, onde cada metade oferecia sinônimos diferentes para a mesma palavra.

A pausa da cidade poderia ser em uma praça, ela sabia, e ficou satisfeita ao perceber que havia encontrado a resposta logo na primeira tentativa. Afinal, é *onde caminhos se encontram* e *a vida circula sem pressa.*

Agora, olhando para as quatro respostas que havia preenchido nos cantos da grade, Judith percebeu algo intrigante.

Lendo-as no sentido anti-horário, assim como havia feito com o quebra-cabeça da semana anterior, as palavras formavam:

SEXTA-FEIRA, DECIMAL, SKATE, PRAÇA.

Decimal remetia a um sistema baseado no número dez. Isso poderia ser uma referência às dez horas? Parecia um pouco forçado, mas se fosse esse o significado, então a mensagem era outra instrução para um encontro, não era? Na sexta-feira, às dez horas, na Praça de Skate de Marlow.

Mas será que ela tinha interpretado corretamente? E, se sim, quem havia deixado essa mensagem? E por quê?

A única coisa que Judith sabia com certeza era que o dia seguinte seria sexta-feira — e que ela estaria exatamente nesse lugar às dez da manhã.

Capítulo 24

Na manhã seguinte, Judith ligou para Becks e pediu que a encontrasse na Praça de Skate às dez. Não telefonou para Suzie, pois decidiu passar na casa dela e convidá-la pessoalmente. Após a visita à Marlow FM, Judith queria conversar com Suzie sobre sua carreira na rádio. Para ela, qualquer pessoa tão talentosa em seu trabalho merecia estar fazendo aquilo em tempo integral — mesmo que isso acabasse tornando Suzie mais famosa, o que Judith ainda acreditava que poderia ser um pouco intoxicante para sua amiga. Ao chegar de bicicleta, ficou surpresa ao ver que a frente da casa de Suzie ainda parecia um canteiro de obras, com andaimes e lonas rasgadas cobrindo parte da estrutura. Ela não visitava a amiga desde o verão passado, mas presumiu que as reformas já estivessem concluídas.

— O que você está fazendo aqui? — perguntou Suzie ao abrir a porta da frente.

— Só pensei em dar uma passada. Posso entrar?

Suzie voltou para dentro, deixando a porta aberta. Judith a seguiu pelo corredor de linóleo e foi recebida com o entusiasmo babado de Emma.

— Quem é uma boa menina?! — disse Judith, coçando as orelhas da cadela com carinho.

Depois de concordarem que Emma estava particularmente bem, e de Judith recusar a oferta de uma xícara de chá, ela decidiu ir direto ao ponto.

— Primeiro, preciso da sua ajuda com um mistério. Estou completamente perplexa. Você pode ir comigo à Praça de Skate às dez?

— Claro. Contanto que terminemos a tempo para o meu programa.

— Não se preocupe, deve dar tempo. Mas, falando do seu programa, esse é um dos motivos pelos quais eu queria te ver.

— Por quê?

— Porque ontem eu vi o quão brilhante você é. O jeito como você manipulava todos aqueles botões e alavancas enquanto falava com as pessoas... É algo que eu jamais conseguiria fazer. Você tem uma conexão real com seu público. E eu sei o quanto a rádio é importante para a comunidade local. O modo como você conversava com os ouvintes que ligavam deixou isso evidente.

— Acha mesmo? — perguntou Suzie, irradiando orgulho.

— Mas também sei que você está recusando trabalhos de cuidadora para fazer isso.

— Não estou.

— Está sim.

— Não estou.

— Você, literalmente, me disse que estava.

— Eu disse?

— Quando estávamos perto de Hurley Lock.

— Ah, é mesmo. Me entreguei. Mas não é nada de mais. Só não posso cuidar dos cães de manhã, porque preciso me preparar para o programa.

— Claro. Mas eu estava pensando... existe alguma forma de você ser paga pelo trabalho na rádio para compensar os trabalhos de cuidadora que está deixando de fazer?

— Isso não é possível. Somos todos voluntários.

— E se você conseguisse trabalho em outra estação? Uma que pagasse?

— Por que eu iria querer trabalhar em outra estação? A Marlow FM é onde eu quero estar.

— Mas como você está se virando com dinheiro?

— Você acha que estou sem dinheiro? — perguntou Suzie, ofendida.

— Suzie, a frente da sua casa ainda está uma bagunça.

Como era de se esperar, desde que reduziu o trabalho como cuidadora de cães, Suzie havia, de fato, estado no vermelho em todas as suas contas bancárias. Além disso, os gastos no cartão de crédito estavam começando a sair do controle. O Natal já era uma época cara por si só. Na realidade, a falta de renda a preocupava profundamente, mas ela lidava com isso tentando não pensar no assunto.

— Isso não tem nada a ver com dinheiro — disse ela. — O empreiteiro vai voltar. Ele vai terminar o trabalho.

— O mesmo empreiteiro que não terminou o trabalho no ano passado?

Suzie não respondeu de imediato.

— Talvez — disse, por fim.

— Você precisa contratar outra pessoa.

— Não posso — falou Suzie, a frustração evidente em sua voz. — Já paguei o outro cara para fazer o serviço.

— Ele não vai voltar.

— Pode ser que volte.

— Quando foi a última vez que teve contato com ele?

— Você quer dizer... em que ano? Olha, não se preocupe comigo — disse, forçando uma animação que claramente não sentia. — Alguma coisa vai aparecer. Sempre aparece. Mas o ponto principal é... você acha mesmo que sou boa no ar?

Judith não pôde evitar um sorriso diante da vaidade da amiga.

— Eu não acho só que você é boa. Acho que você é a melhor. Você precisa continuar com seu programa, mas também precisa ganhar dinheiro.

— Obrigada, isso significa muito para mim. E você tem razão, preciso equilibrar o trabalho na rádio com um trabalho remunerado. Vou pensar nisso. Agora, vamos logo para a Praça de Skate. Você pode me contar no caminho por que precisamos ir para lá.

Judith deixou que a amiga colocasse sua bicicleta na traseira da van e a levasse até o parque Higginson. Assim que chegaram, atravessaram o campo de críquete até o destino, onde encontraram Becks já esperando. Ela vestia botas fofas e luvas de lã, batendo uma contra a outra para se aquecer.

— Então, qual é o mistério que precisamos resolver? — indagou Becks quando elas chegaram.

Judith explicou como o autor das palavras cruzadas do *Marlow Free Press* estava enviando mensagens secretas.

— Para se encontrar na Praça de Skate? — perguntou Becks, surpresa.

— Isso deve ser fácil de explicar — disse Suzie. — Deve ser uma entrega de drogas.

— Não acho que criadores de palavras cruzadas costumem traficar drogas — retrucou Judith.

— Também não costumam investigar assassinatos — respondeu Suzie.

— *Touché* — disse Judith com um sorriso.

As três mulheres observaram a meia dúzia de crianças subindo e descendo as rampas com seus skates e patinetes. Nenhuma delas parecia ter mais de dez anos. Muitas estavam acompanhadas pelos pais.

— Acho que não tem nada a ver com drogas — comentou Becks.

O relógio da igreja All Saints começou a badalar dez horas, e as três olharam ao redor. Além das crianças que já estavam patinando, havia uma senhora dirigindo-se a um banco próximo, onde se sentou ao lado de um homem de idade semelhante, que usava luvas grossas e um chapéu de tweed.

Então, elas viram um homem correndo em direção à praça, ao mesmo tempo em que uma mulher se aproximava vindo da trilha ao longo do caminho às margens do Tâmisa. O homem mais jovem olhou para o relógio, e Judith e suas amigas trocaram olhares animados.

Seria esse o encontro das dez horas?

Depois de verificar o horário, o corredor desviou e começou a correr ao redor do campo de críquete, enquanto a corredora tocou a estrutura mais próxima da praça, virou-se e voltou pelo mesmo caminho de onde veio.

Os dois nem chegaram a ficar a vinte metros um do outro.

Quando o relógio badalou pela décima vez, as três mulheres perceberam que não haviam testemunhado nenhum encontro secreto.

— Que tal esperarmos mais cinco minutos? — sugeriu Judith.

Após cinco minutos no frio, as crianças continuavam deslizando pelas rampas, seus pais ainda observavam, e o casal de idosos permanecia sentado no banco. Nada mais aconteceu.

— Bem, isso foi uma perda de tempo — comentou Suzie.

Judith tendia a concordar. Será que ela estava errada sobre a existência de mensagens secretas no *Marlow Free Press*?

— Não sei se foi um desperdício de tempo — disse Becks, apontando para uma mulher que caminhava pelo parque Higginson em direção ao rio. — Olhem ali. É lady Bailey.

— Claro — disse Suzie, sem empolgação. — Em algum lugar ela tinha que estar, não é?

— Mas precisamos alcançá-la antes que vá embora — falou Becks, saindo apressada. Judith e Suzie trocaram olhares surpresos antes de segui-la.

— Bom dia, lady Bailey — cumprimentou Becks ao alcançar a mulher.

— Bom dia — respondeu lady Bailey.

— Que belo par de galochas.

— Por que, exatamente, você mencionaria isso? — perguntou a mulher, enquanto Judith e Suzie chegavam e finalmente entendiam o que estava acontecendo.

Lady Bailey usava galochas rosa-chiclete, com canos bem justinhos nos tornozelos.

Becks foi direto ao ponto, como uma assassina sorridente.

— Esse tom de rosa é exclusivo das botas Hunter, não é?

— É uma cor bem divertida.

— E vejo que você usa a linha para panturrilhas finas.

— Tenho a sorte de ter bons genes, mas por que a curiosidade?

Judith notou uma área de lama úmida ao lado do caminho.

— Você se importaria de pisar na lama um pouquinho? — perguntou.

— Não seja ridícula — disse lady Bailey, perdendo a paciência.

— Isso nos ajudaria muito — insistiu Judith.

— Sério?

— Será rápido. E então vamos embora. Prometemos.

Lady Bailey percebeu que a maneira mais rápida de se livrar das três mulheres era fazer o que pediam, então deu alguns passos e pisou na lama.

— Felizes agora? — disse ela.

— Quase — respondeu Judith. — Pode voltar?

— Muito bem — concordou lady Bailey, voltando para perto das mulheres. — Agora posso ir?

— Não — disse Judith, observando as pegadas.

— Como é?

— Você não vai a lugar nenhum.

Lady Bailey havia deixado duas pegadas nítidas na lama. Na sola esquerda havia um rasgo na borracha.

— Foi você, não foi? — disse Suzie, incrédula. — Você estava no canteiro de flores do lado de fora do escritório de sir Peter quando ele foi morto!

— Não sei do que você está falando — respondeu lady Bailey, mas as mulheres podiam ver que ela estava desconcertada.

— Quando sir Peter morreu — começou Judith — encontramos pegadas na lama do lado de fora da janela do escritório dele. E Becks aqui descobriu que as pegadas vinham de um par de galochas Hunter, tamanho 36.

— Da linha de panturrilhas finas — acrescentou Suzie.

— Mas, o mais importante: havia um corte distinto na sola esquerda. Um corte que combina perfeitamente com a sua bota.

Judith olhou diretamente para lady Bailey.

— Você estava lá quando ele foi morto, não estava?

Toda a autoconfiança de lady Bailey desmoronou.

— Ah, Deus — disse ela. — Vocês precisam acreditar em mim, eu não tive nada a ver com a morte dele.

— Então que tal continuarmos essa caminhada com você para que nos explique exatamente o que aconteceu naquela tarde?

Lady Bailey olhou para as mulheres e então assentiu, como alguém que acabara de perceber que estava condenada.

— Vocês estão certas. Isso tem me consumido por dentro. Para ser sincera, vai ser um alívio tirar isso do peito.

Ela respirou fundo antes de continuar:

— E, desta vez, prometo que direi a verdade. Toda a verdade. Nada além da verdade.

Capítulo 25

Então, você vai admitir? — perguntou Judith enquanto caminhavam juntas pela trilha ao longo do Tâmisa. — Você estava do lado de fora da janela do escritório do seu ex-marido quando ele foi morto?

— Você faz parecer algo horrível.

— Ele foi assassinado e você estava lá. Acho que é exatamente tão horrível quanto parece.

— Eu só queria ver.

— Quem?

— *Ela.* — Lady Bailey percebeu que as outras mulheres não entenderam. — Aquela mulher.

— Você quer dizer Jenny? — disse Becks, por fim compreendendo.

— Eu sabia que não devia, mas não consegui resistir. Era como uma coceira. Nunca a tinha visto. E por que veria? Eu nunca vou à Mansão Branca. Mas ela ia se casar com Peter, eu precisava saber como ela era. Me preparar para todas as fotos que veria depois do casamento. Certamente sairiam nos jornais locais, não? Ou Rosanna me mostraria; ela nunca perdeu uma chance de me cutucar. Aquela menina pode ser impiedosa. Eu tinha que ver como Jenny era.

Os corações das três mulheres se apertaram por lady Bailey.

— Conte-nos o que aconteceu — pediu Judith, agora com um tom muito mais gentil.

— Há um caminho público que passa pelo lado do jardim — começou lady Bailey. — Ele liga a trilha do Tâmisa à estrada de acesso que leva até a casa. Pouca gente sabe da existência dele. Peter deixou as sebes de loureiro crescerem para cobrir a trilha quase por completo. Mas eu sabia que ainda estava lá. E tinha ouvido de amigos que haveria um coquetel. Alguns fizeram questão de me contar. Então, quando a festa já estava a todo vapor, atravessei a ponte de Marlow, segui pela trilha do Tâmisa até a borda do jardim e me enfiei por entre os primeiros arbustos de loureiro. Depois, fui meio que me arrastando ao longo do caminho esquecido, entre os arbustos e a cerca da propriedade ao lado.

"Mais ou menos na metade do caminho, há um grande canteiro de arbustos bem ao lado da sebe de loureiro. Então, consegui atravessar e me esconder entre as buddleias. Fiquei orgulhosa de mim mesma. Daquele ponto, conseguia ver todo o jardim, a festa e a tenda montada perto do rio."

— Você não achou que o que estava fazendo era um pouco imprudente? — perguntou Becks.

— Claro que sim! Mas sabe como é quando uma ideia simplesmente toma conta de você. Tudo o que importava para mim era ver a noiva. Mas, dos arbustos, não consegui identificar quem ela era. Eu estava muito longe. Havia muitas pessoas. Então, vi que se atravessasse o gramado até a casa, teria uma visão melhor e ainda ficaria escondida pela lateral da casa. Decidi me aproximar.

— Você não se importou se alguém a visse? — perguntou Judith, impressionada.

— Ah, tive bastante receio, sim. Mas não havia motivo para ninguém estar naquele lado da casa, ele não é visível de nenhum outro ponto. Há apenas o escritório de Peter no térreo e a janela do quarto dele, no andar de cima. E, o mais importante, as cortinas do escritório estavam fechadas.

— Estavam? — perguntou Judith, subitamente atenta.

— Sim. Acho que não teria sido tão ousada se não estivessem.

Judith e suas amigas trocaram olhares. Afinal, como todas haviam visto logo depois, quando invadiram o escritório de sir Peter, as cortinas estavam abertas.

— De qualquer forma — continuou lady Bailey —, eu estava prestes a sair para o gramado e atravessar até a casa quando vi Tristram saindo pela porta da frente.

— Você viu? — perguntou Judith. — Tem certeza?

— Ele é meu filho, é claro que tenho certeza. Na verdade, tive muita sorte. Se eu tivesse saído dos arbustos um segundo antes, ele teria me visto. Mas, em vez disso, observei enquanto ele caminhava pela entrada da casa e depois desapareceu na estrada. Assim que o caminho ficou livre, atravessei o jardim em direção à janela do escritório.

— Uma pergunta rápida — interrompeu Judith. — Como seu filho parecia?

— Como assim?

— Ele parecia preocupado? Estava com pressa?

— Não, ele simplesmente estava caminhando em direção à estrada. Não acho que seja algo muito significativo.

— Ele estava com mais alguém?

— Não. Não vejo por que isso importa. Peter e seus convidados estavam no gramado perto do rio, Tristram já tinha ido embora, e sabe de uma coisa? Decidi que não ia mais me esconder. Caminharia de cabeça erguida. Se fosse vista, inventaria alguma desculpa para explicar o que estava fazendo. Não que eu tivesse algo planejado. Mas esse era meu novo plano. Afinal, já foi minha casa um dia.

— Então você atravessou o gramado e se escondeu nos arbustos sob a janela do escritório? — perguntou Becks.

— Não, de jeito nenhum. Eu não tinha intenção de me esconder em mais arbustos. Só queria ver a nova mulher, nada mais. Mas, depois de atravessar o gramado e estar prestes a espiar pelo canto da casa, foi quando ouvi um carro chegando no cascalho. Fiquei surpresa, pode acreditar. Era Tristram no carro esportivo dele. Ele tinha acabado de sair e já estava de volta? Foi então que tudo começou a acontecer muito rápido. Vi Peter indo confrontar Tristram, e foi *nesse* momento que me escondi no meio dos arbustos. E ainda bem que fiz isso, porque em poucos segundos os dois estavam discutindo ferozmente a poucos metros de mim. Foi quando finalmente vi a mulher dele. Não sei o que ele viu nela. De jeito nenhum. Quero dizer, ela é magra… claro, é jovem, então é óbvio que seja magra… mas tem um rosto anguloso, é só cotovelos e joelhos. Foi o que pensei. E aquele cabelo! As pessoas geralmente fazem um penteado decente na véspera do casamento.

— Você ouviu o que eles estavam dizendo? — perguntou Judith, tentando manter lady Bailey focada no que realmente importava.

— Sim, e foi chocante. Tristram estava sendo bastante insolente, tenho que admitir. Disse que não se importava com quem ofendia, que aquela era a casa dele e que ele entraria e sairia quando quisesse. Sua futura madrasta estava em prantos. Simplesmente não tem estrutura para se casar com um homem como Peter. Ela falou que ia para o quarto, que não aguentava mais ouvir os dois brigando. Assim que ela saiu, foi quando a briga realmente esquentou entre Peter e Tristram. Nunca vi Peter tão furioso. Disse a Tristram que sabia qual era o plano dele, que já sabia há algum tempo, e que foi por isso que o baniu do casamento.

— Sir Peter disse que sabia qual era o plano de Tristram? — perguntou Judith, intrigada.

Lady Bailey percebeu que, sem querer, havia entregado seu filho.

— Foi só modo de dizer. Ele estava com raiva, só isso. E então Peter entrou na casa. Mas o ponto é que eu ainda conseguia ver Tristram, mesmo depois que Peter se afastou. E ele parecia péssimo. Claro que parecia. Ele nunca gostou de discutir, mas tem um temperamento difícil, e Peter sempre fazia com que ele perdesse a cabeça. Assim que Tristram voltou para a festa, eu não fiquei por ali. Saí dos arbustos, me sacudi um pouco e voltei para o canto do jardim, onde havia mais arbustos para me esconder. Se querem saber, àquela altura eu já me sentia completamente estúpida. Por pouco não fui vista, e percebi que não tinha a menor ideia do que diria se alguém me flagrasse. Na verdade, não tenho vergonha de admitir que estava tremendo. Empurrei os galhos da sebe de loureiro para passar, mas antes de ir embora, dei uma última olhada para a casa. E foi quando o vi pela última vez.

— Quem? — perguntou Becks.

— Peter. Ele estava dentro do escritório.

— Você disse que as cortinas estavam fechadas.

— Ah, desculpem, devia ter contado. Quando olhei de novo da sebe, vi que ele havia aberto as cortinas.

— Havia mais alguém com ele no escritório?

— Não que eu tenha visto, mas eu não reparei nisso. Estava mais preocupada em ver se Tristram estava bem. Pelo que pude perceber, ele estava conversando com algumas mulheres na festa.

— Éramos nós — disse Becks.

— Ótimo. Então não preciso dizer que Tristram não teve nada a ver com a morte de Peter.

— Você conseguiu ver o que acontecia no escritório quando o armário caiu? — perguntou Judith.

— Eu estava muito longe e o sol tinha acabado de sair. Ele refletia nas janelas do escritório. Não consegui ver nada lá dentro. Não de verdade.

— Isso parece um pouco conveniente — comentou Suzie.

— Não posso fazer nada quanto a isso. O reflexo do sol estava forte nas janelas no momento em que ouvi um estrondo vindo da casa. Na hora, presumi que um garçom tivesse derrubado uma bandeja com garrafas de vinho ou algo assim. Eu não fazia ideia de que estava ouvindo o momento exato em que Peter morreu. É horrível quando penso nisso agora. Então me virei e saí o mais rápido que pude.

— Você nos viu correndo para dentro da casa?

— Não, àquela altura eu já estava atravessando a passagem além da sebe de loureiro. Mas, já que estão perguntando, foi assim que minhas pegadas acabaram aparecendo sob a janela do escritório de Peter.

Lady Bailey olhou para as mulheres como se esperasse que o assunto estivesse encerrado.

— Já te perguntei isso antes — disse Judith —, mas tem certeza de que não foi você quem pediu as vinte mil libras a sir Peter?

— Absoluta certeza — respondeu lady Bailey, erguendo o queixo. — Tenho o meu orgulho, sabe?

— Sendo bem honesta — disse Suzie —, não acho que alguém que se esconde nos arbustos da casa do ex-marido tenha tanto orgulho assim.

— E se formos ser lógicas — acrescentou Judith —, só temos a sua palavra de que você estava nos arbustos quando o armário caiu, não é?

— O que exatamente você está sugerindo?

— Você admitiu que foi até a janela do escritório — Judith continuou —, mas só porque Becks conseguiu reconhecer as pegadas de suas botas Hunter a cinquenta metros de distância.

Becks corou de orgulho com o elogio.

— Toda essa história sobre Peter abrindo as cortinas e você não conseguindo ver nada por causa do reflexo do sol? Você não pode provar nada disso.

— Claro que não. Eu estava sozinha.

— Então deixe-me sugerir uma história diferente — disse Judith, cruzando os braços. — Você foi até a janela do escritório quando viu sir Peter lá dentro. E, como ele estava sozinho, deu a volta pela casa, entrou pela porta da frente e foi até o escritório, onde o matou, empurrando o armário sobre ele. Depois, saiu antes que alguém a visse. E então, enquanto os convidados corriam para dentro da casa para ver o que tinha acontecido, você percebeu que o caminho estava livre e se escondeu novamente entre os arbustos de loureiro para garantir sua fuga.

— Não foi isso o que aconteceu! Como se atreve?! — explodiu lady Bailey, furiosa. — Eu sou a vítima aqui! Foi ele quem me traiu! Ele me fez ir embora! E agora eu vivo naquela espelunca, sobrevivendo com as migalhas que ele me deixava, e não tenho nada!

Judith olhou para lady Bailey e viu nela uma amargura profunda — uma mistura de decepção e raiva tão intensas que não tinha dúvidas de que ela seria capaz de derrubar um armário pesado.

— Tem razão — concordou Judith. — No momento, você não tem nada além de um título. Um título que perderia quando sir Peter se casasse novamente. Mas você e Tristram sempre foram inseparáveis. Até no retrato a óleo no hall da Mansão Branca fica claro o quão próximos vocês dois são. E, com sir Peter morto, Tristram ficaria no comando da fortuna da família. Ele não deixaria a própria mãe vivendo na miséria em uma casa apertada. Aposto que, se você jogasse bem suas cartas, poderia voltar a morar lá. Na verdade, se analisarmos friamente, você tinha inúmeros motivos para querer seu ex-marido morto. E, como acabou de admitir, estava presente no momento do crime, então também teve a oportunidade. Agora que penso nisso, faria muito sentido se você fosse a cúmplice que estivemos procurando esse tempo todo. A pessoa para quem Tristram tem ligado, dizendo que precisava ter paciência e esperar.

— Do que raios você está falando?

— Quando perguntamos se Tristram vinha fazendo ligações secretas, você disse que eram para uma namorada misteriosa. Mas e se isso foi só para nos despistar? E se, na verdade, as ligações que Rosanna ouviu Tristram fazendo eram para você? Porque você foi a cúmplice dele o tempo todo. Foi você quem estava no escritório, matando sir Peter, enquanto Tristram construía seu álibi do lado de fora.

— Isso é um absurdo! — exclamou lady Bailey, furiosa. — Admito que sou próxima de Tristram e concordo que ele foi injustiçado, mas eu estava do outro lado do jardim, já me afastando da casa quando ouvi o estrondo.

— Mas você não pode provar isso.

Lady Bailey ficou em silêncio por um momento, depois seus olhos se arregalaram como se tivesse acabado de se lembrar de algo importante.

— Esperem! Acho que posso provar. Quando saí dos arbustos perto do rio, fui vista. Não acredito que me esqueci disso, mas assim que pisei na trilha do Tâmisa, vi o major Tom Lewis passando de barco. Ele me cumprimentou e eu respondi alguma coisa... nem me lembro exatamente o quê. Mas ele me viu. Apenas alguns segundos depois do estrondo.

Judith lembrou que, pouco antes da morte de sir Peter, havia visto um barco grande passando pelo jardim no rio Tâmisa.

— Ah, certo — disse Suzie, cética. — E agora, convenientemente, você tem um álibi?

— Não precisa falar assim comigo. Se vão me acusar de assassinato, então perguntem ao major Lewis se ele me viu. Ele pode confirmar a história. Agora, acho que já me humilharam o suficiente por hoje, não?

Lady Bailey ergueu o queixo, lançou um último olhar para as três mulheres e então girou nos calcanhares, seguindo de volta em direção à rua High.

As amigas observaram em silêncio enquanto ela se afastava.

— Acho que acabamos de encontrar nossa assassina — disse Suzie.

— Você tem um ponto — concordou Becks. — Foi genial da sua parte, Judith, perceber que as ligações secretas de Tristram podiam ter sido para a própria mãe o tempo todo.

— Mas tem uma coisa que quero saber — disse Suzie. — Por que Tristram estava na casa antes de tudo acontecer? Se lady Bailey disse que ele saiu a pé e depois voltou dirigindo, significa que ele já estava lá antes.

— Supondo que ela esteja dizendo a verdade — acrescentou Becks.

— Claro — disse Judith. — Precisamos falar com o major Lewis.

— Eu posso cuidar disso — disse Becks. — Ele canta no coral, e temos o ofício hoje à noite. Pergunto quando o vir.

— Ótima ideia. Enquanto isso, acho que devemos tentar encontrar essa trilha que fica ao lado do jardim de sir Peter. Ver se a história de lady Bailey pode ser remotamente verdadeira. E, depois, precisamos descobrir por que Tristram estava na casa antes do crime. Embora eu tenha uma teoria sobre isso… e pode ser exatamente a peça que faltava.

— Por quê? — perguntou Suzie, animada. — O que você acha que ele estava fazendo lá?

— Uma coisa de cada vez — respondeu Judith com um sorriso. — Primeiro, a sebe. Depois, Tristram.

Capítulo 26

Conforme as mulheres se aproximavam da ponte de Marlow, perceberam que havia algum tipo de confusão. Os carros estavam parados, buzinando furiosamente, e havia pessoas com bandeiras na ponte bloqueando o trânsito.

— O que está acontecendo? — perguntou Becks a um observador.

— É um protesto pelo clima — explicou o homem.

— Mas precisamos atravessar — disse Becks.

— Eles estão parando apenas os carros. Os pedestres estão passando.

— Então vamos — falou Judith, conduzindo suas amigas pela ponte, passando pelos carros parados.

Havia cerca de vinte pessoas com bandeiras, faixas e vários chocalhos e apitos fazendo barulho, além de alguns policiais tentando dispersá-los.

Enquanto os manifestantes gritavam: *Não existe planeta B! Não existe planeta B!* Judith viu que Rosanna estava sentada de pernas cruzadas na frente do grupo, segurando um cartaz feito à mão que proclamava: *Você pode me ignorar, mas vai se arrepender*.

Judith se aproximou, com as amigas ao seu lado, embora pudesse ver que Becks parecia desconfortável.

— Não tenho certeza se eu deveria estar aqui — disse Becks.

— Que maravilhoso — gritou Judith para Rosanna enquanto passavam.

Rosanna ficou surpresa ao ver Judith e suas amigas e se levantou.

— O que vocês estão fazendo aqui? — perguntou.

— Como os três bodes espertos da fábula, estamos tentando chegar do outro lado — disse Judith. — Mas estou muito feliz em ver vocês, jovens, posicionando-se. Sem ação, nada muda na sociedade. Pergunte às sufragistas. Embora eu não imaginasse você como uma ativista climática.

— Não é algo que eu faria normalmente — admitiu Rosanna, desconfortável. — Não sou uma protestante nata, mas às vezes você não tem escolha. Os acontecimentos te forçam a agir.

— Sim, tem razão — disse Judith, olhando diretamente para Rosanna. — Às vezes, você simplesmente precisa agir.

A mulher de cabelo loiro com pontas azuis, que Judith e Suzie tinham visto pela última vez no barco de Rosanna e que, desde então, haviam descoberto ser Kat, filha de Andrew Husselbee, aproximou-se.

— Estão te incomodando? — perguntou Kat a Rosanna antes de se virar para encarar Judith. — Temos o direito de protestar em público. Isso é garantido pela Convenção Europeia de Direitos Humanos.

Agora que Judith olhava Kat mais de perto, percebeu que seus olhos brilhavam com um fervor um tanto surpreendente.

— Você é Kat, a filha de Andrew Husselbee, não é? — perguntou Judith.

— O que você tem a ver com isso? Vamos, Rosanna, temos um trabalho a fazer.

Kat levou Rosanna consigo, mas assim que se juntaram novamente ao grupo principal, ela mudou de ideia e voltou com passos firmes até Judith e suas amigas.

— Meu pai aprova o que eu faço, sabe disso, não sabe? — disse.

— Tenho certeza de que sim — respondeu Judith e, antes que Kat entendesse o que estava acontecendo, ela tirou uma latinha de balas da bolsa e abriu a tampa.

— Quer uma bala?

Kat olhou ao redor — para os manifestantes gritando, os policiais — e depois voltou o olhar para a mulher que lhe oferecia uma bala dentro de uma lata.

— Não, obrigada — disse ela.

— Como quiser — respondeu Judith, colocando uma bala na boca e observando a cena barulhenta. — Não é exatamente Paris de 1968. Mas nada jamais foi como Paris de 1968, antes ou depois — acrescentou com um tom nostálgico.

— Você esteve nos protestos de Paris, em 1968?

— Você ouviu falar?

— Todo mundo que acredita em protestos sabe disso. Como foi?

Os olhos de Judith brilharam com a lembrança.

— Eu tinha acabado de sair de Oxford e estava um pouco sem rumo. Então fui para Paris naquele verão. Foi maravilhoso... na retrospectiva, claro. Na época, foi tudo bastante intenso e complicado. Mas posso perguntar? Estamos tentando ajudar a polícia a entender o que aconteceu com o pai da Rosanna. Você se importaria de me dizer o que pensa da família Bailey?

— Isso é fácil — disse Kat. — Os Bailey são tudo o que há de errado neste país. Enriquecem às custas do trabalho duro dos outros. E continuam ricos, geração após geração, mesmo sem fazer nada para merecer esse dinheiro. São sanguessugas.

— Não se acanhe, diga o que realmente pensa — soltou Suzie com um sorriso.

— Você gosta deles? — perguntou Kat, irritada.

— Mal os conhecemos — argumentou Becks.

— Pelo menos o pai da Rosanna teve bom senso no final.

— Como assim? — questionou Judith.

— Ele tirou o Tristram do testamento, não foi? E fez muito bem. Ele não merecia a herança, não com o comportamento que tem.

— Como você sabe que ele o tirou do testamento? — perguntou Judith.

— Ele me contou no Natal. A Jenny preparou um verdadeiro banquete... fez até pratos veganos para mim, o que foi uma novidade naquela família, posso te garantir. Mais tarde, encontrei o Peter no escritório, com uma taça de vinho. Ele estava olhando para aquelas radiografias estranhas atrás da mesa. Parecia muito velho. Meio frágil, sabe? E ele nunca parece frágil. Então perguntei se ele estava bem, e ele disse que estava preocupado por ter feito algo ruim com o Tristram. Perguntei do que ele estava falando e foi aí que ele disse que havia escrito um novo testamento e que tinha excluído o Tristram. Queria saber se tinha cometido um erro. Eu disse que o dinheiro era dele, que podia fazer o que quisesse.

— Ele disse para quem deixou o dinheiro? — perguntou Judith.

— Você quer dizer, tipo, para a Rosanna? Não perguntei. Era Natal.

— Mas a Rosanna acha que agora vai herdar?

— Ela não faz ideia. Não com certeza. Para ser honesta, tenho me preocupado com Rosanna. Ela ficou obcecada com esse maldito testamento, e só fala disso. Acho que o assunto está deixando ela meio pirada. É só mais um exemplo de como o dinheiro corrompe, se quer saber. E um monte de dinheiro corrompe ainda mais. Não que importe. O novo testamento não pode ser encontrado, certo?

— E isso não te incomoda? — perguntou Judith

— Sou advogada, já vi muitas famílias sendo destruídas por causa de testamentos. Se ele aparecer, apareceu. Se não aparecer, paciência. Existem coisas mais importantes no mundo para se preocupar — acrescentou Kat, apontando para seus colegas manifestantes.

— Não queremos te prender por mais tempo — disse Judith —, mas posso perguntar por que você não estava na festa?

— O quê?

— Você é namorada da Rosanna. Não te vi na festa do sir Peter, na véspera do casamento. Por que não estava lá?

— Ah, Deus, eu não queria ficar cercada por um bando de gente engomada a tarde toda.

Havia algo estranho na resposta de Kat, e Judith percebeu que não acreditava totalmente nela.

— Tá bom, se você quer tanto saber, eu estava fazendo o cabelo. Para o grande dia, certo?

Judith sorriu para si mesma. Conseguiu imaginar bem como uma ativista climática como Kat não gostaria de admitir que estava se arrumando para um casamento da alta sociedade.

— Onde foi isso? — perguntou.

— Divas and Dudes.

— Eu conheço — falou Becks. Era onde ela levava os filhos para cortar o cabelo quando eram pequenos. — Eles não fazem só cabelo de criança?

— A dona é uma amiga antiga. Ela faz o meu cabelo. Então, se estão tentando sugerir que eu estava envolvida em alguma coisa, eu estava no salão.

Um jovem de bochechas coradas se aproximou apressado, visivelmente agitado.

— A polícia está dizendo que pode nos dispersar.

— Droga! — disse Kat, indo com o amigo até os policiais para discutir com eles.

— Essa é a primeira prova, não é? — falou Suzie. — De que o sir Peter tirou o Tristram do novo testamento?

— Supondo que a Kat esteja dizendo a verdade, é claro — acrescentou Judith.

— Por que ela mentiria? — perguntou Suzie.

— Com licença — disse Becks, olhando para alguns fotógrafos que registravam o protesto —, tudo bem se continuarmos? Agora?

— Claro — concordou Judith, rindo, e as três mulheres atravessaram para o outro lado da ponte, seguindo ao longo do rio, passando pelo ho tel Compleat Angler. Elas entraram na trilha às margens do Tâmisa, em direção à Bourne End.

— Acho que precisamos verificar o álibi da Kat — disse Judith.

— Você não acredita nela? — perguntou Becks.

— Não acredito em ninguém — respondeu Judith. — Não até termos provas de que estão dizendo a verdade.

— Isso mesmo — concordou Suzie. — Embora fosse meio estranho que ela estivesse no escritório matando o sir Peter enquanto a namorada estava lá em cima, escondida dentro de um armário, não acha?

— Entendo seu ponto. Realmente soa um pouco estranho, quando você coloca assim.

— Temos mesmo certeza de que havia alguém no escritório matando o sir Peter? — perguntou Becks.

— Sim — responderam Judith e Suzie ao mesmo tempo.

— Desculpa. Só queria ter certeza de que ainda estávamos convictas.

— Sim, temos certeza — garantiu Suzie

Enquanto as mulheres caminhavam entre as casas grandiosas e os barcos atracados, que às vezes eram quase tão imponentes quanto as próprias casas, elas debatiam qual mansão de vários milhões de libras gostariam de possuir. Para Suzie, o tamanho era tudo, e ela se sentiu particularmente atraída por um palacete flutuante de três andares, ancorado ao lado de uma casa moderna que era, em sua maior parte, uma parede de vidro com vista para Marlow Lock. Becks fez uma careta só de imaginar.

— Imagine ter que limpar todo esse vidro — disse ela.

— Acho que se eu posso pagar por uma casa desse tamanho — respondeu Suzie —, posso pagar para alguém limpar o vidro.

Judith se divertia ouvindo a conversa, mas não participava. Afinal, ela já morava em uma casa às margens do Tâmisa que considerava perfeita em todos os sentidos.

O caminho terminou em um portão trancado, que as três mulheres sempre haviam pensado ser o fim da trilha. No entanto, agora podiam ver que a densa cerca viva de loureiros marcava a borda do jardim da família Bailey. Se lady Bailey estivesse certa, a trilha antes seguia por dentro da propriedade, mas a cerca viva agora bloqueava o caminho.

— Vamos? — perguntou Judith.

Becks e Suzie hesitaram.

— Não se preocupem, eu vou na frente.

Enquanto Judith se embrenhava na vegetação densa, sua mente foi levada de volta ao verão anterior, quando havia atravessado arbustos semelhantes e encontrado o corpo sem vida de seu vizinho flutuando no rio logo além. Isso só reforçou sua determinação.

Mantendo a espessa cerca viva de loureiros à sua esquerda e uma alta cerca de madeira imediatamente à sua direita, Judith continuou avançando, satisfeita ao perceber que, de fato, havia um tipo de trilha que podia seguir, embora precisasse afastar constantemente os galhos grossos de loureiro para continuar. Ela se sentia como um carro sendo espremido pelos rolos altos de um lava rápido, pensou.

Após cerca de um minuto lutando para avançar pelo caminho, viu uma pequena abertura na cerca viva e parou. Afastando os galhos, enxergou um canteiro de arbustos do outro lado e, um pouco adiante, a Mansão Branca se erguia sobre o gramado. Ela conseguia ver os arbustos de azaleias sob a janela do escritório do sir Peter e, logo acima, a janela menor do quarto dele.

Judith notou uma bituca de cigarro branca na lama. Quando suas amigas se aproximaram, ela se agachou e a pegou. A palavra Cartier estava escrita ao redor do filtro em dourado.

— É como ela disse — falou Judith. — Lady Bailey esteve aqui.

— Espiando o ex-marido — disse Suzie, quase com um tom de admiração. — E agora, qual é o plano? — perguntou. — Vamos falar com o Tristram?

— Não — respondeu Judith. — Agora, finalmente, acho que é hora de encontrarmos o testamento desaparecido do sir Peter.

Capítulo 27

Dentro da Mansão Branca, Jenny estava de pé no escritório, absorvendo tudo ao seu redor. Ainda conseguia ver pequenos estilhaços de vidro brilhando no carpete. Se não fosse por eles — e pela moldura da porta quebrada, onde a fechadura havia sido arrancada —, não haveria sinais evidentes de que uma tragédia havia acontecido ali.

— Jenny? — Ouviu Judith chamar do interior da casa.

— Estou no escritório — respondeu Jenny.

Judith, Becks e Suzie apareceram à porta.

— Você está bem? — perguntou Becks.

— Só estou tentando entender o que aconteceu aqui. Como alguém pôde fazer isso com ele. Como o Tristram pôde fazer isso com ele — acrescentou, para esclarecer.

— Ah, é? — perguntou Judith.

— Estou tentando ser lógica. Ele é a única pessoa que se beneficia com a morte do pai. E eu sei que vocês estão dizendo que ele pode ter agido com alguém, mas e se for muito mais simples do que isso? E se Tristram matou o pai sozinho?

— Mesmo estando no jardim no momento do ocorrido? — questionou Becks.

— Mas é exatamente isso que tenho pensado. E se Peter estivesse realmente aqui, sozinho, e derrubou o armário por acidente?

— Mas por que ele faria isso? — perguntou Suzie

— Não faço ideia. Talvez ele estivesse tentando pegar algo que tinha colocado em cima do armário. Uma vez, eu o peguei guardando Terry's

Chocolate Orange lá em cima, fora de vista. Isso era bem a cara dele. Quem ainda come esse doce hoje em dia? Mas ele estava furioso depois da briga com o Tristram, então, e se ele entrou aqui, trancou a porta para ter um pouco de privacidade, tentou alcançar alguma coisa no alto do armário e acabou derrubando-o sobre si mesmo? O que significaria que foi um acidente horrível. Depois, nós arrombamos a porta, mas é isso que estou me perguntando: e se eu cometi um erro ao verificar o pulso dele? E se ele ainda estivesse vivo?

— Isso é provável? — perguntou Judith.

— Não sei. É o meu trabalho saber verificar o pulso, mas eu não estava raciocinando direito. Foi tudo tão chocante. E se eu errei? Fui tirada daqui antes de poder fazer uma segunda verificação. É possível, talvez, que ele ainda estivesse vivo.

— Ah, entendi! — disse Judith, lembrando que, quando ela e Suzie estavam esperando do lado de fora da casa com o restante dos convidados após o assassinato, não conseguiu ver Tristram entre a multidão. — Você está sugerindo que, depois que todos nós saímos da casa para esperar a polícia, Tristram voltou escondido para cá?

— É uma possibilidade. E o fato é que alguns dos equipamentos de laboratório que caíram do armário eram bem pesados.

— Então Tristram pegou algo grande e pesado e deu o golpe de misericórdia. O que significa que sir Peter morreu muito depois de pensarmos que ele já estava morto?

— Não sei — disse Jenny. — Parece tão absurdo quando você coloca dessa forma.

— Mas é uma possibilidade muito real, tem razão. Acho que isso torna ainda mais importante encontrarmos o testamento desaparecido.

— Sim — anuiu Jenny —, e tenho pensado nisso também. Porque nós quatro vasculhamos esta casa de cima a baixo e não conseguimos encontrar o testamento. Então, e se o motivo de não o encontrarmos for porque ele não está aqui?

— Isso faz sentido — concordou Becks. — Então, onde está?

— Não sei. Mas, novamente, tentando manter as coisas simples, se não está dentro, talvez seja porque está do lado de fora?

— Exatamente o que eu estava pensando! — exlcamou Judith. — Na verdade, acabamos de descobrir que a lady Bailey viu Tristram saindo da casa a pé alguns minutos antes de ele chegar de carro.

— Ele fez isso? — perguntou Jenny, surpresa.

— Então, se ele esteve aqui antes porque estava pegando o testamento, a questão é: o que ele fez com o documento?

— Isso é fácil — disse Suzie. — Ele deve ter queimado. Em uma lareira. E temos três opções — continuou, animada. — Tem lareiras no escritório, na sala de estar e no seu quarto, lá em cima.

— Não acho que ele tenha queimado — disse Judith.

— Como pode ter certeza? — perguntou Suzie.

— Não posso. Mas e se alguém o visse queimando um documento poucos minutos antes de o pai ser encontrado morto? Como ele explicaria isso? E você sabe como o papel se comporta no fogo. Sempre sobram pequenos pedaços que não queimam completamente. Acho que teria sido arriscado demais. Então, estou inclinada a concordar com a Jenny. E se ele escondeu o documento do lado de fora? Em algum lugar onde pudesse se livrar dele entre a porta da frente e a rua. Quem pensaria em procurar lá?

Com Judith liderando o caminho, as quatro mulheres saíram da casa e caminharam pela entrada de cascalho. A quadra de tênis ficava à esquerda, atrás de uma cerca viva baixa de alfeneiro.

— Você não esconderia um testamento em uma cerca viva, esconderia? — disse Jenny.

— Acho que não — concordou Suzie. — Qualquer um poderia vê-lo.

— Sugiro que tentemos além do carvalho — disse Judith, apontando para uma cerca de faia coberta por folhas secas e marrons que seguia ao longo do outro lado da entrada. Havia um arco de tijolos que levava a um jardim geométrico e à estufa, cheia de plantas.

As mulheres passaram pelo arco para dar uma olhada rápida, mas também não parecia haver nenhum lugar óbvio para esconder um testamento ali.

Suzie foi até a porta da estufa e tentou abri-la. Estava trancada.

— Isso costuma ficar trancado? — perguntou ela.

— A chave está na casa, mas, sim — respondeu Jenny. — É para evitar roubos.

Jenny fez uma pausa, franzindo a testa.

— O que foi? — perguntou Judith.

— Alguém mexeu na composteira — falou Jenny, apontando para uma grande gaiola de metal ao lado da estufa, cheia de material em decomposição. A superfície estava completamente nivelada e marrom-clara, mas havia um pequeno monte de composto mais escuro perto da borda. — Da última vez que estive aqui, isso estava totalmente nivelado.

As outras mulheres se juntaram a Jenny e olharam para o pequeno monte de composto mais escuro. Todas pensando a mesma coisa.

— Eu não vou enfiar a mão aí — disse Becks.

— Também não tenho certeza se quero — concordou Judith.

— São só folhas mortas — disse Suzie, tirando o casaco e entregando-o a Jenny.

Arregaçando as mangas, ela enfiou a mão no composto úmido e fez uma careta enquanto se concentrava em tatear o material.

— Espero que você nunca se torne veterinária — disse Becks.

— Opa, o que temos aqui? — disse Suzie.

Suzie puxou o braço de dentro do composto, e havia um pequeno pedaço de papel rasgado em sua mão. Estava encharcado, mas havia uma mancha de tinta azul sobre ele.

Ela o colocou cuidadosamente sobre o composto, e, embora a tinta tivesse borrado com a umidade, ainda era possível perceber que se tratava de uma carta escrita à mão.

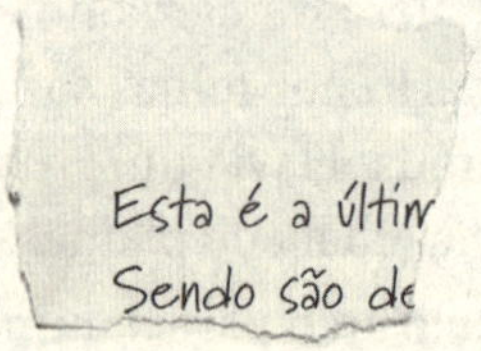

— É a caligrafia do Peter! — exclamou Jenny.

Suzie voltou ao buraco que havia feito e enfiou a mão novamente. Depois de alguns momentos tateando a massa úmida, ela puxou outro pedaço de papel.

— O que diz aí? — perguntou Jenny, ansiosa.

— Vamos ver — respondeu Suzie, colocando o novo papel ao lado do primeiro.

Elas conseguiram ver que continha a assinatura e o nome de Chris Shepherd.

Suzie voltou ao buraco pela terceira vez e começou a tirar punhados de composto com as mãos até alcançar a profundidade onde estavam os pedaços de papel. Pegando os fragmentos restantes, entregou-os a Judith, que os colocou ao lado dos dois primeiros na tentativa de recriar o documento original. Quando Suzie terminou, o documento estava quase todo recomposto, e todas puderam lê-lo.

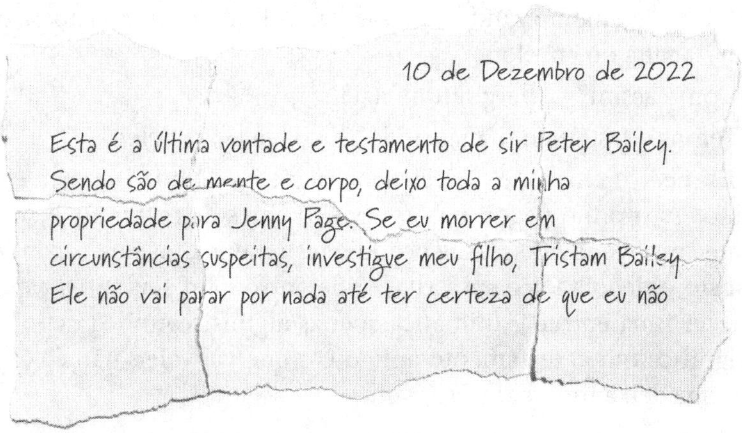

10 de Dezembro de 2022

Esta é a última vontade e testamento de sir Peter Bailey. Sendo são de mente e corpo, deixo toda a minha propriedade para Jenny Page. Se eu morrer em circunstâncias suspeitas, investigue meu filho, Tristam Bailey. Ele não vai parar por nada até ter certeza de que eu não

Na parte inferior, havia a assinatura rebuscada de sir Peter, junto com as assinaturas, nomes e endereços de Andrew Husselbee e Chris Shepherd.

— Ele deixou tudo para mim — disse Jenny, tentando processar o que estava lendo.

Judith, Becks e Suzie não sabiam o que dizer.

— Mas isso tem validade, agora que encontramos? — perguntou Jenny, aflita.

— Sinto muito — disse Judith —, mas não vejo como possa ter.

— Mas vocês estão vendo com seus próprios olhos! Ele deixou tudo para mim!

— Em um testamento que foi rasgado — falou Judith com delicadeza.

— Mas era o que Peter queria! — insistiu Jenny.

As amigas perceberam que Jenny estava começando a entrar em pânico — o que era compreensível, considerando a situação. Suzie e Judith trocaram olhares, esperando que Becks interviesse. Becks, então, colocou o braço em volta da cintura de Jenny.

— Por que não voltamos para a casa? — sugeriu suavemente. — Assim as outras podem ligar para a polícia.

Enquanto Becks conduzia uma Jenny transtornada de volta para o interior da casa, Suzie olhou para Judith em busca de confirmação sobre o que haviam descoberto.

Judith assentiu, concordando.

— Não é legalmente válido — disse ela. — Embora eu não possa deixar de notar a falta do envelope.

— Como assim? — perguntou Suzie.

— Temos o testamento, mas onde está o envelope dele?

— Esquece o envelope! — retrucou Suzie. — O que importa é o testamento. Tristram o pegou na casa pouco antes de matar sir Peter, exatamente como Jenny disse. Ele pegou o testamento, rasgou, escondeu no composto e depois foi para a rua, onde entrou em seu carro esportivo para fazer uma entrada dramática apenas alguns segundos depois. Mas isso significa que o testamento antigo é o que vai valer, não é? O testamento que deixa tudo para Tristram.

As duas mulheres ficaram em silêncio por um momento, assimilando o quão terrível isso era para Jenny.

— E sir Peter sabia que Tristram estava atrás dele — disse Judith, sentindo a raiva crescer dentro de si. — Foi por isso que ele me queria na festa. Por isso quis escrever um novo testamento deixando tudo para Jenny, mesmo antes de se casarem. Porque ele temia que Tristram fosse matá-lo.

— O que ele de fato fez. Mesmo que não possamos provar. E agora ele vai herdar tudo. O título, a casa, a fortuna. Ele se safou de um assassinato, não foi?

— Mas como ele fez isso? — perguntou Judith, à beira da exaustão. — Como ele conseguiu matar o próprio pai, considerando que estava do lado de fora, conversando conosco, quando sir Peter morreu?

Capítulo 28

Quando o inspetor-chefe Gareth Hoskins chegou com dois policiais, Judith os conduziu até a pilha de compostagem.

— O que deu na sua cabeça para pensar em olhar uma pilha de compostagem? — perguntou ele.

— Tristram Bailey foi visto saindo da casa pouco antes do assassinato.

— Assassinato? — perguntou o inspetor Hoskins, divertido.

— Não vou repetir. O testamento de sir Peter está em cima da compostagem, alguém o rasgou e escondeu, embora eu ache que você deveria, pelo menos, anotar que o envelope em que o documento estava parece ter desaparecido.

— Você está preocupada com um envelope desaparecido?

— Não, mas espero que você esteja — disse ela antes de se virar para sair.

— Um momento — chamou o inspetor-chefe, incomodado por Judith ter encerrado a conversa. — Mesmo que Tristram Bailey tenha saído da casa pouco antes de sir Peter morrer, o que fez você olhar nessa pilha de compostagem?

— Como você certamente sabe, antes de sir Peter expulsar Tristram de casa no final de novembro do ano passado, ele acusou o filho de tentar matá-lo com veneno, e então fez um novo testamento. Foi simplesmente um processo de dedução que nos levou à pilha de compostagem.

— Como raios você sabe de tudo isso?

— Como raios você não sabe?

O inspetor Hoskins não respondeu de imediato.

— Vou precisar que você faça uma declaração formal — disse ele.

— Claro. O que você fará com a informação é sua responsabilidade — disse Judith.

Com um sorriso que deixava claro que, desta vez, ela realmente havia encerrado a conversa, Judith voltou para a casa. Ela viu que um Jaguar azul-escuro estava estacionado em frente a Mansão Branca e se perguntou quem havia chegado enquanto ela falava com a polícia.

Lá dentro, encontrou Jenny e Suzie na cozinha com Andrew Husselbee.

— Olá, sra. Potts — cumprimentou Andrew calorosamente.

— Por favor, me chame de Judith. O que está fazendo aqui?

— Jenny me ligou para contar as notícias.

— Ele estava dizendo que o testamento não é legal — soltou Jenny.

— Eu lamento — disse ele, com tristeza —, mas é a lei.

— Era o desejo de Peter! — soluçou Jenny.

— Não sabemos disso.

— Sabemos, sim! Ele assinou o documento. Ele datou! É a caligrafia dele. Ele deixou tudo para mim. Eu deveria ficar com o dinheiro dele. Eu quero o dinheiro dele!

— Mas há uma alternativa que é igualmente válida. Ele escreveu o testamento, como você mesma disse, mas depois mudou de ideia e rasgou o documento.

— E escondeu na pilha de compostagem? — perguntou Suzie.

— É uma boa observação — disse Judith. — Por que ele simplesmente não jogou no lixo?

— Infelizmente, nunca saberemos — respondeu Andrew. — Mas, legalmente, um testamento que foi rasgado não é válido. Simplesmente não é. Seria errado da minha parte dizer o contrário. Sinto muito. Mas, se me permite perguntar, nesse testamento rasgado que vocês encontraram, ele deixava alguma herança para alguém além da Jenny?

— Ele deixou tudo para mim! — exclamou Jenny, e estava claro que ela já não se importava em parecer gananciosa.

— Como assim? — perguntou Judith.

— Eu queria saber se ele havia deixado algum tipo de presente para Chris Shepherd.

— Por que ele faria isso, caramba?

— Quando estávamos assinando como testemunhas do testamento, Chris perguntou a Peter se ele havia cumprido sua promessa. Sir Peter o tranquilizou, dizendo que sim, e disse isso de um jeito que deu a entender que havia deixado uma herança para Chris no testamento. Mas o fato é que, como expliquei para sir Peter depois, o testamento não teria validade se houvesse qualquer tipo de presente ou legado para o Chris.

— Como assim?

— Se você for beneficiado por um testamento, não pode ser uma das testemunhas.

— Isso faz sentido — disse Suzie.

— Mas Peter me garantiu que tinha dito ao Chris o que ele chamou de "mentirinha inocente" para que ele, ainda assim, assinasse como testemunha do testamento. Na verdade, não havia nenhum tipo de legado para ele. Sir Peter foi até meio desdenhoso, para ser honesto. Disse algo como: "Por que eu deixaria dinheiro para o meu jardineiro?" Era um lado pouco atraente de sir Peter. Ele podia ser bem esnobe quando queria. Suponho que estou sendo apenas curioso, tentando descobrir qual é a verdade nessa história.

— Espere — falou Judith, com a mente a mil. — O Chris esperava receber algo no novo testamento?

— Só porque foi isso que sir Peter disse a ele.

— Então, se ele tivesse encontrado o testamento — começou Suzie —, teria percebido que sir Peter mentiu para ele e poderia ter rasgado e escondido na pilha de compostagem… é claro que ele escolheria a pilha de compostagem, ele é o jardineiro daqui! E depois poderia ter ido até o escritório, no dia antes do casamento de sir Peter, e o assassinado!

A testa de Andrew se franziu.

— O que foi? — perguntou Becks.

— É possível. Mas o Chris já sabia há semanas que não receberia nada no novo testamento. Eu disse isso a ele naquela tarde, depois de termos assinado como testemunhas. Eu estava saindo da casa e o Chris voltando a trabalhar no jardim. Fui até ele e tivemos uma conversa. Era o certo a se fazer e, como advogado, você sempre tem que fazer o que é certo, mesmo que seja desconfortável. No longo prazo, sempre é melhor. Mas deixei claro para ele que, apesar do que sir Peter havia sugerido, ele não receberia nenhum tipo de herança no testamento. O evento em questão suscitou em Chris um estado de profunda consternação.

— Você falou em "juridiquês" agora? — perguntou Suzie.

— Chris ficou com raiva — resumiu Andrew. — Tive que impedi-lo de voltar para a casa e confrontar o Peter ali mesmo.

As mulheres trocaram olhares. Por que Chris não mencionou nada disso quando conversaram com ele no pub?

— O que importa o que ele sabia ou não? — disse Jenny. — Ele não ficou com nada, e eu fiquei, isso é o que importa. Tudo deveria vir para mim!

— E, ainda assim, isso não vai acontecer — disse Andrew, com tristeza. — Eu tenho o único testamento intacto de sir Peter, de muitos anos atrás. Ele deixa toda a herança para Tristram. Sinto muito.

— Mas ele não pode ficar com tudo, pode? — perguntou Jenny.

— Receio que sim.

— Esta casa? O dinheiro dele?

Andrew não disse nada, o que já foi resposta suficiente para Jenny. Ela se virou e saiu da sala.

— Que desfecho terrível — comentou Andrew, pesaroso. — Acho que Jenny vai precisar do apoio das amigas por um tempo.

— Quando o Tristram vai receber a herança? — perguntou Judith.

— O prazo para o inventário é de um ano após o falecimento. Vou garantir que só enviemos a documentação para a Receita no tricentésimo sexagésimo quinto dia.

Com outro sorriso triste, Andrew se despediu e foi embora.

— Isso é horrível — disse Becks. — A Jenny deveria ter ficado com tudo. Era o que sir Peter queria.

— Mas por que ele mentiu para o Chris Shepherd? — perguntou Suzie. — Por que não pediu para outra pessoa assinar como testemunha?

— Porque existe um tipo de inglês, não é? — disse Judith. — Aquele que é rico, supereducado, que não leva nada muito a sério porque nada nunca o atinge de verdade. A riqueza mantém essas pessoas isoladas dos próprios erros.

— Eles nunca crescem de verdade — disse Suzie.

— Exatamente. Então, eles dizem o que quer que a pessoa queira ouvir. Eu e você chamaríamos isso de mentira, mas eles acham que estão apenas mantendo todos felizes. Basicamente, são crianças. Para todos os efeitos práticos, sir Peter era um mentiroso. Ele mentiu para a esposa quando a traiu. E mentiu para o jardineiro ao prometer que deixaria dinheiro para ele, quando, na verdade, não deixou nada. No entanto, vou te dizer o que eu quero saber: por que ele não deixou nada para Rosanna no novo testamento?

— Você tem razão — disse Becks. — Isso é estranho. Embora não importe, né? Porque a Rosanna nunca conseguiu abrir o cofre que fica no quarto do pai. Ela nunca encontrou o novo testamento. Ou não teria motivo para estar escondida em um armário no andar de cima enquanto ele estava sendo assassinado lá embaixo.

— Mas por que não deixar nenhum tipo de herança para ela? — insistiu Judith.

— Não sei — disse Suzie. — Ele estava louco? Ou talvez tivesse acabado de ter uma daquelas brigas com ela que a Jenny nos contou e que a lady Bailey confirmou. Lembra? Ela disse que, às vezes, achava que as discussões deles poderiam acabar em violência.

— Embora a Jenny tenha dito que as brigas deles nunca eram pessoais — comentou Becks. — Eram sempre sobre negócios.

— Toda briga é pessoal — disse Suzie. — E todo mundo nos disse o quão dramático sir Peter era. Tudo nesse novo testamento é melodramático, na minha opinião. Deixar toda a herança para a namorada. Acusar o próprio filho de ser o assassino. Olha só — disse Suzie, de repente animada. — Sir Peter nomeou o filho como o assassino, por que a gente simplesmente não admite isso? Ele é o assassino! O que é tão difícil de entender?

— Mas ele não pode ser — disse Becks. — Ele estava na nossa frente quando o pai morreu.

— A menos que seja como a Jenny sugeriu — disse Suzie —, e sir Peter não estivesse completamente morto quando encontramos o corpo. O que teria permitido ao Tristram voltar para o cômodo depois e terminar o serviço com algum equipamento pesado do laboratório.

— Não sei — disse Judith. — Isso significaria que ele ficou deitado no chão, ferido, por vários minutos, não é? Não consigo deixar de pensar que o patologista teria notado isso na autópsia, que ele demorou a morrer. Se você quer saber, ainda aposto que o Tristram teve um cúmplice misterioso que matou sir Peter em seu lugar. Caso contrário, tudo parece arrumadinho demais: ele conversando conosco do lado de fora justamente na hora do crime.

— Mas como vamos encontrar essa mulher? — perguntou Becks.

— Ou esse cara — acrescentou Suzie.

— Essa é exatamente a pergunta certa, Becks! — exclamou Judith, uma ideia lhe ocorrendo. — Devemos encontrar essa pessoa. Afinal, temos quase certeza de que o Tristram foi direto para ela depois da briga ao telefone no outro dia. Isso, ou o perdemos de vista na estrada Alison por pura coincidência.

— Mas como vamos descobrir com quem ele estava falando? — perguntou Becks.

— Suzie — disse Judith, virando-se para a amiga com um sorriso —, quando é que você vai cuidar daquela adorável saluki de novo?

Capítulo 29

Acontece que Suzie havia dito recentemente ao dono da Princesa que não poderia mais cuidar dela. Judith teve dificuldade em não fazer uma careta ao descobrir, mais uma vez, que a amiga estava recusando trabalho remunerado, mas percebeu que seu plano poderia funcionar tão bem quanto, mesmo sem a cadela. Tudo o que precisavam fazer era conseguir um daqueles rastreadores em forma de pedrinha que a Princesa usava no pescoço. E então, em vez de usá-lo em um cachorro, poderiam usá-lo para rastrear o carro de Tristram.

Uma rápida visita a uma loja de artigos para pets de luxo na rua High resultou na compra, por Suzie, do mesmo modelo de rastreador em forma de pedrinha. Em seguida, as três mulheres passaram uma tarde longa e tensa tentando configurar uma conta online que sincronizasse com o celular de Suzie.

Depois de finalmente conseguirem fazer os dispositivos se comunicarem, localizaram o carro esportivo de Tristram estacionado perto da casa da mãe dele. Com Suzie e Becks vigiando para garantir que ninguém estivesse olhando, Judith desencaixou alguns dos botões de pressão que prendiam a capota de tecido na parte de trás do carro e encaixou o rastreador entre os bancos de couro.

Alguns estalos rápidos para fechar os botões novamente e a capota estava de volta ao lugar; Judith se afastou, logo sendo acompanhada pelas amigas.

— Agora, tudo o que precisamos fazer é esperar ele dirigir até a estrada Alison e, desta vez, poderemos ver exatamente para onde ele vai — disse Judith.

Nos dias seguintes, Tristram não usou o carro, e então, no terceiro dia, ele foi ao supermercado e voltou. No próximo, foi a Londres e retornou à noite. Isso foi extremamente frustrante para as mulheres. Ele não chegou nem perto da Alison.

Então, no final da tarde do quinto dia, Suzie estava em casa com Emma quando seu celular emitiu um alerta. Era uma notificação do aplicativo de rastreamento: o rastreador estava em movimento. Não havia motivo para acreditar que Tristram estivesse indo a algum lugar interessante, mas a empolgação de Suzie começou a crescer ao ver o ponto azul no telefone virar na estrada Station — a mesma rota que ele havia feito da última vez, quando elas perderam seu rastro. Quando o ponto virou na Dedmere e depois parou no meio da Alison, Suzie soube que tinham acertado em cheio. Era ali que estava a namorada de Tristram — ou sua cúmplice.

Depois de ligar para Becks e Judith e pegá-las com sua van, Suzie dirigiu até a estrada Alison com todas a bordo, incluindo Emma. Estacionaram em uma ruazinha a algumas casas de distância de onde o ponto azul aparecia no mapa.

Assim que desligou o motor, Suzie insistiu para que fossem para a parte de trás da van, de onde poderiam espiar pelo para-brisa sem que ninguém na rua as visse. Para isso, ela havia trazido três cadeiras de camping e alguns suprimentos que pegou rapidamente na cozinha, caso ficassem com fome.

— Trabalho brilhante — elogiou Judith, depois que estavam instaladas, com Emma deitada sobre um cobertor velho aos seus pés.

Tiveram um golpe de sorte. Embora uma cerca viva densa escondesse o carro esportivo de Tristram da rua, podiam ver que ele estava estacionado ao lado de uma pequena van com as palavras *Marlow Mocha* pintadas em letras douradas e curvas na lateral. Melhor ainda, conseguiam enxergar a sala do andar térreo elevado, já que as cortinas não estavam fechadas. E, lá dentro, Tristram estava em uma discussão acalorada com uma mulher.

Era difícil ver a mulher com clareza, mas parecia ter cerca de quarenta anos, cabelo escuro e liso até os ombros, e usava um vestido amarelo com estampa floral por cima de calças jeans.

— Ele briga com todo mundo que conhece? — perguntou Suzie.

— Parece que sim — disse Becks.

— Mas será que é isso mesmo o que está acontecendo? — questionou Judith. — Pela linguagem corporal dele, eu diria que está tentando convencê-la de algo. Ou talvez se desculpando. Mas parece mais que está argumentando com ela do que brigando de fato.

— E ela não está cedendo, está? — disse Suzie com uma risadinha sarcástica. — Ele não está conseguindo convencer a moça.

— Então, quem é ela? — perguntou Judith. — Alguma de vocês já a viu antes?

— Acho que não — disse Becks.

— Nem eu — disse Suzie. — Mas eu reconheço aquela van. Ela vende café perto da estação de trem.

— Você tem razão — concordou Becks. — É mesmo.

— Então, o que acham? — perguntou Judith. — Estamos olhando para a namorada do Tristram? Ou para a cúmplice dele?

Enquanto falava, elas viram a mulher se aproximar de Tristram e envolvê-lo nos braços. Isso pareceu acalmá-lo. Em seguida, ela o beijou. Ele começou a retribuir o beijo com entusiasmo.

— Isso parece muito errado — comentou Becks, enquanto Tristram e a mulher continuavam se beijando. Felizmente, a mulher então pegou Tristram pela mão e o conduziu para fora da sala.

— Pelo menos isso responde a uma das perguntas — disse Judith. — Seja ou não a cúmplice do Tristram, ela é, definitivamente, a namorada que estamos procurando esse tempo todo. Aquela que ele tem mantido em segredo de todo mundo. Fico me perguntando o porquê.

— Então, qual é o plano? — perguntou Becks.

— Bem — falou Suzie, com um ar de satisfação —, eu trouxe dois pacotes de biscoitinhos, um pacote tamanho família de Cheetos e uma garrafa de três litros de refrigerante de limão. Acho que podemos nos acomodar.

Suzie rasgou o pacote grande de salgadinhos e pegou um punhado.

— Alguém quer Cheetos?

— Cheetos? — disse Judith, acessando sua lady Bracknell interior.

— Problema seu — respondeu Suzie, enfiando um salgadinho de queijo na boca. — Nosso primeiro plantão de vigilância — disse com a boca cheia, abrindo a garrafa de refrigerante com um chiado satisfatório. — Desculpa, só trouxe um copo.

Suzie puxou uma caneca velha do bolso do casaco e a encheu.

— Rosquinhas! Eu deveria ter trazido rosquinhas — disse, antes de dar um gole generoso na bebida. — Se isso aqui for mesmo como nos filmes. — Suzie pegou outro salgadinho. — E então, teve mais algum daqueles códigos malucos de palavras cruzadas? — perguntou a Judith, tentando puxar assunto.

— Você quer dizer no jornal? — respondeu Judith. — Não sei. A nova edição sai amanhã.

— E o que você acha? Vai ter outro?

— Não faço ideia. Mas é uma possibilidade.

— Ainda aposto que é um jeito de comprar e vender drogas.

— Mas se você quer comprar ou vender drogas, não é mais fácil pegar o telefone? Ou mandar uma mensagem?

— Tipo o que o sir Peter fez quando sacou aquele dinheiro — disse Becks.

— Exatamente! Tenho pensado muito nisso. E acho que não deveríamos dizer que sabemos o que aconteceu no dia de sua morte até descobrirmos de verdade para quem ele deu todo aquele dinheiro e por quê.

— Deve ter sido alguém bom em tecnologia — falou Suzie. — Considerando que usaram um número de telefone falso.

— Parece o tipo de coisa que o meu Sam faria — comentou Becks. — Sabe, criar um número falso e depois comprar alguma coisa terrível na deep web, tipo nitroglicerina, só para ver se ele consegue.

— Você está falando sério? — perguntou Judith.

— Ele tem quinze anos, e garotos dessa idade podem ser bem idiotas quando se trata dessas coisas. E suas filhas, Suzie?

— As duas? Estão ótimas. Rachel vai vir com o parceiro no próximo fim de semana, e estou planejando voar para a Austrália na primavera para ver a Amy.

De repente, todas ouviram um telefone tocar. Becks puxou o celular da bolsa, viu quem estava ligando e recusou a chamada.

Suzie e Judith trocaram olhares. Becks estava corando intensamente.

— Quem era? — perguntou Suzie.

— Ah, ninguém — respondeu Becks.

O telefone recomeçou a tocar. Em pânico, Becks atendeu depressa.

— Não posso falar agora — sussurrou. — Não, agora não. Você vai ter que esperar.

Ela encerrou a ligação e enfiou o celular de volta na bolsa com força.

— Certo — disse Suzie. — O que foi isso?

— O quê?

— Essa ligação.

— Ah… não foi nada.

— Não foi o que pareceu — disse Suzie. — Judith, precisamos falar sobre o elefante na sala.

— Que elefante na sala? — perguntou Becks.

— Acho que você tem razão — disse Judith para Suzie. — Mas deixe que eu cuido disso — acrescentou, sabendo que precisariam ser delicadas.

— Nós vimos você com aquele homem — disparou Suzie.

Ah, esquece, pensou Judith.

— Que homem? — perguntou Becks, visivelmente nervosa.

— Depois daquela vez em que nós três conversamos com a Rosanna no escritório da imobiliária, lembra? Você recebeu uma ligação e disse que precisava resolver um assunto da igreja. Mas você não foi para a igreja. Nem para a casa paroquial.

— Vocês estavam me espionando?

— Sinto dizer que sim — disse Judith. — Mas só porque estávamos preocupadas com você. E não foi bem uma espionagem. Estávamos apenas checando se você estava bem.

— E o que descobriram? — perguntou Becks, com a voz baixa, embora estivesse claro que ela já suspeitava da resposta.

— Você visitou um homem na casa dele. E estavam… bem, não há uma forma fácil de dizer isso… vocês estavam íntimos. E então vimos você subir as escadas e fechar as cortinas.

— Vocês viram tudo isso? — perguntou Becks, incrédula.

— Não só isso — continuou Judith —, porque o mesmo homem estava no Two Brewers quando conversamos com o Chris Shepherd, não estava? Por isso você não queria entrar no pub. Você o viu sentado no bar. E depois, quando estávamos todas lá dentro, vocês fingiram que não se conheciam enquanto falávamos com o Chris.

— E é assim que a gente sabe que o que vocês estão aprontando não é coisa boa — disse Suzie. — Quero dizer, que tipo de pessoas que se conhecem fingem ser estranhas em público?

Becks olhou para as amigas e percebeu que não conseguiria mais manter a farsa.

— Ah, Deus — disse ela, suspirando profundamente. — Estou em uma confusão terrível. Vocês precisam me ajudar.

Capítulo 30

O que quer que nos conte — disse Judith —, você sabe que para nós não importa, não é?

— Isso mesmo — concordou Suzie.

Becks assentiu, embora as palavras das amigas não tornassem as coisas mais fáceis. Ela não sabia como começar.

— Por que não ajudamos? — disse Judith. — Você está tendo um caso.

— O quê?! — exclamou Becks, surpresa. — Não!

— Não precisa fingir para nós — disse Suzie. — Todas nós sabemos como o Colin é entediante. Quem se casaria com um vigário?

— Eu me casaria — respondeu Becks, magoada com as palavras de Suzie. — Quero dizer, não me casei. Na verdade me casei com um banqueiro, tínhamos todo aquele dinheiro, idas ao teatro, restaurantes, era incrível… mas ele se tornou vigário e eu sempre o apoiei.

— Mas você também tem suas necessidades — disse Judith.

— Eu realmente não tenho. E sei que ele poderia ser mais emocionante, mas ele me deu dois filhos maravilhosos e é um homem bom. Isso significa muito. E ele me ama. Sei que ama. Eu nunca o trairia, nem às crianças.

— Espera — disse Suzie, sua mente girando. — Você não está tendo um caso?

— Não.

— Por quê?

— Mas as roupas que você estava usando na festa de sir Peter… — disse Judith, querendo mudar o rumo da conversa e se afastar da opinião de

Suzie sobre o casamento de Becks. — E esse anel de safira novinho que você está usando. O que está acontecendo?

— Estou com muita vergonha para dizer.

— Quão ruim pode ser, se não for um caso? — perguntou Suzie.

— Sabe de uma coisa? — disse Judith. — Que tal você nos contar quem era aquele homem?

— Quem?

— O sujeito que você visita durante o dia, com as cortinas fechadas.

— O nome dele é Viv. Viv Rodericks.

— Por que fingiu não conhecê-lo quando estávamos no pub?

— Fiz ele prometer. Ninguém pode saber sobre nós.

— Então você está tendo um caso! — exclamou Suzie, aliviada por a conversa ter voltado aos trilhos.

— Não, ele não é meu amante. É pior do que isso.

Suzie agora estava completamente perdida.

— O que pode ser pior do que isso?

— Ele é…

Becks reuniu toda a sua coragem para fazer a confissão.

— Ele é meu assessor financeiro.

Judith e Suzie não souberam bem o que dizer sobre isso.

— O motivo de ele fechar as cortinas era porque o sol estava batendo na tela do computador dele.

— E o jeito como ele te abraçou?

— Olha, eu posso explicar. Depois de toda a empolgação que nós três tivemos no ano passado, senti que poderia fazer qualquer coisa. Colin ficou tão impressionado, e eu tenho que admitir que gostei da atenção dos paroquianos também. Eu me senti vista. Mas os meses passaram e Colin meio que voltou a ser o Colin de sempre. Gentil, claro, mas nada atencioso. E as crianças esqueceram completamente que a mãe delas ajudou a resolver uma série de assassinatos. Eu era apenas a motorista que chegava atrasada para buscá-los ou a responsável pela comida que se recusava a colocar barras de chocolate na lancheira deles. Mas eu tinha mudado, eu sabia que tinha, e decidi me rebelar. Fazer algo que sempre quis, mas nunca tive coragem.

— Espera aí — disse Suzie. — Você não deixa seus filhos comerem chocolate?

— Este não é o momento — disse Judith. — O que você decidiu fazer?

— Peguei uma parte das minhas economias, não muito, apenas quinhentas libras, e investi. Sempre me interessei pelo mercado financeiro, desde quando Colin era banqueiro, mas nunca tive coragem de colocar meu dinheiro naquilo em que acreditava.

— Ah, entendi! — disse Suzie. — Você perdeu tudo. E então pegou mais dinheiro para cobrir a perda, porque eu faria o mesmo. E quando esse valor também foi embora, percebeu que a única maneira de recuperar o dinheiro era arriscar ainda mais. E antes que percebesse, entrou em uma espiral de dívidas. Eu entendo. Já passei por isso. Já me enrolei toda e tive que desenrolar. Bem, na verdade, me desenrolaram. Tive a dívida cancelada por uma decisão do tribunal.

Suzie percebeu que havia avaliado mal o clima dentro da van.

— Desculpa — disse ela. — Você estava dizendo?

— Se você está endividada — começou Judith —, há várias organizações que podem ajudar. O Citizens Advice Bureau, por exemplo.

— Não, é pior do que isso.

— Pior do que estar endividada?

— Eu investi em criptomoedas. Sam falava disso há meses. E, em seis meses, transformei aquelas quinhentas libras em pouco mais de trinta mil libras.

Judith e Suzie ficaram sem palavras.

— E isso é uma *má* notícia? — Suzie conseguiu balbuciar.

— É terrível! Só depois de começar a ganhar todo esse dinheiro que fui pesquisar e descobri o quão imoral o mercado de cripto é. Todos aqueles computadores minerando dados vinte e quatro horas por dia consomem mais energia do que a Noruega, e eu estou enriquecendo com isso!

Suzie tentou se situar nessa nova realidade.

— Espera aí, você está dizendo que ficou rica e isso é um problema?

— Para tentar consertar essa bagunça, entrei em contato com o Viv. Conheço ele da igreja. Ele é um corretor ético. Me ajudou a pesquisar empresas que não estão destruindo o planeta. Juntos, tiramos meu dinheiro do cripto e investimos em uma empresa britânica que está pesquisando energia limpa para o mercado de carros elétricos.

— Mas isso é ótimo — disse Judith. — Você está usando seu dinheiro para tornar o mundo um lugar melhor.

— Era exatamente o que eu pensei. No dia seguinte ao meu investimento, a empresa abandonou a divisão de energia limpa para se concentrar no negócio principal, que, eu deveria ter mencionado, era fabricação de escapamentos para carros movidos a gasolina; e as ações dispararam. Em vinte e quatro horas, eu tinha lucrado mais quinze por cento.

— Então foi por isso que ele te abraçou! — disse Judith, animada. — Ele estava te consolando!

— Eu sei! Tem sido um desastre! Tudo o que eu toco vira ouro, e isso parece tão errado. Há tanta pobreza em Marlow. Entre nossos paroquianos.

— Então doe para uma boa causa — sugeriu Judith, sem querer trocando olhares com Suzie. No mesmo instante, como que por telepatia, ambas souberam que estavam pensando a mesma coisa. Suzie precisava de dinheiro para pagar um pedreiro e terminar a reforma da casa, enquanto Becks buscava uma causa digna para doar seu dinheiro. Ela estava na posição perfeita para resolver parte dos problemas financeiros de Suzie.

Suzie cerrou a mandíbula — se havia algo que ela prezava, era seu orgulho —, e Judith se sentiu constrangida, mesmo sem ter dito nada.

Becks, porém, ainda estava perdida em seu próprio dilema financeiro.

— Quero doar meu dinheiro — disse ela. — Sei que é a coisa certa a se fazer. Mas, ao mesmo tempo, fui eu que fiz esse dinheiro. Foi algo que conquistei sozinha. Não como esposa do Colin, nem como mãe das crianças. Como eu mesma. E abrir mão disso me faz sentir como se… não sei, como se eu deixasse de existir. Como se eu não pudesse fazer coisas por mim mesma.

Suzie ainda franzia a testa, e as palavras de Becks pairaram sobre as três mulheres como uma névoa fria.

— Não diga — Suzie advertiu Judith.

— Dizer o quê? — perguntou Becks.

— Se isso está te preocupando — disse Judith a Becks, tentando manter a conversa longe de Suzie —, já pensou em contar para Colin?

— Ele vai desaprovar e agir de um jeito estranho em relação a isso — respondeu Becks.

— Será? Porque você tem razão: ele é um bom homem. E acho que vai ficar feliz por te ver feliz.

— Olha, está frio pra caramba aqui atrás — comentou Suzie, esfregando as mãos para se aquecer. — Não vamos ver Tristram e a amante por um tempo, certo? E sabemos que ela vai estar servindo café na estação de trem amanhã. Acho que poderemos falar com ela lá. Que tal darmos o dia por encerrado?

— Na verdade, isso também me convém — disse Becks, e Judith percebeu que o motivo dela para encerrar a vigilância era o mesmo de Suzie. Ambas estavam constrangidas porque a conversa estava chegando perto demais de algo delicado.

Suzie abriu a porta traseira da van com um estrondo e saltou para fora. Judith foi rápida em segui-la e, enquanto atravessavam a rua, tentou falar com a amiga.

— Suzie… — começou, mas ela apenas respondeu por cima do ombro:

— Veja se ninguém está olhando.

Então, deslizou sorrateiramente para trás da van do Marlow Mocha para se aproximar do carro esportivo estacionado de Tristram.

Judith verificou a rua enquanto Suzie destravava os fechos da capota de tecido, puxava o rastreador escondido entre os assentos e recolocava tudo no lugar. Quando Suzie voltou para a calçada, Judith percebeu que o momento de falar com a amiga — ou ao menos tentar explicar que não a via como um caso de caridade para Becks ajudar — já tinha passado.

Elas atravessaram de volta para a van. Quando chegaram lá, descobriram que Becks tinha desaparecido.

Capítulo 31

Na manhã seguinte, as três mulheres se encontraram na estação ferroviária de Marlow, uma casinha de madeira na extremidade do distrito comercial da cidade. O único trem que chegava ou partia dali tinha apenas um vagão e era carinhosamente chamado pelos moradores de *O Burro de Marlow*.

— Você saiu às pressas ontem à noite — disse Suzie a Becks, sentando-se no banco ao lado da amiga.

— Desculpa — pediu ela, embora estivesse claro que não sentia muito. — Eu precisava ir embora.

— Você podia ter se despedido.

— Eu não sabia quanto tempo vocês iam ficar mexendo no carro de Tristram.

— Não ia ser muito tempo, né?

Judith estava acostumada com as pequenas discussões entre Suzie e Becks, mas, naquela manhã, havia uma tensão diferente que a preocupava. Becks ainda parecia abalada depois da confissão do dia anterior, e Judith também percebia que Suzie temia que sua necessidade de dinheiro viesse à tona.

— Chega, vocês duas — disse ela, tentando animá-las. — Estamos aqui para observar a pessoa que talvez tenha matado sir Peter Bailey.

Judith fez um gesto com a cabeça em direção à van do Marlow Mocha, e as amigas viram que a mulher que estivera com Tristram no dia anterior agora servia uma pequena fila de clientes. Para a decepção delas, ela parecia simpática e eficiente, trocando palavras gentis e fazendo piadas com cada pessoa que atendia.

— Ela parece adorável — disse Becks, resumindo o que todas pensavam.

— Parece mesmo — concordou Judith.

Depois de mais alguns minutos, as três amigas perceberam que a fila havia acabado, e observaram a mulher sair da van para limpar a mesinha ao lado, onde ficavam o leite e o açúcar.

— Acho que é hora de irmos com tudo — disse Judith, levantando-se.

— Qual é o plano? — perguntou Becks.

— Pensamos em pedir um café e ver no que dá.

Judith liderou as amigas até a van de café. Quando chegaram, a mulher as saudou com um "Bom dia, senhoras", em um sotaque impecável, enquanto reabastecia uma caixinha com novos pacotinhos de açúcar.

— O que posso servir a vocês?

Agora que estavam mais perto, Judith reparou que a mulher tinha cabelos escuros presos por uma tiara preta, usava um colar de pérolas e uma camisa justa de um rosa vibrante sob um colete azul-marinho. Ela tinha a aparência clássica de alguém ligado ao mundo equestre — como uma jovem integrante da família real, pensou Judith.

— Para mim, um café preto — disse Judith. — E vocês?

— Café com leite para mim — pediu Suzie. — Com leite integral.

— Vocês têm chás herbais? — perguntou Becks.

— Temos de tudo. Qual você gostaria?

— Tem de cúrcuma?

— Um chá de cúrcuma saindo, e dois expressos, um com leite, como deve ser.

Enquanto a mulher se virava para a máquina, as três amigas trocaram olhares, igualmente perplexas. Não havia como alguém tão aberta e simpática como ela estar envolvida em um assassinato.

— Você se importaria se eu perguntasse qual é o seu nome? — disse Judith.

— É Sarah — respondeu a mulher por cima do ombro, enquanto o vapor saía por cima da máquina e enchia o copo. — Sarah Fitzherbert.

— Você conseguiu um bom ponto aqui, Sarah.

— Obrigada. Tive que convencer o conselho da cidade de que valia a pena ter uma barraca de café aqui.

— Eles não aprovaram?

— Não havia muito o que pensar, na minha opinião. Vim até aqui e passei duas semanas contando quantas pessoas subiam e desciam do trem no horário de pico. Calculei que, se pelo menos uma em cada vinte comprasse uma bebida comigo, eu teria lucro.

— Isso foi muito empreendedor da sua parte.

— Pois é, não há nada que você não possa conseguir se realmente se dedicar — disse Sarah, virando-se de volta para as mulheres e colocando as bebidas no balcão. — Agora, vocês gostariam de biscoitos ou bolo? Eu mesma faço todos os produtos.

— Parece ótimo, mas acho que estamos bem — disse Judith ao mesmo tempo que Suzie falou:

— Eu quero um brownie, por favor.

— Claro — disse Sarah com um sorriso. — Ótima escolha. Está bem molhadinho e macio.

Ela colocou um pedaço de brownie em um guardanapo de papel.

— Mais alguma coisa?

— Acho que não — disse Judith, pegando a bolsa e tirando a carteira.

Enquanto aproximava o cartão do leitor para pagar, decidiu fazer sua jogada.

— Sabe, enquanto conversávamos, fiquei tentando me lembrar de onde te conheço — disse Judith. — E acho que já te vi antes. Você é amiga do Tristram, não é? Acho que já vi vocês juntos. Ou talvez ele tenha mencionado uma Sarah Fitzherbert para mim?

— Ele mencionou? — perguntou Sarah.

— Não me lembro direito. É fácil esquecer das coisas na minha idade.

— Mas você o conhece?

Judith percebeu um leve tom de ansiedade na pergunta.

— Para ser sincera — disse ela —, só passamos a conhecer Tristram depois da morte do pai dele. Foi uma tragédia, não é? Suponho que você não conhecesse sir Peter?

— Ah, sim. Minha família é amiga dos Bailey há anos. Tristram e eu praticamente crescemos juntos.

— Por isso são tão bons amigos.

— Amigos *bem* próximos — acrescentou Suzie, piscando lentamente.

Sarah olhou para Suzie, confusa.

— Desculpe — disse Judith. — Talvez devêssemos ter sido mais diretas desde o começo. O fato é que estamos tentando entender o que realmente aconteceu com sir Peter. Estávamos lá quando tudo aconteceu. Foi um choque terrível. E a polícia… bem, não parece ter ideia do que está fazendo.

— Vocês acham mesmo?

— Bem, na verdade, acho sim — respondeu Judith, decidindo que era hora de começar a cutucar. — Para começar, a polícia acha que Tristram pode estar envolvido na morte do pai. Nós, no entanto, não concordamos com isso.

— Não concordamos? — perguntou Suzie.

— Antes, sim — disse Becks, que foi mais rápida em entender a estratégia de Judith. — Mas agora já não temos tanta certeza.

— Se vocês dizem… — Suzie deu de ombros, ainda sem entender muito bem.

— Veja bem — continuou Judith, querendo trazer o foco de volta para Sarah —, Tristram se beneficia muito com a morte do pai. E há tantas evidências circunstanciais sugerindo que ele queria que o pai morresse. O jeito como os dois brigavam, o fato de que sir Peter o expulsou de casa no ano passado… Na verdade, quando você pensa bem, não é de se surpreender que a polícia suspeite dele.

— Isso está deixando ele arrasado — disse Sarah. — Todo mundo tratando ele como suspeito, só por causa da herança.

— Nem precisa dizer que sabemos que ele não pode estar envolvido. Ele estava conversando com a gente no jardim quando o pai morreu.

— Ah, agora entendi! — exclamou Suzie, finalmente pegando a ideia. — Desculpa, gente. Continuem.

— Então — prosseguiu Judith —, queríamos saber se há algo que você possa nos contar sobre Tristram que ajudaria a polícia a entendê-lo melhor.

— Vocês estão mesmo interessadas?

— Com certeza.

— Porque ninguém entende Tristram como eu. Estamos juntos desde os catorze anos.

— Vocês são um casal esse tempo todo? — perguntou Judith, surpresa. Afinal, lady Bailey lhes dissera que seu filho tivera várias namoradas ao longo dos anos.

— Foi um relacionamento de idas e vindas — admitiu Sarah, com um sorriso tenso. — Se eu for sincera, muito mais idas do que vindas. Mas, no fim, sempre voltamos um para o outro.

— Ah, sim — disse Suzie. — Ele se distrai pelo caminho.

— O que importa é que ele sempre volta, é isso que realmente conta. Não que ele vá embora, mas que ele sempre volta.

A resposta de Sarah soava surpreendentemente otimista para Judith. Era como se ela fosse uma dona de casa dos anos 1950 desesperada para manter as aparências.

— Então vocês estão juntos agora? — perguntou Suzie.

— Claro — respondeu Sarah.

— Mesmo depois da briga de ontem? — questionou Suzie.

Os olhos de Sarah se arregalaram.

— Vocês sabem sobre isso?

— É possível — começou Judith, tentando recuperar terreno depois de Suzie ter sido direta demais — que estivéssemos passando perto da sua casa ontem e que vimos você e Tristram na sala de estar.

— Mas isso não é o mais importante — disse Becks, assumindo seu tom mais compreensivo de esposa de vigário. — Tudo o que queremos é entender o lado de Tristram.

Havia tanta gentileza na fala de Becks — e talvez também ajudasse o fato de que, assim como Sarah, ela usava um colete acolchoado sobre uma camisa ajustada — que a jovem sentiu que podia se abrir.

— Tristram é como uma criança, na verdade — disse ela, indulgente. — Ele é impulsivo e simplesmente age conforme o que sente no momento. É isso o que o torna tão maravilhoso. Ele é espontâneo, tem tanta energia. E, claro, o fato de ele ser lindo ajuda.

— E quando você diz que ele é impulsivo, está se referindo apenas às escapadas amorosas? — perguntou Judith.

— Foram casos, ele apenas se desvia do caminho — corrigiu Sarah, sorrindo de maneira determinada e devotada. — Mas, sim, ele é impulsivo em tudo que faz. Por exemplo, depois que o pai morreu, ele me disse que nosso relacionamento tinha acabado. Dá pra imaginar?

— Que razão ele deu? — perguntou Suzie.

— Esse é o problema, ele não deu nenhuma! Só disse que tinha que ser assim.

— Tinha que ser assim?

— Foi o que ele repetiu várias vezes, como se isso explicasse alguma coisa.

— Depois de tanto tempo juntos? — incentivou Judith.

— Exatamente! Depois de eu ter esperado por ele esse tempo todo! Tolerando os deslizes dele, sendo sempre a que perdoava. E agora que o pai dele havia morrido, ele ia me dispensar? Eu fiquei... bom, não existem palavras para descrever o que senti.

— Por isso você ligou para ele naquela tarde, dando uma bronca — disse Judith.

Sarah estava tão envolvida na própria história que nem percebeu que Judith havia revelado um detalhe que ela não poderia saber.

— Eu disse a ele que, se não me encontrasse no mesmo momento, eu faria algo do qual ele se arrependeria. Ele disse que eu estava louca... esta é a palavra que ele sempre usa para me descrever, louca! Quando, na verdade, o único louco nessa história é ele, se acha que pode simplesmente acabar com tudo entre nós. Mas eu precisava fazê-lo entender o que estava em jogo.

— E quando ele chegou até você...?

— Eu estava arrasada, mas foi ele quem caiu em prantos assim que me viu. Do nada. Disse que tinha feito algo terrível e que estava arrependido, muito arrependido. Eu o perdoei. Mas essa é a questão. Eu sempre tenho esse efeito sobre ele. Sou o porto seguro dele. Eu o acalmo. Ele passou a noite comigo e, na manhã seguinte, eu sabia que estaríamos juntos de novo. Para sempre. Fiz ele me prometer.

— E ele prometeu?

— Claro. Mas, veja bem, sempre estivemos juntos. Mesmo quando ele pensava que não estávamos. Vamos morrer juntos. Foi o que prometemos quando éramos adolescentes. Sempre estaríamos um com o outro. Como aqueles casais idosos sobre os quais você lê nos jornais.

— E quando se casar com ele, você será lady Bailey — disse Judith, querendo observar a reação de Sarah. — Uma multimilionária, dona da Mansão Branca, uma das casas mais impressionantes de Marlow.

— Eu sei — disse Sarah, sem conseguir esconder a empolgação com a ideia. Mas, ao perceber que talvez tivesse revelado demais, pegou um pano, virou-se e começou a limpar os tubos da máquina de café.

Judith e suas amigas trocaram olhares, todas pensando a mesma coisa. Sarah queria desesperadamente ser lady Bailey, não queria?

— Imagino que vocês estejam noivos? — perguntou Judith.

— Sempre fomos noivos — disse Sarah, ainda de costas para elas. — Tristram me pediu em casamento quando tínhamos dezessete anos.

— E agora vocês vão se casar?

— Ah, sim. Agora vamos nos casar. Tristram não precisa mais se preocupar com o pai.

— Ele não se casou com você por causa do pai? — perguntou Suzie, confusa.

Sarah se virou para as três.

— Sir Peter sempre gostou de mim, não é isso o que quis dizer. É mais que Tristram sempre viveu à sombra do pai. Sempre senti que ele não conseguia seguir com a própria vida enquanto o pai estava vivo. Então, agora...?

Sarah não fez o menor esforço para esconder sua empolgação ao imaginar um futuro sem sir Peter.

— Onde você estava às três da tarde na sexta-feira em que sir Peter morreu? — perguntou Judith.

— Como?

— A polícia vai querer saber onde você estava. Agora que sabem que você e Tristram são um casal. E também é um pouco estranho você não ter ido à festa.

— Isso é fácil de explicar. Fui convidada, é claro. Mas recusei o convite.

— Por quê? — perguntou Suzie.

— Por causa de como sir Peter tratava Tristram.

— Ah, claro! — disse Judith. — Ele não foi convidado, então você também não quis ir.

— Você sabia que sir Peter nunca foi assistir a uma peça de teatro de Tristram? Nem uma única vez. Ele dizia que o que Tristram fazia não era um trabalho de verdade. E isso vindo de um homem que nunca trabalhou na vida. Mas agora tudo vai mudar. Vou consertar essa família, é isso que eu vou fazer. É tudo o que eu sempre quis.

— Mas, voltando à pergunta... — insistiu Suzie.

— Onde eu estava quando ele morreu? Isso é fácil de explicar também. Eu estava fazendo uma caminhada.

— Sozinha?

— Sim, sozinha.

— Alguém viu você?

— Deixe-me ver... Trabalhei no carrinho de café até por volta da uma da tarde, fui para casa almoçar e depois saí em direção a Bourne End por volta das duas. Tenho certeza de que algumas pessoas devem se lembrar de me ver. Ah, já sei! Entrei no pub de lá, The Bounty, para usar o banheiro antes de voltar. Falei com um dos bartenders. Isso deve ter sido por volta das três da tarde.

— Você falou com um funcionário do The Bounty às três da tarde? — indagou Suzie. — No exato momento da morte de sir Peter em Marlow?

— Ah — disse Sarah, parecendo só naquele momento se dar conta da coincidência. — Se você colocar dessa forma... acho que sim.

Enquanto conversavam, o próximo trem chegou, trazendo mais clientes para a van.

— Preciso atender meus clientes agora — disse Sarah. — Vocês se importam de pegar suas bebidas e se afastar?

— Sem problemas — respondeu Suzie, pegando os copos e começando a se afastar, com Judith e Becks seguindo logo atrás.

— Se ela fosse um álbum de coletâneas, sabe qual seria o nome? — sussurrou Suzie para as amigas enquanto se afastavam. — *Now That's What I Call Mad.*

— Ela é um pouco desconcertante, não é? — concordou Judith. — É o título de lady, não acham? Ele corrompe todo mundo que entra em contato com essa família. Todos querem ser lady Bailey. Exceto Jenny, talvez — acrescentou pensativa. — Nunca tive a impressão de que ela se importava com o status do título. Ela só queria segurança financeira. O que é compreensível.

— Então, o que estamos dizendo? — perguntou Becks. — Finalmente descobrimos como foi feito? Tristram estava do lado de fora, na festa, parecendo inocente, enquanto Sarah estava lá dentro matando sir Peter? Tudo para poder se casar com ele e se tornar lady Bailey?

— É uma possibilidade — disse Judith. — Precisamos descobrir se Sarah realmente estava no pub The Bounty às três da tarde, como afirmou.

— Sabe de uma coisa? — falou Suzie. — Depois que eu terminar meu programa de rádio, vou até lá e vejo se alguém se lembra de tê-la visto naquela tarde.

— Boa ideia. O que me lembra… Becks, por acaso você falou com o major Tom Lewis ontem à noite?

— Ah, me desculpem, esqueci de contar. Falei, sim. E tenho más notícias. Ele tem um daqueles iates enormes, com um posto de comando no deck superior. E disse que estava passando de barco em frente à mansão quando ouviu os sinos da igreja tocarem três horas. Segundos depois, ouviu o som de vidro quebrando, e um estrondo enorme, vindo de dentro da casa. E então, mais ou menos ao mesmo tempo em que todo mundo começou a entrar na casa, ele viu lady Bailey sair de um arbusto de loureiros direto para o caminho à beira do Tâmisa, bem na frente dele.

— "Mais ou menos ao mesmo tempo", você disse? — perguntou Suzie.

— Fiz questão de perguntar quanto tempo exatamente se passou entre o estrondo e a aparição dela no caminho. E ele disse que só poderiam ter sido alguns segundos. Ele tinha certeza disso.

— Não há como empurrar o armário sobre sir Peter no escritório, sair da casa, atravessar o jardim e descer pelo caminho até o rio em questão de segundos — disse Suzie.

— Mas a situação é ainda pior. Ele também disse que, do posto de comando do barco, podia ver todo o jardim. E depois do estrondo, só viu pessoas entrando na casa. Ninguém saiu de lá e atravessou o gramado até a cerca. Muito menos lady Bailey. E ele disse que com certeza teria visto se alguém estivesse tentado sair da casa.

— Entendi — disse Judith, decepcionada.

— Mas tudo bem — falou Suzie, tentando não ficar desanimada. — Isso só significa que lady Bailey não pode ser a assassina. O que, para mim, está ótimo, porque minha aposta é na Sarah Fitzherbert. Aposto que não vou encontrar ninguém naquele pub que a tenha visto às três naquela tarde.

— Você tem razão — concordou Becks. — Se descartamos lady Bailey, e sempre soubemos que Jenny e Rosanna estavam no quarto no andar de cima, e que Tristram estava no jardim, então, quem mais além de Sarah poderia ser a assassina?

— Embora ainda precisemos checar o álibi de Kat Husselbee para a hora do assassinato — disse Judith. — Só para termos certeza. Vou dar uma passada no Divas and Dudes no caminho de volta…

Judith parou de falar ao ver um veículo se aproximando.

— Judith? — perguntou Becks.

— É uma caminhonete muito bonita — comentou Judith, apontando para um utilitário brilhante com rodas de liga leve e um monte de equipamentos de jardinagem e um cortador de grama na caçamba.

— Sim, mas nós estávamos tentando descobrir quem matou sir Peter Bailey — disse Suzie.

— Eu também — disse Judith, ainda com os olhos fixos no veículo que se aproximava. — Olhem quem está dirigindo… é o Chris Shepherd.

Becks e Suzie olharam com mais atenção e viram que, de fato, Chris Shepherd estava ao volante.

— E daí? — perguntou Suzie.

— Senhoras, acho que acabamos de encontrar o que estivemos procurando esse tempo todo.

— Encontramos?

— Mas acho que vamos ter que canalizar nossa Kat Husselbee interior — disse Judith, enquanto dava um passo para a rua e levantava as mãos para parar a caminhonete.

Capítulo 32

Chris Shepherd dirigia pela estrada quando, de repente, uma mulher surgiu bem à sua frente. Ele pisou no freio com força, conseguindo parar a tempo de evitar atropelá-la. Quando ergueu os olhos, viu que a mulher olhando para ele por cima do capô era Judith Potts.

— Bom dia! — disse Judith, como se parar em frente aos carros fosse algo completamente normal para ela; o que provavelmente era, resmungou Chris para si mesmo. Ele apertou um botão para baixar o vidro.

— O que você está fazendo? — perguntou, irritado.

Judith contornou o veículo até o lado do motorista e Chris pôde ver suas duas amigas paradas na beira da estrada. A mais alta das duas deu um passo à frente, bloqueando ainda mais o caminho do carro.

— Esta caminhonete parece ser uma beleza — disse Judith pela janela.

— Você pode sair do caminho?

— Só uma pergunta. Quando você a comprou?

— Que tipo de pergunta é essa?

— Quando perguntamos à Jenny Page sobre você, ela disse que você dirigia uma caminhonete velha que vivia quebrando. Mas não pude deixar de notar que esta que você está dirigindo está longe de ser uma lata-velha. Então, estou pensando que talvez você tenha se dado esse presente de Natal.

— Você pode pedir para sua amiga sair da minha frente?

— Com certeza. Assim que você me contar quando comprou esta caminhonete nova.

— Eu não preciso te dizer nada.

— Suzie, anote a placa, por favor. Aposto que podemos pesquisar.

— O que é isso? — disse Chris, olhando pelo retrovisor. Um carro havia parado atrás dele, esperando que ele seguisse em frente.

— Quando você comprou esta caminhonete? — insistiu Judith. — É uma pergunta simples. — Outro carro parou atrás do primeiro. O motorista do primeiro carro buzinou impaciente. — Esses motoristas estão ficando bem irritados.

— Tudo bem! Se isso te faz feliz... você está certa. Comprei logo depois do Natal.

— Comprou, é? Que interessante.

— Agora, estou indo para a Mansão Branca. Alguns de nós têm trabalho a fazer.

Chris acelerou o motor da caminhonete e Judith fez sinal para Suzie sair do caminho. Suzie entendeu o recado na hora e deu um passo para trás na calçada enquanto Chris arrancava, deixando Judith parada no meio da estrada.

Outra buzina soou e Judith percebeu que ainda estava bloqueando o trânsito.

— Desculpa! — gritou, correndo de volta para as amigas na calçada.

Enquanto os carros passavam, ela lhes acenou com um gesto majestoso, claramente se divertindo por ter causado um pouco de confusão.

— O que foi isso? — perguntou Becks.

— Desculpem, não tive tempo de explicar. Mas vocês não acham estranho um jardineiro ter uma caminhonete tão sofisticada?

— Claro — disse Suzie. — Mas ele pode gastar o dinheiro dele como quiser.

— Ah, eu concordo plenamente. Na verdade, estou grata por ele ter gostos tão caros. Vamos.

Judith saiu determinada pela estrada Station, com suas amigas apressando o passo para acompanhá-la.

— Para onde estamos indo? — perguntou Becks, que ainda não tinha entendido bem o que estava acontecendo.

— Para a biblioteca, é claro — disse Judith, como se fosse a coisa mais óbvia do mundo.

A biblioteca de Marlow era um antigo casarão do início do século XX que havia sido ampliado na parte de trás. Ao passarem pela porta branca reluzente, Judith e suas amigas sorriram para a bibliotecária e seguiram além da seção infantil até os jornais.

— O que estamos procurando? — sussurrou Becks.

— Todos os jornais locais recentes — disse Judith. — Em especial, os anúncios de automóveis desde o dia 23 de dezembro.

— É uma data bem específica.

— Tenho uma teoria bem específica. Lembre-se, ainda estamos procurando as vinte mil libras em dinheiro que sir Peter sacou do banco pouco antes do Natal.

A ficha caiu primeiro para Suzie.

— Você acha que ele deu esse dinheiro para Chris?

— Não faço ideia, mas, pelo que vejo, há apenas uma pessoa próxima à família que gastou uma grande quantia desde o Natal. Acho que devemos começar a procurar.

As mulheres começaram a vasculhar os arquivos dos jornais locais, e, após alguns minutos, Suzie soltou um animado:

— Há!

— Encontrou a caminhonete? — perguntou Judith.

Suzie olhou para as amigas como se estivesse surpresa por vê-las ali.

— Não — disse ela, então rasgou uma página do jornal. Dobrou o papel e enfiou no bolso do casaco. Depois, levou o dedo aos lábios, indicando que não queria que as outras falassem sobre aquilo.

Judith e Becks tentaram voltar à tarefa, mas demoraram um pouco para se concentrar. O que Suzie tinha arrancado do jornal, afinal?

Por sorte, não demorou muito para encontrarem o que procuravam. A maioria dos jornais locais publicava a seção de veículos apenas uma vez por semana, então havia poucos exemplares para examinar desde o Natal. Encontraram o anúncio na edição de 10 de janeiro do Maidenhead Advertiser: uma caminhonete Ford Ranger de segunda mão, à venda por um revendedor particular por dezenove mil libras.

O anúncio incluía um número de telefone, então Judith pediu emprestado o celular de Becks e discou.

— Alô? — atendeu uma voz masculina do outro lado da linha.

— Aqui é a delegacia de Maidenhead.

Becks e Suzie olharam para Judith, escandalizadas, mas ela apenas deu de ombros, como se dissesse “o que mais eu poderia fazer?”.

— Por que está ligando? — perguntou o homem do outro lado.

— Estamos rastreando uma quantia em dinheiro que acreditamos ter sido obtida por meios fraudulentos.

— Eu não fiz nada de errado.

— Não estamos sugerindo que tenha feito. Mas pode confirmar dois pequenos detalhes? Você vendeu uma caminhonete Ford Ranger há algumas semanas para um homem chamado Chris Shepherd. Estou certa?

— Sim, vendi — disse o homem, parecendo ansioso para colaborar.

— E ele pagou em dinheiro, não foi?

— Tenho toda a papelada, está tudo certinho.

— Só responda à pergunta, por favor. Ele pagou em dinheiro, não foi?

— Sim, pagou.

— Você ainda tem parte desse dinheiro com você?

— A maior parte, sim. Ainda não tive tempo de levar ao banco — acrescentou o homem.

— Ah, isso é ótimo! — disse Judith, animada, antes de rapidamente mudar o tom para algo mais sério. — Por favor, não toque nesse dinheiro. Um dos meus oficiais passará para buscá-lo. Entraremos em contato para combinar um horário.

Judith desligou a chamada e Suzie ergueu os polegares com um grande sorriso.

— Você sabe que é ilegal se passar por policial, não sabe? — perguntou Becks.

— Não me passei por policial — disse Judith, fingindo estar ofendida.

— Eu ouvi! E você usou meu telefone. Se a polícia rastrear a ligação, vão pensar que fui eu!

— Você se preocupa demais — disse Judith, dando de ombros.

— Neste caso, acho que estou me preocupando de menos! Nós duas ouvimos. Você se passou por uma policial!

— Eu não me passei por uma policial. Se você se lembrar bem, falei: "Alô, aqui é a delegacia de Maidenhead." Eu estava me passando por um prédio, e não consigo imaginar nenhuma lei que diga que uma pessoa não pode se passar por um prédio. Agora, não se preocupe, a Tanika pode resolver isso quando contarmos a ela. Mas, enquanto isso, sugiro que a gente vá ter uma conversinha com nosso jardineiro surpreendentemente rico. O que acham?

Suzie dirigiu até a Mansão Branca, onde encontraram Chris recolhendo folhas perto da quadra de tênis.

— Olá de novo! — cumprimentou Judith alegremente.

Chris olhou para as mulheres aproximando-se, mas não respondeu. Apenas continuou a varrer as folhas.

— O que eu quero saber é: como você conseguiu esse dinheiro de sir Peter? Que tipo de pressão você usou?

Chris se abaixou, pegou dois pedaços de papelão e carregou um punhado de folhas até o carrinho de mão.

— E tem outra coisa — continuou Judith. — Como você sequer conseguiu configurar um número de telefone suspeito registrado onde mesmo?

— Vanteetee — respondeu Suzie com confiança. — Não, não é isso... Vantutu?

— Vanuatu! Isso mesmo! Obrigada, Suzie — disse Judith antes de voltar a encarar Chris. — Mas suponho que não importa como você fez isso. Usando esse telefone para esconder sua identidade, você pediu dinheiro a sir Peter em quatro ocasiões diferentes, totalizando vinte mil libras. Quanto ao motivo, bem, isso é óbvio, não é? Você estava com raiva. E com razão. Depois de anos ouvindo sir Peter prometer que cuidaria de você, descobriu que ele te traiu. Assim como o pai dele traiu o seu avô.

— Eu não sei do que você está falando — disse Chris, embora estivesse claro para as três que ele estava absorvendo cada palavra.

— Aí está você, mentindo de novo. Isso não vai adiantar. Falamos com Andrew Husselbee e ele nos contou o quanto você ficou furioso ao descobrir que, ao testemunhar o testamento de sir Peter, basicamente garantiu que não poderia receber nada da herança dele. Mesmo depois de sir Peter ter dito, naquela tarde, que deixaria dinheiro para você.

— Vocês não desistem, né?

— Obrigada, isso é muito gentil. Não desistimos mesmo. Como eu estava dizendo, é totalmente compreensível que você quisesse arrancar dinheiro de sir Peter. Mas você cometeu um pequeno erro quando pagou pela sua caminhonete nova com o dinheiro que ele te deu. Falamos com o homem que te vendeu o carro e ele ainda tem boa parte desse dinheiro, que, tenho certeza, estará coberto com as impressões digitais de sir Peter. E agora que penso nisso, as suas também. O que será bastante incriminador.

Judith cruzou os braços e deu um passo à frente.

— O que nos leva de volta à pergunta original: como você convenceu sir Peter a te dar todo esse dinheiro?

Chris olhou para Judith e decidiu fingir que não se importava.

— Tá bom, já que você está perguntando, acertou. Ele me deu o dinheiro para comprar a caminhonete. Mas não houve nada de errado nisso. Foi uma troca justa.

— Obrigada. E como, exatamente, foi essa troca?

— Pouco antes do Natal, enviei uma mensagem para sir Peter dizendo que eu era sobrinho-neto do advogado do pai dele.

— Uma mensagem anônima de um número de telefone falso.

— Eu tenho o direito de proteger minha identidade. É um direito básico. De qualquer forma, eu disse que, ao revisar uns papéis antigos do meu tio-avô, encontrei provas de que o pai de sir Peter enganou o sócio dele nos negócios anos atrás. A empresa fazia equipamentos de raio-X, e o homem que ele passou para trás se chamava Mike Shepherd.

— Imagino que esse seja o nome do seu avô?

— Mike Shepherd, meu avô, isso mesmo — confirmou Chris. — Mas, na mensagem para sir Peter, eu disse que estava disposto a vender os documentos que incriminavam o pai dele por cinco mil libras.

— Isso é chantagem! — exclamou Becks.

— Não acho que seja. Eu tinha algo que queria vender. Ele tinha dinheiro para comprar. Então, vendi para ele.

— Não vou insistir nesse ponto — disse Judith —, mas Becks está certa. Isso foi chantagem, pura e simples. Você não tem esses documentos, tem? Se tivesse, já os teria revelado anos atrás e arrancado uma bela grana da família Bailey. E com certeza não precisaria fazer isso anonimamente, escondido atrás de um número de telefone falso.

Chris deu de ombros, deixando claro o quão pouco se importava com a acusação.

— Mas sir Peter caiu nessa, não foi? — disse Judith.

— Para ele, cinco mil libras não era nada.

— Como funcionou?

— Foi simples. Ele tinha que enviar o dinheiro para uma caixa postal que eu havia registrado. Assim que eu recebesse, mandaria os documentos para ele.

Mas não foi isso que aconteceu. Porque cinco mil libras não foram suficientes. Então, você pediu mais dinheiro. E depois mais. E mais uma vez.

— Não foi minha culpa ter subestimado o quanto ele estava disposto a pagar. Mas, depois de ter me dado vinte mil libras, a última mensagem dele foi bem clara. Ele não pagaria mais nada. O que, para mim, estava ótimo. Vinte mil era muito mais do que eu esperava conseguir. Muito mais do que eu imaginava que ele deixaria para mim no testamento. Sempre sonhei em ter uma caminhonete de verdade, e esse dinheiro era mais do que suficiente para isso.

Chris não conseguiu conter um sorrisinho de satisfação.

— O que você fez foi ilegal — disse Becks.

— Será mesmo? Eu entreguei os documentos, não entreguei?

— É essa a versão que você vai sustentar? — perguntou Judith.

— Claro que sim. E se agora eles não podem ser encontrados, não é problema meu. Na verdade, aposto que ele os destruiu assim que os recebeu. Afinal, eles provavam que o pai dele era um ladrão.

— Nós dois sabemos que você está mentindo sobre a existência desses documentos — disse Judith, endireitando-se, o que não a deixava exatamente mais alta. — Foi um golpe baixo.

Chris olhou para Judith com um sorriso debochado.

— Prove.

— Ah, não. Eu não vou aceitar isso — falou Judith, agora tomada pela fúria. — Porque eu não acho que vinte mil libras tenham sido suficientes para você. Você esperava que fossem. Até comprou uma caminhonete nova para se sentir melhor. Mas não foi o bastante. Por isso, você criou um novo plano. E sabe do que isso me lembra? Do personagem Leonard, em *Howards End*. Ele morre no final da história quando uma estante de livros cai sobre ele. É uma metáfora bem apropriada, assim como o sir Peter ser morto pelo armário de equipamentos de laboratório do seu avô. Quase poético, na verdade. O pai de sir Peter roubou o futuro do seu avô quando tomou o armário dele. E agora o mesmo armário foi o instrumento de vingança, matando o filho do homem que prejudicou sua família.

— É uma bela história. Mas é só isso: uma história.

— Onde você estava às três da tarde no dia em que sir Peter morreu?

— Não é da sua conta.

— Você estava no escritório, empurrando o armário sobre ele?

— Pelo amor de Deus, mulher — cuspiu Chris. — Se quer tanto saber, eu estava na Platts, ok?

Platts era o nome da oficina mecânica de Marlow.

— O que estava fazendo lá?

— A maldita caminhonete estava soltando fumaça — disse ele, amargo. — O mecânico me disse que me venderam uma bomba. Depois de todo esse tempo, finalmente consegui a compensação que minha família sempre mereceu, e o que eu faço? Compro uma caminhonete que mal funciona. Vá em frente, ria.

— Não acho que seja algo engraçado.

— Ótimo. Porque eu também não acho.

— Mas há uma ironia aqui. Sua caminhonete velha vivia quebrando. E agora a nova também. Já pensou na possibilidade de simplesmente não ter uma caminhonete?

Judith olhou para Chris e viu um turbilhão de emoções passar pelo rosto dele. Havia paixão ali, e raiva, claro — mas também algo que parecia ódio de si mesmo. Por um momento, ela quase sentiu pena dele. Quase.

— Quer saber a verdade? — perguntou ele, amargurado. — Aquele homem me enganou por anos. Pior do que isso, ele riu de mim. Me enrolou, dizendo que faria o certo por mim, quando nunca teve a menor intenção de fazer nada disso. Até me fazer assinar como testemunha do testamento dele, o quão doentio é isso? Então, sim, pegar aquele dinheiro dele foi o mínimo que eu merecia, o mínimo que minha família merecia, e eu estou feliz que ele esteja morto. Era isso o que você queria ouvir? Eu admito. O mundo é um lugar melhor sem ele. Agora está feliz?

Enquanto Chris pegava as alças do carrinho de mão e se afastava lentamente, Judith percebeu que lady Bailey estivera certa o tempo todo. De fato, havia uma rixa de sangue entre Chris Shepherd e sir Peter Bailey.

E não havia dúvida de que Chris era um homem forte. Para ele, teria sido fácil empurrar o armário sobre sir Peter.

Além disso, ele agora fora forçado a admitir que extorquira dinheiro de sir Peter em dezembro. Quem poderia garantir que não fora ele também quem o matou em janeiro?

Capítulo 33

Naquela tarde, Judith tentou se encontrar com Tanika, mas a policial explicou que estava ocupada com outro caso e não podia sair da delegacia. Só na manhã seguinte Judith e suas amigas finalmente conseguiram se reunir com ela, desta vez em Marlow Lock. Elas atualizaram Tanika sobre o que haviam descoberto com Sarah Fitzherbert e como finalmente tinham confirmado que fora Chris Shepherd quem havia extorquido vinte mil libras de sir Peter.

— Eu não sei como vocês fazem isso — admirou-se Tanika, depois que as mulheres terminaram de falar.

— Ajuda o fato de estarmos partindo do princípio de que sir Peter foi assassinado — disse Judith.

Tanika suspirou.

— Eu sei. Mas o inspetor Hoskins ainda insiste que nossos recursos seriam melhor empregados em outra coisa.

— Mas ele deve ter mudado de ideia quando encontrou o testamento de sir Peter rasgado e enterrado em um monte de compostagem, não é?

— Esse é o problema. Ele é um homem muito teimoso. Para ele, enquanto ninguém puder explicar como sir Peter foi morto dentro de um cômodo trancado, não pode ter sido assassinato.

Tanika fez uma pausa e então questionou:

— Aliás, vocês fizeram algum progresso nesse ponto?

— Não, nenhum progresso — disse Judith. — Mas Jenny teve uma ideia. Ela se perguntou se, no meio de toda aquela confusão, sir Peter ainda estava vivo após tirarem o armário de cima dele e ela não conseguir encontrar o pulso. Isso permitiria que Tristram entrasse no escritório depois que todos já tivessem saído e o matasse; muito depois de todos pensarem que ele já estava morto. Isso explicaria como ele foi encontrado dentro de um cômodo trancado. Foi o próprio sir Peter quem trancou a porta e colocou a chave no bolso.

— É uma ótima teoria — disse Tanika. — Mas, infelizmente, não se sustenta. Depois do estrondo, quanto tempo vocês demoraram para arrombar a porta?

— Alguns minutos, eu acho — respondeu Suzie. — Uns quatro ou cinco, suponho.

— Pois bem, posso dizer que o laudo da autópsia confirmou que sir Peter morreu dos ferimentos em questão de segundos. Não havia como ele ter resistido por quatro ou cinco minutos até vocês abrirem a porta. Se o coração dele ainda estivesse batendo, mesmo que fracamente, a distribuição do sangue no corpo, e até as contusões externas, teriam um padrão completamente diferente. O patologista teria percebido se o coração dele tivesse continuado a bater por todo esse tempo a mais.

— E não foram só esses quatro ou cinco minutos — admitiu Judith. — Depois, demoramos pelo menos mais um minuto para esvaziar a sala. E ainda fiquei mais alguns minutos ali, olhando em volta e conversando com Suzie.

— Então é isso — disse Tanika. — Não há como Tristram ter matado sir Peter depois que vocês saíram da sala. Sinto muito, mas só existe uma explicação que se encaixa no laudo da autópsia. Sir Peter parecia morto no carpete quando vocês arrombaram a porta porque ele realmente já havia morrido.

— Mas isso significa que o assassino conseguiu desaparecer de um cômodo trancado! — exclamou Becks. — O que é impossível — acrescentou, embora até ela parecesse perceber que essa era uma observação óbvia demais.

— Embora haja outra explicação, certo? — falou Tanika. — Por mais desagradável que seja.

— Não diga isso — advertiu Judith, sua voz carregada de tensão.

— Olha, eu concordo que a vida de sir Peter era… complicada. Como vocês descobriram, temos um jardineiro chantageando ele pelos crimes do pai, uma ex-esposa prestes a perder seu título de nobreza que o perseguia nos arbustos, e uma filha primogênita que não recebeu nada no testamento e estava escondida dentro de um guarda-roupa no andar de cima. Além disso, temos a noiva dele, que estava prestes a ficar riquíssima e agora perdeu tudo, e, claro, um segundo filho que, a cada nova evidência que descobrimos, parece ainda mais culpado.

— Por favor, não diga isso — repetiu Judith.

— Vocês conseguiram encontrar alguma impressão digital no testamento rasgado que achamos? — perguntou, tentando desviar Tanika de seu ponto principal.

Tanika suspirou.

— O inspetor Hoskins não queria que as folhas fossem analisadas, mas o convenci de que passaria uma impressão ruim se não o fizesse. No fim, foi ele quem riu por último. Conseguimos levantar impressões parciais nos papéis, mas elas pertenciam apenas a sir Peter, Andrew Husselbee e Chris Shepherd, e a mais ninguém. As únicas três pessoas envolvidas na criação do testamento foram as únicas cujas digitais estavam nele. Exatamente como se esperava. O que, para o inspetor Hoskins, mais uma vez provou que sir Peter não foi assassinado. Mas a questão é: e se ele estiver certo?

— Você disse! — gemeu Judith.

— Eu sei que isso soa errado depois de tudo. Ou parece improvável. Mas como isso pode ser mais improvável do que qualquer outro cenário?

— Como a morte dele poderia ter sido um acidente? — perguntou Judith, indignada.

— Jenny disse que sir Peter costumava guardar coisas em cima do armário — comentou Becks.

— Isso realmente não ajuda em nada — resmungou Judith.

— Desculpe, mas foi o que ela disse — insistiu Becks. — Ela mencionou que ele já tinha guardado chocolate em cima do armário. Só estou falando disso porque tenho pensado muito sobre o assunto. No fato de que ele escondia coisas lá em cima. Porque sabemos que o testamento de sir Peter não estava no cofre quando vocês o abriram. Você mesma disse que o cofre estava vazio. Então, e se o testamento não estava lá porque ele o escondeu em cima do armário? E se ele estava tentando pegá-lo depois da discussão e acabou puxando o armário sobre si mesmo?

— Essa é, na verdade, uma boa teoria — disse Suzie.

— Não, não é — retrucou Judith, exasperada. — Se ele estivesse tentando pegar o testamento quando morreu, por que não o encontramos perto do corpo?

— Sério? — Suzie não demonstrou muita preocupação. — Com toda a confusão ao encontrarmos o corpo, será que teríamos notado de fato?

— Talvez não tivéssemos notado — ponderou Becks, gostando cada vez mais da ideia —, mas Tristram teria. Não teria? E talvez ele o tenha colocado discretamente no bolso antes de sair, e então rasgado e escondido no composto mais tarde.

— Essa é uma história plausível — admitiu Tanika. — Acima de tudo, explica como sir Peter foi encontrado atrás de uma porta trancada, com a única chave no bolso.

— Olha — começou Judith, mas suas amigas perceberam que ela estava improvisando —, não devíamos nos fixar tanto nessa porta trancada. E se houvesse mais de uma chave? Isso explicaria como o assassino trancou a porta por fora com sua própria cópia da chave, deixando a original no bolso de sir Peter.

— Infelizmente, isso não é possível — respondeu Tanika. — Antes de eu ser retirada do caso, mandei desmontar a fechadura da porta. Não havia nenhum resquício de metal moderno dentro da fechadura. Realmente só existia uma chave para aquele cômodo, e ela foi encontrada no bolso de sir Peter.

Judith apertou os lábios. Por mais que quisesse discordar do que a policial estava sugerindo, precisava admitir que a explicação de Tanika fazia sentido.

— Não, não vou aceitar isso — disse ela, percebendo que estava prestes a ser seduzida pela solução mais fácil. — Desde o início, sir Peter foi meu cliente. Ele me contratou porque sabia que sua vida estava em risco. Você chegou a descobrir qual era o veneno no armário? — perguntou, lembrando-se de outra pista que ainda poderia provar que sir Peter foi assassinado.

— Isso também foi um beco sem saída — revelou Tanika. — Os policiais catalogaram tudo o que caiu do armário, e não havia nenhuma garrafa de cianeto, nem rótulo, nem nada que se parecesse com qualquer tipo de veneno no carpete.

— Então alguém tirou o veneno da sala antes da morte de sir Peter — disse Judith, recuperando a energia. — E temos que perguntar: por que alguém tiraria uma garrafa de veneno de um cômodo, a menos que estivesse tramando algo?

— Judith — disse Tanika, com paciência —, talvez não houvesse veneno no escritório porque sir Peter o descartou depois da discussão com Tristram no ano passado.

— Ou talvez Chris Shepherd não estivesse dizendo a verdade — sugeriu Becks. — Afinal, sabemos que ele chantageou sir Peter e conseguiu vinte mil libras. Por que acreditaríamos nele quando diz que a briga entre sir Peter e

Tristram foi sobre cianeto? E ele é a única pessoa com quem falamos que mencionou qualquer tipo de veneno. Tudo isso pode ter sido inventado.

Judith não teve uma resposta imediata para isso.

— Sei que isso é muito decepcionante — disse Tanika. — Mas acho que precisamos começar a considerar a possibilidade de que a morte de sir Peter não foi um assassinato.

— Eu me recuso a acreditar nisso — falou Judith. — Simplesmente me recuso.

— Eu entendo. Às vezes é difícil. Você passou tanto tempo presumindo que sir Peter foi assassinado e fez um trabalho brilhante descobrindo tudo o que acontecia naquela casa, mas e se a morte dele realmente foi um acidente?

O telefone de Tanika tocou. Ela o puxou do bolso e atendeu.

— Investigadora Malik — disse, antes de se virar para longe de Judith e suas amigas, ouvindo atentamente à voz do outro lado da linha. — Pode repetir?

Ficou claro para as outras que Tanika estava recebendo más notícias.

— Certo, estarei aí em cinco minutos — disse apressada. — Envie a equipe. Eu seguro as pontas até o inspetor chegar.

Ela desligou e se virou para as amigas com uma expressão pálida, como se tivesse visto um fantasma.

— O que foi? — perguntou Judith.

— É Sarah Fitzherbert. A vizinha a encontrou em casa. Ela está morta. Com licença, preciso ir até lá imediatamente.

—

Tanika tentou afastar qualquer pensamento de assassinato enquanto se aproximava da casa de Sarah. Um policial uniformizado já estava na frente, colocando a fita de "Não Ultrapasse" da polícia.

Após mostrar sua identificação, o oficial explicou que uma vizinha vira Sarah caída no sofá através da janela. Quando bateu à porta e Sarah não respondeu, usou a chave reserva para entrar e encontrou o corpo.

— Causa da morte? — perguntou Tanika.

— Parece que ela morreu dormindo.

— Existe a possibilidade de ter sido suicídio?

— Não deixou nenhum bilhete.

— Certo, então vou entrar para preservar a cena até o inspetor-chefe Hoskins chegar.

— Sim, senhora.

Tanika entrou na casa e empurrou a porta da sala de estar. Encontrou Sarah no sofá, vestindo pijamas, caída de lado sobre o braço do móvel. Pelo tom pálido da pele, Tanika percebeu que ela estava morta há um bom tempo.

No tapete à sua frente, havia um copo de vidro tombado. A maior parte do líquido tinha se derramado e sido absorvido pelo carpete, mas ainda havia um resquício de líquido transparente dentro do copo.

Um arrepio percorreu Tanika ao se lembrar da conversa que tivera com Judith poucos minutos antes. Porém, olhando para o corpo, não havia nenhuma razão óbvia para suspeitar que Sarah tivesse sido envenenada. Talvez o copo derrubado no chão fosse apenas resultado de um acidente no momento da morte. E, no entanto, Tanika sabia que havia um teste simples de autópsia para detectar envenenamento por cianeto, embora fosse muito menos infalível do que os filmes sugeriam. Em cerca de um terço dos casos era possível sentir um leve cheiro de amêndoas na boca da vítima — mas, na maioria das vezes, não havia cheiro nenhum.

Tanika se inclinou para mais perto de Sarah do que gostaria e inalou suavemente.

Ela sentiu um leve aroma de amêndoas.

Deveria estar surpresa, mas, em vez disso, sentiu apenas uma tristeza profunda. No fundo, sabia que desde o momento em que ouvira sobre a morte de Sarah, já esperava que fosse um assassinato. Quantas mulheres jovens e saudáveis morriam de causas naturais dentro de casa?

E ela também não acreditava que fosse suicídio. Não sem um bilhete de despedida. Só havia uma conclusão lógica. O assassino havia atacado novamente.

Tanika sentiu uma fúria silenciosa crescer dentro de si. Não apenas contra o assassino, mas também contra o inspetor Hoskins. Ela sabia, com cada fibra do seu ser, que se ele tivesse tratado a morte de sir Peter como um homicídio desde o início, essa segunda fatalidade poderia ter sido evitada.

Naquele momento, Tanika fez um juramento para si mesma. Faria tudo ao seu alcance para levar o caso até a condenação do assassino. Mesmo que isso significasse destruir sua própria carreira no processo.

À distância, Tanika ouviu o lamento de uma sirene se aproximando.

Capítulo 34

Assim que o inspetor-chefe Hoskins e sua equipe chegaram à casa de Sarah, as coisas começaram a se desenrolar rapidamente — embora Tanika tenha ouvido a maior parte do que aconteceu por terceiros, e só no fim do dia. Isso porque, assim que chegou, o inspetor a agradeceu por ter sido a primeira investigadora na cena do crime e, em seguida, mandou-a de volta para a delegacia para começar a registrar as evidências conforme fossem chegando.

Já passava da uma da manhã quando Tanika finalmente foi liberada para ir embora. Ela sabia que seu marido e sua filha estariam aquecidos em suas camas, dormindo profundamente — e mal podia esperar para voltar para casa —, ainda assim, permaneceu sentada à sua mesa, cansada demais para se levantar da cadeira.

Mas não era só cansaço. Era culpa.

Ela sabia que, se tivessem tomado decisões diferentes, havia uma grande chance de Sarah ainda estar viva.

Tanika se despediu dos policiais que trabalhariam durante a madrugada e desceu a escada em direção à saída principal. Mas, ao chegar ao térreo, em vez de seguir pelo saguão da recepção, empurrou a porta de emergência e saiu pelos fundos do prédio.

O ar gelado a envolveu imediatamente, mas Tanika se sentiu revigorada ao olhar para o céu limpo e estrelado — e ao se lembrar de que, exatamente naquele mesmo lugar, no ano anterior, havia feito uma ligação muito importante para Judith Potts.

Ela sabia o que precisava fazer. Pegou o telefone e discou um número.

A pessoa do outro lado da linha não atendeu de imediato. Justo quando Tanika estava prestes a desligar, uma voz rouca, que parecia ser de um homem, resmungou:

— Alô?

Tanika sentiu um sorriso se formar em seu rosto.

— Judith, sou eu. Tanika.

— Meu Deus, espera um pouco — pediu a voz, seguida de um breve silêncio. Tanika imaginou que Judith estivesse tomando um gole de água para aliviar a rouquidão. Ela estava meio certa, Judith de fato tomou um gole para soltar a voz, mas o que estava no copo em sua mesa de cabeceira não era exatamente água. — Agora, sim — disse Judith com a voz bem mais clara. — Você está bem?

— Estou.

— E Becks e Suzie?

— Não se preocupe, está todo mundo bem. Só queria te atualizar sobre o caso de Sarah Fitzherbert.

— Sou toda ouvidos — disse Judith, sem hesitar.

— Você vai gostar de saber que, após a morte dela, o inspetor Hoskins trouxe Tristram Bailey para interrogatório. Ele está detido, aguardando uma possível acusação.

— Você acha que ele a matou?

— Sarah foi envenenada com cianeto. Encontramos resíduos do veneno no copo do qual ela bebeu antes de morrer.

— É o veneno desaparecido!

— Foi exatamente o que eu disse para o inspetor Hoskins. E, para ser justa, ele está me ouvindo.

— Ele acha que as duas mortes estão ligadas?

— Finalmente.

— E a garrafa de onde veio o cianeto? Conseguiram encontrá-la?

— Ainda não, mas temos um oficial vasculhando a casa de lady Bailey e o carro de Tristram também.

— Lady Bailey não vai gostar nada disso.

— Acredito que ela já deixou bem claro o que pensa.

— E Tristram? Já confessou?

— Ainda não. Ele nega qualquer envolvimento na morte dela.

— Como ele está se comportando?

— Não estive na sala de interrogatório com ele, mas assisti à gravação. Para ser sincera, ele está agindo como alguém que acabou de descobrir que a namorada morreu. Está em choque, sem conseguir formular frases coerentes. Um verdadeiro desastre.

— A menos que seja tudo teatro, é claro. Ele é um ator, afinal.

— Seja como for, as provas físicas são bem incriminadoras. As impressões digitais dele estão por toda parte no copo do qual Sarah bebeu antes de morrer. Assim como as dela, obviamente.

— Isso é uma ótima notícia. Então, o que você acha que aconteceu?

— Se perguntar ao inspetor Hoskins, o assassinato de Sarah não faz o menor sentido. Principalmente agora que sabemos que ela era namorada de Tristram.

— Mas essa não é a sua opinião, certo?

— Não. Acho que é possível imaginar que Sarah esteve envolvida no assassinato de sir Peter.

— Sim, era exatamente o que estávamos pensando. Ela estava desesperada para se casar com Tristram, deixou isso bem claro quando conversamos com ela. Teria feito qualquer coisa por ele.

— Até cometer um assassinato?

— Muito possivelmente. Havia muito em jogo. Bastaria Tristram contar para ela que eles se casariam assim que o pai estivesse fora do caminho. E lembro que lady Bailey nos disse que as cortinas do escritório estavam fechadas antes da morte de sir Peter. Então, e se elas foram fechadas porque Sarah já estava lá dentro, escondida, e não queria ser vista por ninguém do lado de fora? Depois, enquanto o namorado criava um álibi bem público no jardim, ela esperou até sir Peter entrar e então empurrou o armário sobre ele.

— Como ela o fez entrar no escritório?

— Talvez apenas o tenha chamado. As únicas outras pessoas na casa eram Jenny e Rosanna, e ambas estavam no andar de cima. Não teriam ouvido nada.

— Então você está dizendo que Sarah fez sir Peter ficar parado em frente ao armário?

— Isso não teria sido difícil. "Ah, sir Peter, estou tentando pegar um objeto na prateleira alta. Você pode me ajudar?" E então, enquanto ele está ali, ela simplesmente empurra o armário sobre ele. Supondo que tivesse força suficiente para derrubá-lo.

— Mas tem algo que não faz sentido para mim — disse Tanika. — Se estamos ligando isso de volta à morte de Sir Peter…

— Ao assassinato de sir Peter — corrigiu Judith.

— Claro, desculpe. O assassinato. Tudo está ligado ao casamento, não está? Não pode ser coincidência que ele tenha morrido um dia antes de se casar.

— Concordo. A menos que tenha sido feito como uma grande distração, é claro. Afinal, correlação não é causalidade. Talvez o assassino o tenha matado na véspera do casamento justamente porque sabia que o momento nos faria pensar que a morte de sir Peter estava ligada ao casamento, quando na verdade não tinha nada a ver.

— É possível — disse Tanika, embora não parecesse muito convencida. — Ainda assim, considerando o momento, é muito mais simples presumir que o assassinato teve a ver com o casamento. E é isso que eu não entendo: por que tornar tudo tão elaborado?

— Continue — disse Judith.

— Se alguém quisesse matar sir Peter, poderia simplesmente sufocá-lo com um travesseiro enquanto ele dormia.

— Talvez. Mas teria que se passar por Jenny.

— Certo. Então, que tal esperar até que Jenny saísse um dia e simplesmente atirar nele, fazendo parecer um assalto que deu errado? Por que todo esse esforço para matá-lo dentro de um cômodo trancado, durante uma festa, na véspera do casamento?

— Vamos pensar nisso. Jenny está descartada porque se encontrava no andar de cima quando sir Peter foi morto. Todos nós a vimos. E Rosanna estava no mesmo quarto, então também não pode ser a assassina, mesmo que estivesse escondida no guarda-roupa.

— Certo.

— Agora, se considerarmos outras pessoas que poderiam se beneficiar da morte de sir Peter… Tristram estava do lado de fora, bem na nossa frente, e só entrou na casa quando todos nós entramos. Quanto a lady Bailey, Becks falou com o major Tom Lewis, que estava passando de barco no momento do crime. Ele jura que lady Bailey apareceu no caminho às margens do Tâmisa poucos segundos após o estrondo e que ele teria visto qualquer pessoa saindo da casa e cruzando o jardim lateral. Então, ela também está descartada.

Tanika franziu a testa.

— Então... e Chris Shepherd?

— Depois que você foi até a casa de Sarah, eu dei uma voltinha de bicicleta por Marlow. Minha primeira parada foi na oficina Platts, onde conversei com um mecânico simpático que confirmou que passou toda aquela sexta-feira à tarde com Chris, consertando a caminhonete dele.

— E?

— Ele também disse que a caminhonete foi uma péssima compra, o que foi, no mínimo, gratificante de ouvir. Mas o mais importante é que há dezenas de pessoas na empresa que podem jurar que Chris nunca saiu de lá naquela tarde. Ele não pode ser o assassino, assim como os outros também não podem.

— Certo.

— Também dei uma passadinha para ver a adorável dona do salão Divas and Dudes.

— Por quê?

— Para checar o álibi de Kat Husselbee, por precaução. Caso, por algum motivo, ela estivesse no escritório matando sir Peter, fosse por Rosanna ou por alguma outra razão que ainda não descobrimos. Mas a dona do salão disse que, na tarde em que sir Peter morreu, entre as duas e as cinco da tarde, ela estava cortando e tingindo o cabelo de Kat.

Tanika cruzou os braços, absorvendo a informação.

— Então, isso significa...

— Significa que todos que poderiam querer sir Peter morto têm um álibi confirmado para o horário do assassinato. Todos estão limpos.

— Todos, exceto Sarah Fitzherbert.

— Mas você me disse que ela estava no The Bounty naquela hora.

— Ela nos disse isso. Mas eu não acho que estava. Suzie levou os cachorros até lá esta tarde e nenhum funcionário se lembra de ter visto Sarah às três da tarde no dia em que sir Peter foi morto.

— Então ela mentiu para vocês?

— Parece que sim. Ainda falta uma pessoa que estava trabalhando naquele dia, mas que não estava lá para conversar com Suzie hoje. Porém, presumindo que essa pessoa também não a tenha visto, significa que ninguém no The Bounty pode confirmar que Sarah esteve lá no momento da morte de sir Peter. E isso é surpreendente, não é? Você pensaria que alguém se lembraria de tê-la visto.

— Mas ninguém se lembra, porque ela estava no escritório cometendo o assassinato — disse Tanika, testando a teoria. — Você é incrível, Judith. Porque agora tudo faz sentido, não é?

— Faz.

— Sarah matou sir Peter para poder se casar com Tristram e herdar o título, a casa e todo o dinheiro. Mas Tristram só estava usando ela. E, depois que Sarah fez o que ele queria, ele a matou para garantir que ela nunca revelasse o papel dele na morte do próprio pai.

— Na verdade, isso se encaixa com o que Chris Shepherd nos disse.

— O quê?

— Chris comentou que Tristram jamais teria coragem de empurrar um armário. Mas eu consigo imaginar alguém como Sarah fazendo isso.

— Sim.

— Então — continuou Judith —, como o próprio Chris disse, Tristram fez o que sempre faz: foi covarde e usou cianeto para matar Sarah.

— Vou enviar um oficial ao The Bounty amanhã para interrogar esse último funcionário. Precisamos confirmar se ele viu Sarah Fitzherbert no pub quando sir Peter morreu.

— Boa ideia — disse Judith.

Ela agradeceu Tanika pela atualização e desligou. Mas, apesar da forte possibilidade de Tristram estar prestes a ser preso, algo ainda não parecia certo. Havia muitas pontas soltas nesse caso — principalmente a maior de todas: se Sarah realmente fosse a assassina, como ela teria saído de um cômodo trancado por dentro?

Judith sabia que não conseguiria dormir agora.

Ela jogou as cobertas para o lado, pegou o roupão e desceu as escadas até o cômodo onde mantinha seu Quadro de Investigações.

Olhando para ele, soube que precisava ser atualizado. E todas as novas informações precisavam ser cruzadas com o que já sabiam.

Seria uma longa noite.

Capítulo 35

Pela manhã, Judith havia atualizado todas as suas fichas de anotações e espalhado ainda mais fios de lã e alfinetes pelo quadro, tentando conectar as peças do quebra-cabeça. Mas, apesar de todo o esforço, ainda não tinha conseguido provar com certeza quem havia matado sir Peter, nem como o assassinato subsequente de Sarah se encaixava naquilo tudo. Era tentador presumir que Sarah havia sido a primeira assassina, e Tristram, o segundo. Mas por que Tristram teria sido tão estúpido a ponto de deixar suas impressões digitais no copo de onde Sarah bebeu? A menos que tenha sido um erro?

Judith ouviu o barulho da caixa de correio.

Colocando momentaneamente todas as suas preocupações com o caso de lado, atravessou a sala até a porta da frente e ficou animada ao ver um exemplar do *Marlow Free Press* repousando sobre o piso de parquet. Pegando o jornal, voltou para sua mesa de anotações e o abriu diretamente na página de passatempos, antes mesmo de se sentar. Pegou um de seus lápis e começou a resolver as pistas que lhe dariam as respostas nos quatro cantos do tabuleiro de palavras cruzadas.

1 Horizontal: *Um beijo mais três pode ser azarado. (5 letras)*

A primeira pista pareceu momentaneamente indecifrável para Judith, embora ela soubesse que "um beijo" muitas vezes representava a letra X, já que as pessoas costumavam assinar cartas com um "x" para simbolizar um beijo e "o" para abraços. No entanto, "X mais três" a fez pensar se o X não seria, na verdade, o número romano para dez. Foi então que encontrou a solução. Afinal, X (dez) + três = TREZE, um número conhecido por trazer azar.

Animada por ter acertado a primeira resposta, Judith olhou para 3 Horizontal e percebeu, pelo ponto de exclamação no final da pista, que se tratava de uma charada divertida:

Exatamente como aquele soldado que faz barris?! (11)

Era comum que os criadores de palavras cruzadas sinalizassem uma quebra das convenções — geralmente para um trocadilho — com um ponto de interrogação ou exclamação, ou até os dois juntos, como era o caso ali.

Judith sabia que qualquer bom criador de palavras cruzadas saberia que o termo correto para alguém que fabrica barris na Inglaterra é Cooper. E que, desde a Primeira Guerra Mundial, os soldados britânicos eram chamados pelo apelido de Tommy. Um sorriso surgiu em seu rosto ao perceber que a resposta era TOMMY COOPER, o comediante cujo bordão ao fazer truques de mágica era "Exatamente isso!".

Próxima pista.

Ela soube a resposta assim que leu a terceira pista.

17 Vertical: *Separa o agora e o depois, medindo o instante em dois. (4)*

Como uma criadora de palavras cruzadas experiente, ela não precisou pensar muito para identificar a palavra HORA como a resposta para aquela charada.

Agora, a última pista!

23 Horizontal: *Até amanhã, a líder das horas ousadas jamais espera. (4)*

A frase "líder das" sugeria que deveria pegar a primeira letra de cada palavra seguinte. E logo percebeu que, pegando as iniciais de Horas Ousadas Jamais Esperam, tinha HOJE, que de fato significava não esperar até amanhã. Agora ela tinha as quatro respostas:

TREZE, HORA, HOJE, TOMMY COOPER.

O que elas significavam?

Treze, hora e *hoje* era fácil de interpretar: sugeria um encontro às treze horas de hoje, no dia da publicação do jornal.

Mas *Tommy Cooper*?

Pensando de forma lógica, Judith percebeu que sempre era a palavra no canto do tabuleiro que fazia parte da mensagem.

O que sugeria que "Tommy" não importava — apenas "Cooper" tinha relevância. Havia uma cafeteria chamada Coopers no parque industrial, não havia? Um arrepio de animação percorreu Judith ao perceber que o misterioso criador do jogo de palavras cruzadas estaria na cafeteria Coopers às treze horas.

E, desta vez, ela não deixaria a oportunidade escapar.

Mas, primeiro, ainda precisava capturar um assassino — ou dois. E já sabia exatamente como faria isso.

—

— Trouxe um bolo de cenoura — informou Becks ao entrar no quartel-general de Judith. — E um pote extra de cobertura. Nunca vem cobertura suficiente.

— Que maravilha, obrigada! — exclamou Judith, conduzindo Becks até uma mesinha já arrumada, onde Suzie a esperava com um bule de chá, xícaras, pires e pratinhos.

— Sabia que você traria algo — acrescentou Judith. — Já deixei os pratos prontos.

— Não posso demorar muito — disse Suzie. — Preciso ir para a rádio em breve.

— E o Rotary Club vai realizar um almoço com caldo e pão no Elgin Halls ao meio-dia — disse Becks. — Vou lá para dar uma ajudinha.

— Claro — respondeu Judith. — Por coincidência, também tenho um compromisso às treze horas. Mas, até lá, pensei que seria útil revisarmos tudo o que já descobrimos.

— Tudo? — perguntou Suzie, conferindo o relógio.

— O que der tempo. Agora que temos um segundo assassinato, precisamos revisar os fatos e ver se ainda fazem sentido.

— Mas nós já sabemos quem são os assassinos. Sarah matou sir Peter, e depois Tristram matou Sarah.

— Não sei — disse Judith. — Ainda acho interessante que ninguém tenha mencionado o nome de Sarah antes de descobrirmos sua existência. Nem sir Peter quando me ligou, nem ninguém depois.

— Eles não achavam que ela estava envolvida — argumentou Suzie. — Por que deveriam mencioná-la?

— Porque passamos o tempo todo insistindo que Tristram devia ser o assassino. Até o testamento de sir Peter o nomeava como responsável pela sua morte. Então, por que ninguém sugeriu que, já que Tristram tinha um álibi perfeito, ele poderia ter manipulado a namorada para matar por ele?

— Ah, agora entendi o que você quer dizer — disse Becks, levando seu pratinho de bolo de cenoura até o quadro de evidências. Ela apontou para uma foto de uma lata de azeite de oliva, que Judith havia baixado da internet. — E tem outra coisa que me ocorreu. Alguém que trabalha com cozinha, como Sarah, poderia ter pensado em usar azeite para lubrificar dobradiças rangentes e evitar que fizessem barulho.

— Bem observado — concordou Suzie.

— Olha — disse Judith —, por que não analisamos cada suspeito, um por um, e tentamos construir um caso para como cada um poderia ser o assassino?

Suzie e Becks concordaram com o plano.

No entanto, cada vez que consideravam um dos nomes no quadro, rapidamente percebiam que aquela pessoa tinha um álibi concreto.

E o mais frustrante de tudo: em nenhum momento conseguiram nem sequer imaginar como qualquer um dos suspeitos poderia ter desaparecido da sala trancada depois do assassinato.

O fato era que a única suspeita que poderia ter estado no escritório quando sir Peter morreu era Sarah Fitzherbert, já que ninguém no pub The Bounty conseguia se lembrar de tê-la visto no momento da morte.

— Embora ainda estejamos esperando notícias do último funcionário — contou Judith, pegando o telefone e discando um número. — Ah, Tanika! — disse quando a ligação foi atendida. — Só queria saber se já conseguiram confirmar o álibi de Sarah Fitzherbert.

Judith escutou em silêncio a resposta do outro lado da linha.

— Ah — disse ela, com um tom de surpresa. — Entendi. Bem, obrigada por me avisar. Sim, nos falamos mais tarde.

Ela desligou.

— O que ela disse? — perguntou Suzie.

— Tanika conseguiu convencer o chefe a enviar um policial ao The Bounty esta manhã. Ele conseguiu falar com o último funcionário que ainda não havia sido interrogado. E essa pessoa deu um depoimento confirmando que, no exato momento em que sir Peter faleceu, ele estava conversando com Sarah Fitzherbert no pub.

— O quê?! — exclamou Suzie, horrorizada.

— Foi exatamente como Sarah nos contou. Ela estava no pub, perguntando se podia usar o banheiro.

— Mas essa pessoa tem certeza do horário? — perguntou Becks.

— Pelo que Tanika disse, sim. Ele estudou alguns anos abaixo de Sarah na Great Marlow e a reconheceu, mas não conseguia se lembrar do nome dela. Então, depois que conversaram, ele fez uma pesquisa no Google até descobrir quem ela era. Ele mostrou o histórico de navegação ao policial. As pesquisas começaram às três e três da tarde. E não há como Sarah estar no The Bounty às três e três, depois de ter matado sir Peter no escritório poucos minutos antes.

— Mas isso é péssimo! — exclamou Suzie. — Isso significa que todo mundo tem um álibi!

Ela começou a contar nos dedos:

— Jenny estava no andar de cima, no quarto, quando sir Peter foi morto. E Rosanna também. Lady Bailey foi vista saindo de um arbusto bem em frente ao major Lewis, às margens do Tâmisa. Chris Shepherd estava na oficina Platts arrumando o carro. Kat Husselbee estava no Divas and Dudes cortando o cabelo.

Ela respirou fundo, atônita.

— E Sarah Fitzherbert estava a dois quilômetros de distância, usando o banheiro!

Suzie olhou para as amigas.

— Todos tinham motivos para querer sir Peter morto, mas nenhum deles poderia estar no escritório para empurrar o armário sobre ele.

— Um deles estava — disse Judith, convicta. — Só precisamos descobrir quem.

Ela olhou para o quadro de evidências.

— A menos, é claro, que haja alguém mais por aí que poderia ter cometido o assassinato.

— Como quem?

Judith hesitou.

— Eu realmente não consigo imaginar mais ninguém que tenha se beneficiado com a morte de sir Peter.

As três trocaram olhares, sabendo que o caso estava escapando por entre seus dedos. Afinal, como alguém poderia ter matado sir Peter sem nem sequer estar na sala?

— Vamos revisar as provas físicas — sugeriu Judith. — Talvez isso nos ajude a descobrir quem é o assassino... ou como ele fez isso.

Mas essa nova abordagem também não levou a lugar algum.

Discutiram sobre a lata de azeite, as pegadas no canteiro de flores e o testamento rasgado no monte de compostagem. Nada disso parecia oferecer um novo insight ou levar o caso adiante.

— Só para sermos meticulosas... — disse Becks. — E aquele frasco de vidro que encontramos no chão do escritório?

— Isso — concordou Judith. — Tinha algo suspeito, não tinha?

— Principalmente considerando como eu provei que ele era frágil — disse Suzie, orgulhosa.

— Espatifando-o no chão — completou Becks, sorrindo.

— Como eu disse, fui eu quem provou o quão frágil ele era. Mas tem algo que quero saber — disse Suzie, mudando de assunto. — O que fez você querer procurar impressões digitais nesse frasco, Judith?

— Eu não sei — admitiu Judith. — Simplesmente parecia a coisa certa a se fazer. Era um possível elemento de prova. E tenho certeza de que nem teria me dado ao trabalho se não fosse aquele feixe forte de luz do sol entrando pela janela.

— Ah, sim, estava bem iluminado — comentou Becks.

— Exato. A luz do sol realmente realçou o vidro. E foi aí que percebi rapidamente que não havia nenhuma marca de impressão digital nele. Nenhuma mancha. Ele brilhava no sol.

Judith ficou subitamente imóvel.

— Meu Deus!

Ela puxou do quadro de evidências a foto impressa do frasco de vidro de laboratório.

— Nós verificamos esse frasco em busca de impressões digitais de manhã, certo?

— Sim? — disse Suzie.

— Que horas? — inquiriu Judith, os olhos brilhando de empolgação.

— Por volta das dez e meia — respondeu Becks. — Ou um pouco antes.

— Não poderia ter sido muito mais tarde — concordou Suzie. — Eu tinha que estar na Marlow FM às onze.

Judith ficou boquiaberta.

Mas isso é impossível.

— O quê?

O alarme no celular de Suzie tocou, e ela o silenciou rapidamente.

— Falando nisso, preciso correr. Tenho que ir para a rádio.

— Claro, claro — respondeu Judith. — Não quero te atrasar.

— Mas você acabou de fazer uma descoberta!

— Não sei se chamaria de descoberta — disse Judith, sem muita convicção. Mas ela sabia. Sabia que havia encontrado algo incrível. Só não fazia ideia ainda do que aquilo significava.

Quando Becks mencionou que também precisava sair, Judith percebeu que deveria fazer o que sempre fazia quando se via diante de um problema difícil.

— Um bom mergulho vai me ajudar a organizar os pensamentos — disse às amigas enquanto elas saíam. — Mas podem me encontrar na Mansão Branca esta tarde, um pouco antes das três?

— Por que exatamente às três? — perguntou Becks, desconfiada.

— Não às três, mas um pouco antes. Talvez às duas e cinquenta e cinco. Isso deve bastar.

Judith fez uma pausa e sorriu.

— Porque, se eu estiver certa, esta tarde vamos finalmente descobrir quem é o assassino.

Capítulo 36

O mergulho de Judith no rio a revigorou. Embora ainda não pudesse provar quem era o assassino, agora havia um aspecto crítico do caso que ela enxergava com perfeita clareza — supondo que os resultados de seu experimento às três da tarde fossem como esperado.

Até lá, ela tinha a oportunidade perfeita para ir até a cafeteria Coopers e finalmente descobrir o que havia por trás das mensagens secretas que vinha decifrando no jornal. E enquanto estivesse lá, poderia continuar trabalhando no caso. Definitivamente, aquele estava se tornando um dia memorável, pensou.

A Coopers ficava no parque industrial, perto da casa de Suzie, dentro de um prédio de tijolos vermelhos, no meio de uma sequência de unidades comerciais sem graça. Por dentro, porém, havia sido transformado em um local moderno, com sofás confortáveis próximos à entrada, enquanto o resto do espaço era preenchido por mesas e cadeiras de metal. Lâmpadas industriais de baixa potência pendiam do teto, criando um ambiente aconchegante. Como de costume, o cachorro do dono — um labrador preto — dormia esparramado em um dos sofás. O restante da cafeteria estava cheia de uma mistura de trabalhadores, estudantes, caminhantes e jovens pais, todos em busca de uma dose de cafeína para enfrentar o dia.

Judith avistou uma mesa no canto e se sentou. Quando o garçom veio anotar seu pedido, ela pediu um chá de hortelã. Mas, considerando que o café da Coopers era o melhor de Marlow, parecia um desperdício não tomar um.

— Na verdade, mudei de ideia. Vou querer um latte bem cremoso, com leite integral. Ah, e talvez um dos sanduíches de linguiça.

Ela não estava com fome de verdade, mas precisava fazer um pedido grande o suficiente para justificar ficar ali até a uma. E uma fatia daquele *millionaire's shortcake* que viu no balcão quando entrou ajudaria ainda mais a reforçar sua história.

Judith tentava observar as pessoas na cafeteria, mas sua mente não parava de saltar entre as peças do caso, como uma bola de pinball. Entretanto, nada seria confirmado antes das três da tarde. Precisava ser paciente. E, acima de tudo, não podia se distrair e acabar perdendo "Higginson".

Ela se forçou a olhar ao redor. À medida que o relógio se aproximava das treze horas, sentia a expectativa aumentar. Seria um traficante, como Suzie suspeitava? Ou alguém envolvido em contrabando de algo secreto? Ou — e essa era sua principal aposta — alguém tendo um caso extraconjugal?

Judith analisou especialmente as três pessoas que estavam sentadas sozinhas: uma estudante com fones de ouvido, digitando no notebook; um homem de uns cinquenta anos almoçando com um golden retriever deitado a seus pés; uma mulher de sessenta anos, vestida para uma caminhada de inverno, mas que lia um livro antigo enquanto uma xícara de café esfriava à sua frente. A terceira mulher chamou sua atenção.

Judith teve a intuição de que a mulher lendo o livro era a pessoa que deixara as pistas. Havia algo nela que transmitia a sensação de espera.

Foi então que o senhor que Judith havia visto pela última vez no banco da praça de skate entrou arrastando os pés, com seu chapéu de tweed na cabeça, o grosso cachecol enrolado no pescoço e as mãos escondidas dentro de luvas de couro de bezerro.

Judith ficou atônita. A aparição do velho não podia ser uma coincidência, mas seria ele realmente Higginson, a pessoa por trás das mensagens secretas?

Ela observou o homem ir até o balcão e pedir uma xícara de chá. Então, ele levou a bebida para uma mesa discreta num canto sossegado. Era a hora de agir. Mas, antes, ela só queria terminar seu sanduíche. Engoliu o último pedaço às pressas e, ainda mastigando, cruzou a cafeteria para finalmente confrontar seu nêmesis.

— Sr. Higginson, presumo? — disse ela, sentando-se à mesa sem esperar convite.

Agora que estava mais perto, Judith notou que o homem devia estar na casa dos oitenta e tantos anos, tinha cabelos ralos e brancos, e olhos de um azul impressionante. Deve ter sido um homem bonito em sua juventude, pensou.

— Quem é você? — gaguejou ele.

— Ah, o senhor me fez dançar um belo balé atrás dessas pistas.

— Me desculpe, mas eu realmente não sei do que você está falando.

— Não vai se livrar de mim tão fácil. O senhor é Higginson, o criador das palavras cruzadas do *Marlow Free Press*, não é? Eu te vi na Praça de Skate na semana passada. Exatamente no horário que as respostas nos quatro cantos do tabuleiro indicavam que alguém estaria lá. Depois, vi você se encontrar com uma senhora naquele banco. E se eu não estiver muito enganada, está prestes a encontrar a mesma mulher hoje. Ou talvez uma outra mulher, eu não gostaria de presumir.

Enquanto Judith falava, viu a mesma senhora da Praça de Skate entrar no café, ir até o balcão e conversar com o garçom.

— Não, eu estava certa na primeira hipótese. A mesma mulher. Agora, não quero julgar, serei a primeira a admitir que isso não é da minha conta, mas você não pode deixar um rastro de migalhas assim e não esperar que eu o siga. E se você não vai dizer nada, isso me leva a presumir que a mulher que está prestes a vir até aqui, como tanto você quanto eu sabemos que virá, é alguém com quem você tem um envolvimento romântico. O que, e eu realmente não posso enfatizar isso o suficiente, não é da minha conta, mas é por isso que vocês têm que se encontrar em segredo, não é? Imagino que você não possa deixar sua esposa saber.

Quando a mulher começou a se aproximar com sua xícara e seu pires de chá, o homem finalmente encontrou um pouco de confiança.

— Você acertou em uma coisa — disse ele, sorrindo pela primeira vez. — Tenho um envolvimento romântico com ela, mas minha esposa não se importa.

— Há! Isso é o que todo homem diz.

— É sério. Ela não se importa.

A mulher, que agora caminhava com sua xícara e seu pires de chá, diminuiu o passo ao notar Judith na mesa. Agora que estava mais perto, Judith pôde perceber que ela também tinha cerca de oitenta anos, um corte de cabelo elegante e uma aura de inteligência — como uma das professoras da Universidade de Oxford que a ensinaram no passado, pensou.

— Olá — disse a mulher, sem demonstrar nem um pingo de surpresa ou desconforto com a presença de Judith.

— Olá — respondeu Judith, desconfiada.

— Receio que fomos descobertos — disse o homem para a mulher.

A mulher sorriu.

— Ah, bem. Esse sempre foi o risco, não é? — Ela puxou uma cadeira. — Posso me juntar a vocês?

— Claro — disse Judith, agora completamente fora de sua zona de conforto. O que raios estava acontecendo?

A mulher colocou o chá em cima da mesa, puxou uma cadeira de uma mesa próxima e se sentou.

— Olá, querido — disse ela ao homem, com um sorriso caloroso.

— Olá, querida — respondeu ele, retribuindo o sorriso. Então, ambos voltaram seus olhares para Judith.

— Por que vocês organizam encontros secretos, mas sou eu quem está se sentindo culpada aqui? — perguntou Judith, cruzando os braços.

O homem sorriu.

— Acho que devo me sentir lisonjeado. Pelo menos você faz as palavras cruzadas toda semana.

— É claro que faço. Eu sou "Pepper".

— Como é?

— Eu também crio palavras cruzadas. Meu pseudônimo é "Pepper".

Os olhos do homem se iluminaram.

— Você é Pepper?!

— É um trocadilho com meu sobrenome. Sou Judith Potts. "Pepper Pot".

— Seu estilo é maravilhoso!

— Muito gentil da sua parte dizer isso. E eu também aprecio muito o seu trabalho.

A mulher olhou para Judith, curiosa.

— Então você realmente resolveu o enigma?

— Não foi difícil. Mas, por favor, me tire da minha agonia... O que exatamente eu descobri? Para que todo esse mistério?

O homem segurou a mão da mulher e olhou nos olhos dela.

— Ela acha que estamos tendo um caso.

A mulher soltou uma risada encantada.

— Mas que maravilhoso!

— Vocês não estão? — questionou Judith, confusa.

— Ah, não! — negou o homem, balançando a cabeça.

— Mas eu não entendo. O senhor disse que estavam romanticamente envolvidos!

— E estamos — respondeu a mulher, com um sorriso. — Veja bem, nós somos casados.

Judith ficou boquiaberta. Essa era a última coisa que ela esperava ouvir.

— São? Então por que todo esse sigilo?

— Porque é excitante! — disse o homem, com um brilho travesso nos olhos.

— E algo para se esperar ansiosamente toda semana — completou a mulher. — Eu faço pilates toda quinta-feira de manhã, depois pego o jornal e resolvo as palavras cruzadas. Quando termino, vejo a mensagem secreta… que só eu sei procurar. E então nos encontramos como se estivéssemos tendo um caso. Isso adiciona uma faísca ao nosso dia a dia.

De repente, um estrondo interrompeu a conversa.

Um dos garçons tropeçou, derrubando uma bandeja cheia de copos no chão. O café inteiro se calou, surpreso com o barulho. O garçom pediu desculpas às mesas próximas, e, aos poucos, as conversas recomeçaram — embora um certo clima de inquietação permanecesse no ar.

Judith voltou sua atenção para o casal à sua frente.

— Vocês fingem que não se conhecem?

— Não exatamente — respondeu a mulher. — Mas nos conhecemos ainda adolescentes, e nosso namoro foi muito emocionante. Escondendo-nos dos nossos pais, dos professores… Isso é só uma forma de reviver essa emoção. Mesmo agora, tão…

— Velhos? — completou o homem, sorrindo.

— O que acontece se um amigo perceber? Ou tirar conclusões erradas, como eu fiz?

— Ah, isso faz parte da diversão — disse a mulher. — O perigo. Não que seja um perigo de verdade, claro. Só estamos nos divertindo.

Judith adorou a história do casal. Mas, ao mesmo tempo, algo na conversa lhe acendeu um alerta. Era algo relacionado ao assassinato de sir

Peter, ou talvez de Sarah... Ela não tinha certeza, mas sentia que as placas tectônicas do caso haviam acabado de se mover.

— Acho que essa é a história mais adorável que já ouvi — disse, abrindo um sorriso.

— Muito obrigada — respondeu a mulher.

— E prometo que não atrapalharei mais os encontros românticos de vocês. Mas saibam que continuarei resolvendo as palavras cruzadas toda semana. E sempre que eu ver onde será o próximo encontro, sorrirei em segredo.

— Acho que vamos parar com isso — comentou o homem. — Agora que fomos pegos no flagra.

— Sim, acho que sim — concordou a mulher. — A graça estava justamente no segredo.

— Então só me resta pedir desculpas por ser a estraga-prazeres — disse Judith, embora percebesse que o casal não parecia tão incomodado.

— Ah, não se preocupe — falou a mulher, pousando a mão sobre a do marido. — Vamos encontrar outra forma de passar o tempo.

— Disso, eu não tenho dúvida.

Judith agradeceu o casal mais uma vez e saiu da cafeteria. Mas tudo o que conseguia pensar era: qual foi a conexão que sua mente acabara de fazer?

Capítulo 37

Quando Judith chegou à Mansão Branca pouco antes das três da tarde, sentia-se profundamente frustrada. Continuava revivendo a conversa que teve na cafeteria Coopers em sua mente e tentando se lembrar de cada detalhe de sua visita, mas não conseguia acessar seu subconsciente. O que quer que tenha passado por sua cabeça permanecia fora de seu alcance, e isso a estava deixando louca.

Ela mal percebeu Suzie e Becks chegando na van de Suzie.

— Tudo bem aí, Judith? — perguntou Suzie ao se aproximarem.

— Ah, claro — respondeu Judith, voltando a focar as amigas com um sorriso. — Estava apenas pensando no caso.

— Ou nos casos, no plural — disse Suzie.

— De fato.

— Falei com Jenny — contou Becks. — Ela tem uma consulta médica esta tarde, mas deixou a chave de casa debaixo de um vaso de flores, caso precisemos entrar.

— Bom saber — disse Judith. — Vamos ver o que encontramos.

Judith seguiu em direção ao jardim ao lado da casa, onde ficava o escritório de sir Peter. As outras duas mulheres trocaram um olhar e a seguiram.

— O que estamos procurando? — perguntou Becks ao alcançá-la.

— Vamos saber quando virmos — disse Judith. — Ou, colocando de outra forma, não veremos quando não virmos. Presumindo que estou certa; o que, devo dizer, acho que estou.

— Você não está fazendo muito sentido — comentou Suzie

— Desculpe, estou animada. Temos que estar lá exatamente às três.

Judith não foi até a janela do escritório, mas atravessou o gramado em direção aos arbustos próximos à cerca de loureiros, onde lady Bailey dissera que esteve no momento do assassinato.

— O que estamos fazendo? — perguntou Becks; mas era tarde demais, Judith já avançava pelos arbustos, determinada.

Becks olhou para Suzie e percebeu que não tinham escolha a não ser segui-la. Ao atravessarem a densa folhagem, encontraram Judith checando o relógio.

— Certo, como todas sabemos, sir Peter foi morto logo após o sino da igreja tocar três vezes, o que deve acontecer agora.

— Por que precisamos ficar onde a lady Bailey estava? — perguntou Becks.

— Onde ela disse que estava — corrigiu Judith.

Todas ouviram o sino da igreja All Saints soar, seguido logo depois por mais duas badaladas.

— O armário tombou mais ou menos agora, crash! — disse Judith. — E todos nós que estávamos no jardim começamos a correr para a casa.

— Mas sabemos que lady Bailey não pode ser a assassina — lembrou Becks. — Falei com o major Lewis. Ele não mentiria para mim.

— Isso é *muito* interessante — disse Judith, com os olhos fixos na casa. — Eu estava certa. Mas o que isso significa?

— O que significa o quê? — perguntou Suzie.

— O que lady Bailey nos contou não era verdade — disse Judith, mas suas amigas perceberam que ela estava apenas dizendo as palavras em voz alta para testá-las.

— O que exatamente ela nos disse? — questionou Suzie.

— Shhh! — interrompeu Becks. — Não atrapalhe.

— O que ela nos disse *não pode* ser verdade. Não quando você considera o pote de vidro que encontrou no escritório, Becks. Santo Deus, o pote de vidro. Ele estava vazio, não estava? Será que foi isso que lady Bailey viu? Espere, mas isso não pode estar certo, porque isso significaria que...

Um arrepio percorreu a espinha de Judith quando, em um momento glorioso de revelação, ela percebeu o que havia sido relevante em sua visita à cafeteria Coopers, e todo o caso se encaixou de uma vez.

— Não pode ser — disse ela, mas, mais uma vez, ficou claro para suas amigas que ela estava apenas testando a ideia e descobrindo que, na verdade, fazia todo o sentido. — Ah, isso é *muito* inteligente!

— Você sabe quem é o assassino? — perguntou Suzie, incapaz de se conter.

— Sabem de uma coisa? — disse Judith, ainda atordoada com sua descoberta. — Acho que sim.

— E como mataram sir Peter?

— Ah, sim, disso eu sei muito bem agora.

— E como saíram do quarto trancado depois? — perguntou Becks.

— E por que ele teve que morrer, e então… claro! Por que Sarah teve que morrer em seguida.

— Não, espera — disse Suzie. — Você descobriu tudo isso só de ficar aqui olhando para a casa?

— Não apenas olhando para a casa — disse Judith. — Olhando para a casa às três da tarde.

— Posso adivinhar? — perguntou Becks. — Porque tenho uma teoria.

— Você tem? — disse Judith, encantada.

— Talvez.

— Então por que não disse nada antes? — indagou Suzie, exasperada.

— Porque eu nunca acreditei realmente que ele foi morto no escritório. Sempre pareceu impossível. Mas agora você está dizendo que foi lá que ele foi morto? — perguntou Becks a Judith.

— Ele foi morto no escritório — concordou Judith.

— Então acho que foi Rosanna quem fez isso.

— Que interessante — disse Judith, incentivando a amiga. — Continue.

— Porque esse caso sempre girou em torno de álibis, não é? Toda vez que encontramos alguém que poderia querer sir Peter morto, descobrimos que essa pessoa tem um álibi inquebrável. Mas se uma delas for o assassino, então o álibi não pode ser tão sólido quanto pensamos. E não tenho certeza se o de Rosanna se sustenta. Ela alegou que estava dentro do guarda-roupa, mas será que estava mesmo?

— Ela conseguiu nos dizer que foi Jenny quem entrou no quarto e saiu para a sacada — disse Suzie.

— *Todo mundo* na festa viu Jenny ir para a sacada. Qualquer um poderia ter contado isso a Rosanna depois — respondeu Becks.

— E o botão do casaco que Judith achou no fundo do guarda-roupa?

— Mas foi exatamente nisso que pensei: e se ela colocou o botão lá de propósito, sabendo que nós, ou a polícia, acabaríamos encontrando depois? Assim, ela poderia fingir estar constrangida por ter sido "descoberta" e, então, agir como se estivesse sendo forçada a admitir, com relutância, que estava no guarda-roupa no momento do assassinato. Quando, na verdade, não estava. Ela estava no andar de baixo, no escritório, matando sir Peter.

Becks olhou para Judith, triunfante.

— Essa é uma ótima história — disse Judith. — Mas, sinto muito dizer, é apenas isso: uma história. Rosanna não é nossa assassina. Porque, independentemente de ela estar ou não dentro do guarda-roupa... e eu tendo a acreditar que ela realmente estava lá... como ela conseguiu matar o pai dentro de um cômodo trancado e, de alguma forma, estar do lado de fora quando abrimos a porta depois? Você consegue explicar isso?

Becks franziu a testa.

— Não — negou ela. — Acho que não consigo.

— Mas você consegue? — perguntou Suzie a Judith.

— Acho que precisamos entrar na casa antes que eu possa provar com certeza — disse Judith. — Há algo que precisamos verificar. Você disse que Jenny deixou as chaves para nós?

As mulheres encontraram as chaves que Jenny havia deixado e entraram. Uma vez lá dentro, Judith foi direto para o escritório de sir Peter.

— Certo, se não foi Rosanna, você vai nos dizer quem é o assassino? — perguntou Suzie.

— Assim que eu verificar atrás do armário — respondeu Judith, aproximando-se do móvel, que ainda estava de pé, a cerca de trinta centímetros da parede. Ela deslizou para trás dele.

— Por que você precisa verificar atrás do armário?

Judith saiu de trás do móvel, mas suas amigas perceberam que ela havia passado a mão direita ao longo da parte traseira da madeira, pois agora seus dedos estavam cobertos de poeira e teias de aranha.

Ela esfregou os dedos uns nos outros.

— O que você está procurando? — perguntou Becks.

Judith foi até a lareira.

— Poeira — informou. — Ou melhor, cinzas, na verdade. O martelo de juiz desaparecido! — exclamou, apontando para o pequeno suporte na lareira.

— Que martelo desaparecido? — perguntou Suzie, agora se perguntando se havia perdido completamente o fio da conversa ou se estava ficando louca.

— Esse é um presente que foi dado a um ancestral — explicou Judith, indicando o suporte de bronze na lareira. — Ele deveria segurar um martelo de juiz, mas ele não está mais aqui.

— E isso é importante? — perguntou Becks.

— Acho que é crucialmente importante. E, se eu fosse uma apostadora, e devo confessar que sou bastante, apostaria que o encontraremos nas cinzas da lareira.

— Sério? — disse Becks. — Você vê um martelo faltando em um suporte e prevê que ele está escondido naquela pilha de cinzas?

— Bem, há um jeito de descobrir — falou Judith.

Ela pegou um atiçador de lareira e começou a remexer as cinzas aparentemente ao acaso. Depois de alguns movimentos, a ponta do atiçador bateu em algo sólido. Judith usou a ponta da ferramenta para empurrar o objeto para fora das cinzas.

Era um martelo de juiz feito de bronze.

— Você só pode estar brincando! — exclamou Becks.

— Bem, isso é muito satisfatório — disse Judith. — Acho que isso comprova minha teoria.

— Certo, agora você *precisa* nos contar o que está acontecendo.

O telefone de Judith tocou, mas ela parecia não ouvir.

— Judith — chamou Becks —, é o seu telefone.

— Ah, claro — disse Judith, pegando o aparelho de dentro da bolsa. — Tanika — cumprimentou ao atender.

Ela ouviu por alguns segundos e, então, ficou agitada.

— Não, isso não pode ser. Ele não pode. — Após mais algumas palavras de Tanika, Judith interrompeu a conversa. — Espere, preciso pensar sobre isso. Vou te ligar de volta em cinco minutos.

— O que houve? — perguntou Suzie quando Judith desligou.

— É aquele inspetor-chefe idiota, Hoskins. Ele libertou Tristram sob fiança.

— Isso é tão estúpido assim? — perguntou Becks.

— Eu acho que sim — respondeu Judith. E então suas amigas viram sua expressão mudar conforme seus pensamentos se organizavam. — Meu Deus, isso não é nada bom. Nada bom mesmo.

Judith se virou para Becks e Suzie.

— Acho que vai acontecer um terceiro assassinato!

— Então ele é o assassino, afinal?! — perguntou Suzie, e Judith começou a discar rapidamente no telefone.

Judith levantou um dedo, sinalizando para que esperassem enquanto aguardava a ligação ser atendida.

— Jenny, graças a Deus você atendeu. Você precisa voltar para casa imediatamente, não pode perder nem um segundo. Tristram acabou de ser solto pela polícia e acho que sua vida está em perigo.

Capítulo 38

Quando Jenny chegou à Mansão Branca, Judith explicou por que acreditava que Tristram tentaria atacá-la. A jovem ficou horrorizada.

— Ele é o assassino? Precisamos contar à polícia!

— O inspetor Hoskins nunca acreditou que sir Peter foi assassinado. Não há chance de convencê-lo de que Tristram está prestes a te atacar.

— Você está falando sério?

— Estamos lidando com um assassino implacável, e é por isso que precisamos garantir sua segurança.

— E aquela policial que esteve aqui? Ela acreditaria em você?

— Tanika? Ela não está mais no comando.

— Então, o que podemos fazer?

— Nossa única esperança, sinto muito dizer, é esperar até que ele se revele, e então chamamos a polícia.

— Mas por que não ligamos para eles agora?

— Eles não vão vir. O homem no comando é um idiota. E não teremos provas até que Tristram apareça. Mas você não estará sozinha. Becks, Suzie e eu vamos esperar com você. Seremos seus olhos e ouvidos. E eu te prometo, no momento em que Tristram der as caras, e tenho certeza de que ele vai, estaremos com você. De jeito nenhum ele se arriscaria a te machucar na frente de três testemunhas.

— Embora ele tenha um temperamento explosivo.

— Ainda assim, ele vai perceber que não pode te machucar.

Jenny franziu a testa, profundamente preocupada, e Judith percebeu que ela estava lutando para processar tudo o que acabara de ouvir.

— Ele precisa se revelar — disse Judith, tentando tornar tudo o mais simples possível para Jenny. — E então poderemos ir à polícia.

— Certo — disse Jenny, embora estivesse claro que não estava nem um pouco confortável com a situação.

Como já estava escuro, Judith e suas amigas ajudaram Jenny a fechar as cortinas da casa.

— Isso parece muito perigoso — disse Jenny.

— Não se preocupe — respondeu Judith. — Você fica no andar de baixo. Becks, Suzie e eu ficaremos no andar de cima, com as luzes apagadas. Poderemos observar pela janela através das frestas das cortinas.

Deixando Jenny na cozinha, Judith subiu as escadas com Suzie e Becks.

— Ela tem razão — disse Becks. — Não acho que seja uma boa ideia.

— Não temos escolha — respondeu Judith. — Sério. Só saberemos se estou certa quando Tristram aparecer. Agora, tomem suas posições. Eu vou para o quarto de Jenny e sir Peter. Becks, você fica no corredor, mantenha os olhos na entrada da garagem. Suzie, observe o lado da casa que dá para a quadra de tênis.

As mulheres se separaram e Judith entrou no quarto de Jenny e sir Peter. Ela o escolhera porque tinha uma visão do jardim lateral e da cerca de loureiros que lady Bailey usara para se aproximar furtivamente da casa. Judith acreditava que, se lady Bailey conhecia o caminho secreto que levava até a casa, Tristram também o conheceria. E ele quase certamente não sabia que sua mãe havia revelado sua existência a Judith. Era assim que ele se aproximaria da casa, ela tinha certeza. Era como ela mesma teria se aproximado, caso quisesse chegar sem ser vista para cometer um assassinato.

Enquanto esperava e observava, sua mente vagava pelos detalhes do caso. Era tão improvável que ela e suas amigas estivessem vigiando o jardim da Mansão Branca tarde da noite, mas o que não revelara a ninguém era que ainda não conseguia acreditar completamente na conclusão a que havia chegado. No entanto, sabia, por anos de experiência criando palavras cruzadas, que às vezes a solução — por mais improvável que parecesse à primeira vista — estava correta. Era como quando aprendera que *senador* era um anagrama perfeito de *andores*. Não importava o quanto seu instinto dissesse que esses fatos não poderiam ser verdadeiros, eles eram verdadeiros.

Por ora, porém, ainda havia uma centelha de dúvida em sua mente. Uma dúvida que sabia que poderia dissipar se Tristram se revelasse.

Um reflexo prateado da luz da lua brilhou na cerca de loureiros perto do rio. As folhas tinham acabado de se mover? Judith tentou imaginar quanto tempo uma pessoa levaria para se esgueirar ao longo do caminho escondido atrás da cerca e... sim, não teria sido outro farfalhar de folhas à luz do luar?

O coração de Judith acelerou, mas, antes que pudesse confirmar se estava certa, uma figura escura irrompeu da cerca de loureiros e correu em direção à casa. Ela ficou tão chocada — pela aparição repentina da pessoa, pela velocidade com que se movia — que permaneceu paralisada por alguns segundos antes de conseguir se mexer.

Ela se virou e correu para fora do quarto o mais rápido que pôde.

Ao alcançar o topo da escada, gritou para as outras:

— Ele está aqui!

Suzie e Becks saíram apressadas de seus quartos. Antes que pudessem trocar mais palavras, ouviram uma porta se escancarar no andar de baixo, seguida pelo rugido furioso de um homem.

Elas desceram as escadas correndo, o som dos passos ecoando pela casa, e então ouviram Jenny gritar. Quando invadiram a cozinha, depararam-se com uma cena aterrorizante.

Era Tristram. Assim como Judith previra. Ele estava sobre Jenny, seu corpo pesando contra ela, imobilizando-a no chão, suas mãos em volta do pescoço dela, apertando sem piedade. O rosto de Jenny estava roxo, os olhos arregalados, enquanto o ar era sufocado para fora de seu corpo.

Judith e Suzie avançaram imediatamente para ajudá-la, arranhando e puxando as costas de Tristram, gritando para que a soltasse. Mas ele não ouvia. A raiva o possuía, concedendo-lhe uma força sobre-humana. Seus dedos se apertavam ainda mais em torno da garganta de Jenny — então, uma mão firme surgiu em meio ao caos, agarrando um dos pulsos de Tristram e puxando-o para longe do pescoço de Jenny.

Era Tanika.

No instante em que Tristram perdeu o controle de uma das mãos, Becks, Suzie e Judith conseguiram arrancar a outra de Jenny. Ele soltou um rugido de frustração, mas Tanika saltou sobre suas costas e, com um movimento rápido e determinado, algemou-lhe as mãos com força.

— Tristram Bailey, você está preso por tentativa de assassinato — disse ela, arfando enquanto rolava para longe dele.

Tristram se debatia no chão, as algemas apertadas em seus pulsos, o metal cortando sua pele. Um som engasgado preencheu o silêncio que se seguiu. Jenny estava de joelhos, lutando para respirar, puxando o ar com dificuldade. Seu peito arfava e seu pescoço já exibia marcas vermelhas intensas, uma mistura de pele rasgada e hematomas surgindo rapidamente.

A primeira a se levantar foi Tanika. Ela olhou para Judith, ainda recuperando o fôlego, e disse:

— Que droga, Judith!

— Um momento — falou Judith, tentando recuperar o fôlego.

— O que diabos você estava pensando? — explodiu Suzie.

— O quê?

— Você disse que ela estaria segura! Disse que não haveria perigo!

— Eu não achei que ele realmente fosse fazer isso — respondeu Judith.

— Ele é um lunático, é claro que ele ia fazer!

— Judith, isso foi longe demais — disse Becks.

— Eu já disse que sinto muito — respondeu Judith, mas a irritação era perceptível em sua voz. — Não tínhamos escolha.

— Sempre há uma escolha — retrucou Suzie. — E nós deveríamos ter escolhido chamar a polícia.

— Ela tem razão — acrescentou Becks. — Você errou feio, Judith. Errou muito feio.

— Não foi minha culpa.

— E se ele tivesse matado Jenny?

— Mas não matou.

— Por muito pouco! — disse Suzie.

— Você não pode me culpar.

— Então quem você quer que culpemos? — gritou Suzie, sua adrenalina transbordando em uma fúria súbita. — Você sempre acha que sabe de tudo, não é? Enfiando o nariz na vida dos outros, julgando quem não tem dinheiro suficiente, dizendo que eles precisam terminar as reformas da casa, e que diabos isso tem a ver com você? Que direito você tem de dizer o que eu devo fazer da minha vida? O que *qualquer um de nós* deve fazer?

— Suzie... — Judith tentou se aproximar da amiga.

— Não. Eu estou fora. Pra mim deu. — Suzie caminhou até a porta da cozinha. — Você vai precisar do meu depoimento, Tanika. Pode pegá-lo amanhã. Vamos, Becks?

Todos viram Becks hesitar, claramente dividida entre Suzie e Judith. Mas, no fim, fez sua escolha.

— Desculpe, Judith, mas Suzie está certa. Você sempre foi longe demais, mas desta vez foi além do aceitável. Usou Jenny como isca, e eu não posso perdoar isso. Preciso ir para casa. Agora. Para Colin. Para a minha segurança.

Becks atravessou a cozinha e Suzie, lançando um último olhar furioso para Judith, abriu a porta para sua amiga. Juntas, elas saíram.

Tanika ajudou Jenny a se sentar e perguntou se ela estava bem. Jenny assentiu fracamente. No chão, Tristram continuava deitado, olhos fechados, o rosto contorcido, soluçando violentamente entre acessos de raiva e remorso.

Pelo vidro da cozinha, puderam ver Suzie e Becks entrarem na van e partirem. Assim que o veículo virou na estrada principal, uma viatura da polícia chegou, com o giroflex ligado e a sirene a todo volume. O carro parou ao lado da viatura em que Tanika havia chegado. O inspetor-chefe Hoskins saltou do veículo, acompanhado por dois policiais uniformizados, e os três correram para a casa. Poucos segundos depois, a porta da cozinha se escancarou e eles entraram. O olhar de Hoskins percorreu rapidamente a cena: Jenny sentada à mesa, pálida e visivelmente abalada; Tanika ao seu lado, Judith parada junto à janela, e Tristram algemado no chão.

— Inspetora, o que raios está acontecendo aqui? — esbravejou Hoskins.

— O sr. Bailey acabou de tentar matar Jenny — respondeu Tanika. — Consegui prendê-lo.

— Mas o que você estava fazendo aqui?

— Assim que soube que o senhor havia soltado Bailey, comecei a vigiar a casa.

— Por quê?

— Era óbvio o que Tristram faria a seguir. Para qualquer pessoa com meio cérebro, pelo menos.

— Como é que é?

— Eu sempre soube que isso era um caso de assassinato. Diferente do senhor.

— Você não é a investigadora responsável oficial. Não tem o direito de agir de forma independente nesse caso.

— Embora tenha sido uma sorte eu ter feito isso — retrucou Tanika, apontando para Tristram. — Se tivéssemos deixado isso com você, haveria um terceiro assassinato.

Os policiais ficaram chocados com a insolência de Tanika, mas o inspetor Hoskins permaneceu completamente imóvel.

— Repita.

Tanika se lembrou da promessa que fizera a Sarah Fitzherbert após sua morte. Ela ergueu o queixo e olhou diretamente para o chefe.

— Se tivéssemos deixado isso com você, senhor, Jenny Page estaria morta.

— Saia. Agora. Você está suspensa por insubordinação, com efeito imediato.

Tanika olhou para Hoskins por um longo momento e, então, virou-se em direção à porta. Os policiais uniformizados se afastaram para não obstruir sua passagem.

— Levem o sr. Bailey sob custódia — ordenou o inspetor Hoskins aos dois oficiais. — E verifiquem se a srta. Page está bem.

Enquanto um dos policiais se aproximava de Jenny para checar seu estado e o outro puxava Tristram bruscamente para ficar de pé, todos puderam ver pelo vidro da janela a viatura de Tanika deixando o local.

Depois disso, Judith não teve certeza se o que se seguiu demorou alguns minutos, elas não ficaram ali por muito mais tempo, mas, assim que Tristram foi levado, uma ambulância chegou e um paramédico examinou Jenny. Felizmente, ele anunciou que não havia indícios de danos permanentes, e que o melhor que Jenny poderia fazer era tomar analgésicos e descansar o máximo possível.

Não havia condições de colher seu depoimento naquela noite, então Hoskins combinou de voltar na manhã seguinte.

— O mais importante a lembrar — disse ele a Jenny — é que Tristram está atrás das grades agora. Ele nunca mais vai sair. Acabou.

Jenny esboçou um sorriso fraco, mas era evidente que ainda lutava para processar o que lhe havia acontecido.

— Vou ficar com você por um tempo — ofereceu Judith.

— Eu vou ficar bem — disse Jenny.

— É o mínimo que posso fazer — insistiu Judith, e era claro o quanto ela se sentia responsável por Jenny ter escapado por tão pouco da morte. — Vou te ajudar a trancar tudo. Garantir que você esteja segura.

Hoskins agradeceu a Judith por sua ajuda e saiu com os policiais — Tristram sendo empurrado rudemente à frente deles.

Assim que a polícia partiu, Jenny desabou em lágrimas. Judith puxou uma cadeira e a abraçou, oferecendo apoio.

— Desculpe, me desculpe, me desculpe — repetia Jenny sem parar.

— Quer que eu pegue uma bebida para você? — sugeriu Judith. — Um chá herbal? Algo mais forte?

— Eu não acreditei que ele viria aqui. Mesmo depois de você dizer que ele viria. Achei que você estava exagerando.

— Receio que o martelo que encontrei na lareira tenha provado que eu não estava nem perto de exagerar.

— Que martelo?

— Na verdade, por que você não vem comigo até o escritório? Assim, poderei te explicar como sir Peter foi morto.

— Você sabe? Porque essa é a única coisa que eu não entendo. Como Tristram fez isso? Como ele matou Peter? Ele estava lá fora, no jardim…

— Foi tudo muito engenhoso — disse Judith enquanto conduzia Jenny pela casa. — E então acrescentou, quando entraram no escritório: — E sabe o que é engraçado? Como a solução sempre esteve nesta sala. Não exatamente escondida à vista de todos, mas oculta em uma pilha de cinzas. Porque este caso sempre girou em torno do "como". Como o assassino conseguiu empurrar um armário pesado sobre sir Peter e depois escapar por uma porta trancada?

"Mas, quando se pensa bem, o mistério desse assassinato vai ainda mais fundo. Como Tanika me disse, por que tanto esforço? Manobrar sir Peter para dentro de seu escritório na tarde antes do casamento, derrubar um armário sobre ele e depois fazer um truque sofisticado com a fechadura da porta?

"Foi por isso que continuei voltando à ideia de que Tristram era o assassino. Afinal, um dos motivos para fazer uma morte parecer um acidente é quando você se torna o principal suspeito, caso a polícia acredite que foi um assassinato. Mas um dia antes do casamento? Essa data parecia deliberadamente escolhida para causar o máximo de dor à família. A você, na verdade."

Jenny assentiu, compreendendo perfeitamente o ponto.

— O que foi extremamente inteligente da sua parte.

— Desculpe? — disse Jenny, franzindo a testa.

— Já que foi você quem matou sir Peter. Assim como foi você quem, depois, matou a pobre Sarah Fitzherbert.

Jenny pareceu não entender de imediato o que Judith tinha acabado de dizer.

— Você é a assassina, Jenny. Não Tristram. — Judith indicou a lareira e acrescentou: — E o martelo que encontrei nas cinzas prova isso.

Capítulo 39

O quê? — disse Jenny, mas Judith percebeu um brilho de alerta em seus olhos. — Você viu o que Tristram tentou fazer comigo!

— Eu sei, e quase sinto pena dele. Mas eu só descobri que você era a assassina quando Tanika ligou para avisar que Tristram havia sido libertado sob fiança. Para ser sincera, eu ainda relutava em acreditar na minha própria conclusão, mas sabia que, se eu estivesse certa, Tristram te atacaria. O que torna o fato de eu ter te usado como isca um tanto imoral, é claro. Mas, bem… não vamos nos perder em questões morais, certo? Afinal, você é uma assassina. Duas vezes. Não que eu possa provar. Pelo menos, não de um jeito que se sustente num tribunal.

— Isso é uma piada doentia.

— Você se importa se eu me sentar? — perguntou Judith, e foi até a poltrona junto à lareira. — Para ser sincera, estou exausta e um pouco nervosa. Não dormi muito na noite passada. E agora estou aqui, completamente à sua mercê. Mas eu destacaria um detalhe importante: os policiais viram que eu fiquei aqui quando eles saíram. E que você era a única outra pessoa na casa. Se algo acontecer comigo, não vejo como você poderia culpar mais alguém.

— Quero que você pare com essa loucura agora. Eu amava Peter.

— Não, você não amava. Você só queria o dinheiro dele. Claro que queria. Ele era rico.

— E eu não fiquei com nada! Não recebi um centavo!

— Eu sei. E foi isso que tornou tudo tão inteligente da sua parte, não foi? Afinal, como Becks comentou naquele primeiro dia, por que uma noiva mataria seu futuro marido rico na *véspera do casamento*?

Se você tivesse esperado vinte e quatro horas antes de matá-lo, seria milionária. Dona desta mansão georgiana. Lady Bailey pelo resto da vida. Só que, como não estavam casados, você não ficou com nada. Mas isso também significa que se *tivesse* esperado, seria a principal suspeita. Como Rosanna disse, uma mulher surge do nada, seduz um homem vaidoso e egocêntrico, e no primeiro dia em que teria direito à sua herança, ele morre em um trágico acidente? A polícia teria voltado toda a atenção para você. Na verdade, se Peter morresse em qualquer momento depois do casamento, a suspeita sempre recairia sobre você.

— Mas Peter já tinha deixado tudo para mim. Não tinha? No testamento. Aquele que ele escreveu em dezembro.

— Sim. Deve ter sido um choque terrível para você quando Andrew Husselbee apareceu dizendo que havia um novo testamento. Afinal, todo o seu plano dependia de parecer que você não se beneficiaria em nada com a morte de sir Peter. E, de repente, surgia um documento que poderia declarar exatamente o contrário… a única coisa que você fez de tudo para evitar.

"Mas você soube improvisar brilhantemente. Eu lembro bem daquela noite. Andrew disse que viu sir Peter colocar o novo testamento no cofre do quarto com seus próprios olhos. Não é difícil imaginar que, se ele guardou o documento lá um mês antes, ainda estivesse lá no dia da morte dele. Seu coração deve ter disparado enquanto eu tentava adivinhar o código para abrir o cofre. Se o testamento lá dentro deixasse qualquer herança para você, todo o seu plano desmoronaria.

"Engraçado como você não se ofereceu para ajudar com o código até que eu sugeri tentarmos a data de nascimento do pai de sir Peter. Mesmo então, acho que você teria fingido errar os números caso Andrew não soubesse a data também. Então, de repente, você começa a falar sem parar sobre Peter te contando sobre 'o glorioso doze', mas — e aqui está o ponto crucial — foi só quando percebeu que o cofre seria aberto de qualquer jeito que você se ofereceu para fazê-lo sozinha. Você sabia que sua única chance era tentar bloquear nossa visão do que estava lá dentro ao abrir o cofre — isso permitiu que você deslizasse qualquer envelope que encontrou para dentro da manga do vestido. Ou para o decote. Ou para onde quer que tenha escondido. Mas o fato é que você tirou o envelope do cofre sem que ninguém percebesse, enquanto nós todos nos espremíamos ao redor.

Aposto que depois você encontrou um lugar melhor para escondê-lo quando ninguém estava olhando. Debaixo de um travesseiro, talvez?

"E sejamos honestas, quem estaria prestando muita atenção em você? Todos nós acreditávamos na farsa de que você era a noiva enlutada. Por que esconderia o testamento de Peter? Ainda mais quando poderia lucrar com ele? Mas, como eu disse, seu plano inteiro dependia de não se beneficiar financeiramente da morte de sir Peter. Não posso imaginar o quão chocada você deve ter ficado ao abrir o envelope e descobrir seu pior pesadelo. Sir Peter — o tolo, apaixonado sir Peter — de fato havia deixado tudo para você."

Jenny respirou fundo, balançando a cabeça.

— Isso tudo é uma loucura.

— Não é. E nós duas sabemos disso.

— E como, exatamente, você acha que eu empurrei um armário pesado no andar de baixo, dentro de um cômodo trancado, enquanto eu estava em outro andar ao mesmo tempo?

— Ficarei encantada em explicar. Mas, antes, devo dizer que sei que você não agiu sozinha. Você teve um cúmplice esse tempo todo. E acho que isso não teria me ocorrido se eu não tivesse esbarrado com um casal adorável na cafeteria Coopers. Eles são casados, mas, às vezes, fingem em público que não se conhecem. Isso me fez pensar... E se houvesse alguém nesse caso que também fingisse não conhecer outra pessoa, quando, na verdade, estavam secretamente envolvidos? Seu cúmplice era Tristram.

— Certo... agora isso, sim, é uma loucura.

— Não, está longe de ser loucura. Mas, claro, você e Tristram trabalharam muito para fazer parecer que se odiavam desde que você entrou para a família. Quando, na realidade, o que vocês tinham era um amor profundo, completamente distorcido, mas assustadoramente intenso.

— O homem que acabou de tentar me matar.

— E foi exatamente assim que eu finalmente consegui provar que ele era, de fato, seu cúmplice. Seus planos começaram a sair do controle naquele momento. Mas já volto a esse ponto. Primeiro, vamos até Florença. Quando você conheceu sir Peter em um bar. Você nos contou que ele começou a conversar com você, mas, deixe-me contar uma versão um pouco diferente dessa história. Tristram tem um pôster do espetáculo teatral que ele fazia em Florença pendurado na parede do quarto dele. Havia apenas quatro pessoas no elenco, todos homens. E os outros nomes no pôster também eram todos masculinos. Isso me intrigou na época. Não havia razão para que Tristram não pudesse ter tido um caso com um rapaz, mas ninguém mais mencionou que ele se interessava por homens. Então, me peguei pensando: onde estava a mulher na produção que havia chamado sua atenção? Não havia nenhuma. Então, pensei: e se, na verdade, ele tivesse se apaixonado por outra pessoa? Alguém que sabemos que estava em Florença naquele mesmo período. Alguém que, por coincidência, estava lá para cuidar de uma velha solteirona. Essa pessoa era você.

Judith percebeu que Jenny estava presa a cada palavra que dizia. *Ótimo*, pensou. Ela deveria estar mesmo.

— Embora eu me pergunte se "apaixonar" seja a expressão correta. A mãe de Tristram disse que ele é como um labrador leal, e Chris Shepherd disse que ele era muito fraco; o tipo de pessoa que entraria para uma seita. Acho que quando você conheceu Tristram em Florença, enxergou exatamente o que ele era: um playboy meio tapado, de uma família absurdamente rica. Então, começou a manipulá-lo. No começo, tenho certeza de que era só para ter acesso ao cartão de crédito dele. Mas também estou certa de que, entre conversas íntimas, Tristram te contou tudo sobre o quanto seria rico um dia. Como a esposa dele se tornaria lady Bailey, como ela herdaria a mansão em Marlow. E você sabia que poderia manter Tristram louco por você, mas então lhe ocorreu: por que esperar sir Peter morrer para que Tristram herdasse sua fortuna? Talvez houvesse uma forma de acelerar a morte dele.

"Não sei exatamente quando você bolou seu plano diabólico. Mas imagino que tenha sido quando soube que sir Peter estava indo para Florença buscar o filho de volta ao Reino Unido. E Tristram — o pobre, fraco, impressionável Tristram — deixou-se convencer por você. E, embora isso envolvesse você seduzir o próprio pai dele, vamos lembrar que Tristram estava disposto a ser cúmplice do assassinato do pai, um homem que ele sentia que o havia esmagado a vida toda. Sem trocadilhos, é claro, já que ambas sabemos exatamente como ele morreu. Mas eu me pergunto... Se usar a namorada do filho para seduzir o pai não tenha sido parte do charme do plano para Tristram. Tenho certeza de que foi exatamente assim que você vendeu a ideia para ele.

"Tristram, é claro, te contou que sir Peter havia sido recentemente diagnosticado com diabetes, então você se certificou de 'esbarrar' com ele em um bar e revelar que era uma enfermeira particular disponível para contratação, exatamente como nos contou. O que mais aconteceu naquela noite nunca poderemos saber com certeza, já que sir Peter não está mais aqui para nos contar. Mas eu apostaria que você o seduziu. Fez ele se apaixonar por você. Ou, pelo menos, desejá-la profundamente. E então, depois que sir Peter voltou para a Inglaterra com seu filho rebelde a tiracolo, sem imaginar o perigo mortal em que estava se colocando, ele te contratou como sua enfermeira residente. Pobre homem. Ele achou que estava tendo um caso proibido com uma mulher mais jovem. Mal sabia ele que estava trazendo uma viúva-negra para dentro de casa.

"E quando você e Tristram se reencontraram, fingiram que não se conheciam. Que se odiavam. Mas eu duvido que isso tenha sido difícil para você. Afinal, não acho que ame muito alguém além de si mesma. Ironia do destino, Rosanna também percebeu desde o começo que havia algo de errado com você, sempre acreditou que você só queria o dinheiro do pai dela. Se ao menos ela soubesse a verdade por completo.

"Quando ninguém estava por perto, você e Tristram tramavam a melhor forma de matar sir Peter. Como sabemos, Tristram não foi tão discreto quanto deveria. Sua mãe e Rosanna o flagraram fazendo ligações secretas. Acharam que ele estava tendo um caso. E quando descobrimos a existência de Sarah Fitzherbert, devo admitir que cometi um erro terrível. Porque eu estava procurando uma namorada secreta. E lá estava ela. Então, presumi que as duas eram a mesma pessoa. Mas Tristram tinha mais de uma namorada secreta, não tinha?

"Mas não vamos nos adiantar. Porque aqui — finalmente — estava a grande genialidade do seu plano. Você faria sir Peter te pedir em casamento e então se livraria dele na *véspera do casório*. E quem suspeitaria que você seria a assassina? Você seria, literalmente, a última pessoa a querer vê-lo morto. Ou, pelo menos, era o que todos pensariam. E então, depois de um tempo, se você e Tristram começassem a namorar, as pessoas fofocariam, é claro, mas vocês não teriam cometido crime algum. E, Deus sabe, coisas mais estranhas já aconteceram do que uma mulher se apaixonar pelo filho de seu amante morto. Era um plano tão elegante, na verdade.

"Tudo o que você precisava fazer era encontrar uma forma de matar sir Peter o mais próximo possível do dia do casamento. E foi aí que você encontrou um problema. Como a investigadora Malik e eu concordamos outro dia, não é tão fácil matar alguém. Ou, melhor dizendo, é fácil matar alguém com quem você não tem absolutamente nenhuma conexão, mas você sabia que a polícia te investigaria no momento em que a morte de sir Peter parecesse suspeita. Então, o que uma garota assassina deveria fazer?

"Tristram, por um breve momento, pensou em usar veneno. Mas sir Peter flagrou ele tentando pegar o frasco do escritório. O que não facilitou seu trabalho. Mas te ajudou a perceber algo. A morte de sir Peter precisava parecer um acidente. Na verdade, você decidiu que o melhor tipo de acidente seria aquele em que fosse simplesmente impossível entender como ele poderia ter sido assassinado. E foi assim que ele acabou morrendo dentro de um cômodo trancado por dentro que tinha apenas uma chave e que foi encontrada no bolso dele.

"E, claro, você sabia que Tristram seria um alvo óbvio para qualquer investigação policial. Então seu plano precisava garantir que ele tivesse um álibi completamente inquebrável. E é por isso que, agora percebo, foi quase certamente Tristram quem me convidou para a festa. Foi um toque final bem inteligente, na verdade. Afinal, eu não conhecia a voz de sir Peter. Para um ator como Tristram, imitar o próprio pai deve ter sido algo bem simples. Imagine só: vocês executam *o golpe de mestre do assassinato*, mas não têm ninguém confiável por perto para testemunhar. Ter um policial na festa seria arriscado demais, mas e aquela senhorinha que resolveu aqueles assassinatos no ano passado? Imagino perfeitamente como vocês dois pensaram que eu seria a pessoa ideal para confirmar à polícia que Tristram estava lá fora, na festa, quando sir Peter morreu. Foi por isso que Tristram veio até mim e às minhas amigas para conversar, enquanto você estava ocupada cometendo o assassinato. De certo modo, me sinto lisonjeada. Vocês me consideraram uma testemunha confiável."

— Você percebe que isso tudo é pura especulação, não percebe?

— Ah, nisso eu concordo plenamente. Embora existam elementos que agora podem ser comprovados. Que você e Tristram estavam juntos em Florença? Extratos bancários e testemunhas podem provar isso. E, como você sabe, há todo tipo de evidência nesta sala sobre como você fez isso. Vamos lá, foi tão engenhoso. Deve haver uma parte sua que quer ouvir como eu descobri o quão brilhante você foi. Na verdade, cometeu apenas um erro: planejou um casamento de inverno, em vez de um casamento de verão.

— Isso foi um erro?

Judith sorriu triunfante.

— Ah, sim. — disse Judith, finalmente contente por estar conseguindo engajar Jenny na conversa. — Foi assim que consegui descobrir que você era a assassina. E como fez isso.

— Agora isso é o que eu quero ouvir.

— Pois bem. Deixe-me te contar como você matou sir Peter Bailey.

Capítulo 40

Gostaria de destacar — prosseguiu Judith, mantendo o tom de voz firme e calmo — que, agora que estamos conversando, houve várias outras pistas... anomalias, na verdade... que também se apresentaram. Como o martelo de juiz desaparecido da lareira. E o "incidente curioso", como diria Sherlock Holmes, do pote de vidro que não quebrou. O que mais? Ah, vejamos: o testemunho de Rosanna de que você fumou um cigarro quando subiu para o quarto depois da briga na festa. A observação de lady Bailey de que Tristram saiu de casa a pé pouco antes de chegar dirigindo seu carro. E, claro, o gancho na parede que costumava ser usado para segurar o armário contra a parede. Todos esses pequenos detalhes, isoladamente, podem não parecer tão interessantes. Mas, quando alinhados na ordem certa, contam a história mais inacreditável.

— E se eu admitir que você está certa? — disse Jenny, interrompendo, de repente.

Um arrepio percorreu Judith. Ela havia esperado por isso. Esperado que, conforme o nó da corda apertasse, Jenny oferecesse algum tipo de acordo.

— Admitir o quê?

Jenny respirou fundo.

— Que me apaixonei por Tristram, em Florença. E que nós planejamos que eu seduzisse o pai dele.

Judith manteve o olhar fixo nela.

— E...?

— Muito bem... que nós planejamos matá-lo.

— Obrigada, Jenny. — disse Judith. — Não imagina o quão gratificante é ouvir você dizer isso.

— Mas antes que você fique satisfeita demais consigo mesma — disse Jenny. — Vou te lembrar de uma coisa: você está completamente sozinha nesta casa. A polícia não está mais aqui.

— Eu sei. Mas, acredite, não sou uma ameaça para você. Tudo o que me importa é ouvir a verdade.

— Então eu vou te contar a única verdade que você precisa saber. Sua querida investigadora foi mandada embora como um cachorrinho escorraçado, não foi? E suas amigas não viam a hora de te abandonar.

— Estou ciente do perigo em que estou — falou Judith calmamente. — Mas essa pode ser minha única chance de falar com você da maneira certa. Não que eu ache que você deva se preocupar demais. Como nós duas sabemos, nada do que dissermos uma para a outra nesta sala poderia ser usado num tribunal. Mas a verdade é que trabalho criando palavras cruzadas, e simplesmente não suporto deixar um enigma sem solução. E nada foi um enigma maior do que o assassinato de sir Peter. Minha única chance de chegar perto da verdade é se estivermos apenas eu e você.

— Muito bem. Então você deve saber que eu realmente bolei um plano com Tristram. Mas aconteceu uma coisa que eu não esperava. Realmente me apaixonei por Peter.

— Ah. — Judith suspirou, desapontada. — Por favor, não volte a mentir agora. Estávamos indo tão bem.

— Deixe-me te contar o que realmente aconteceu. Esse era o plano. Eu seduziria Peter, nós o mataríamos juntos, e então eu me casaria com Tristram. Mas eu me apaixonei por Peter de verdade. E, por isso, não quis seguir com minha parte do plano. Mas Tristram não aceitou e seguiu em frente de qualquer maneira. Primeiro, pensou em matar o pai com cianeto, mas, quando isso foi descoberto, ele inventou outro plano e o executou.

— Você está dizendo que Tristram é o assassino?

— Eu tentei impedi-lo. Implorei. Mas ele não me ouviu.

— E por que você não foi à polícia?

— Porque, sendo sincera, eu não achava que ele realmente faria isso. Não até que fosse tarde demais. Mas foi Tristram. Ele matou o pai.

— Muito bem. Se isso for verdade, como ele fez isso?

— Como assim?

— Essa é a única questão que importa. Na versão dos fatos que você está tentando me vender agora, como exatamente Tristram matou o pai?

— É como eu te disse. Acho que Peter ainda não estava completamente morto quando eu verifiquei seu pulso.

— Sim, foi muito esperto da sua parte sugerir essa possibilidade para nós dias atrás. Foi nesse momento que você decidiu que precisava salvar a si mesma jogando Tristram debaixo do ônibus, não foi?

— É a única coisa que faz sentido — disse Jenny, ignorando Judith. Peter ainda estava vivo depois que o armário caiu sobre ele. E então, depois que limpamos o cômodo, Tristram voltou e o matou.

— Uma teoria maravilhosa, concordo. Exceto por três coisas. Primeiro: se Peter estava no escritório sozinho, como o armário caiu sobre ele? Móveis pesados não se jogam no chão sem motivo. Segundo: o laudo da autópsia indicou que sir Peter morreu quase imediatamente devido aos ferimentos. Ele não ficou ali sangrando por minutos enquanto nós tentávamos encontrá-lo na casa, arrombávamos a porta, levantávamos o armário de cima dele, limpávamos a sala e, então, Tristram entrava sorrateiramente para finalizar o serviço. E todos vimos o corpo dele. O braço dele estava dobrado sob o corpo. A mão estava completamente esmagada. Ele, de fato, não estava vivo.

Judith ficou satisfeita consigo mesma ao olhar para Jenny.

— Você disse que eram três coisas.

— Ah, claro! A sua história não explica o martelo de juiz nas cinzas.

— Pare de falar desse maldito martelo.

— Receio que não possa parar de falar do martelo. Mas você levanta um ponto interessante, pois foi extremamente inteligente durante toda a investigação. Aparentemente, sempre nos ajudando, mas, na verdade, apenas garantindo que estivesse perto de nós o tempo todo. Certificando-se de saber exatamente o que acontecia. Tentando nos afastar de certas conclusões e nos direcionar para outras. Por exemplo, depois de pegar o testamento no cofre, foi você quem o rasgou e o escondeu na pilha de composto. Eu deveria ter notado isso antes. Foi você quem primeiro sugeriu que fôssemos lá fora procurá-lo. Eu já havia chegado a essa conclusão, então concordei na mesma hora. Mas deveria ter sido mais desconfiada. Foi apenas coincidência que justamente você sugeriu procurarmos lá fora, e que, de novo, foi você quem nos levou até a pilha de composto? E, mais uma vez, foi você quem percebeu que a terra havia sido recentemente revirada.

"E o envelope desaparecido? Isso me intrigou na época, mas eu não levei a ausência dele à sua conclusão lógica. O fato de que o envelope não foi rasgado junto com o testamento sugeria que ele era incriminador. E, claro, era — ele estava coberto com suas impressões digitais —, mas eu deveria ter percebido que a ausência dele indicava que a cena foi manipulada de alguma forma. Afinal, quão plausível seria que Tristram estivesse tão furioso a ponto de rasgar o testamento e enfiá-lo na pilha de composto, mas, ao mesmo tempo, fosse cuidadoso o suficiente para remover o envelope separadamente e se livrar dele?

"Mas o seu verdadeiro golpe de mestre foi nos fazer considerar que sir Peter foi morto *depois* do que pensávamos. Exatamente como você está tentando fazer de novo agora. É uma ideia tão plausível. Uma teoria tão tentadora. Mas isso foi o que plantou a semente da sua ruína, ouso dizer. Porque eu tenho uma mente bastante lógica e sua teoria de que sir Peter pode ter sido morto *depois* do que pensávamos inevitavelmente me levou a questionar: e se ele foi morto *antes* do que pensávamos? Afinal, a queda do armário foi um evento tão alto e dramático, quem sequer consideraria que aquele não foi exatamente o momento da morte de sir Peter?"

— Mas você acabou de dizer que ele morreu instantaneamente devido aos ferimentos.

— Ah, sim. E ele morreu. Mas a palavra "dramático" é extremamente importante para entender o que aconteceu naquele dia. Toda a cena foi uma peça de teatro cuidadosamente encenada por você e Tristram. E, como em qualquer boa peça, o palco primeiro precisava ser preparado. É por isso que lady Bailey viu Tristram saindo de casa pouco antes do assassinato. Veja bem, enquanto todos nós estávamos lá fora, na festa, Tristram estava no escritório. Escondido atrás de cortinas fechadas, para que ninguém o visse. A porta também estava trancada, mas, como Chris Shepherd nos disse, sir Peter andava mantendo seu escritório trancado desde a briga com Tristram. E Tristram também garantiu que as portas rangentes do escritório estivessem lubrificadas, para que seus movimentos não fossem ouvidos por quem estivesse próximo. A escolha dele foi um tanto extravagante — azeite de oliva —, mas funcionou e ele se certificou de limpar suas impressões digitais da lata antes de devolvê-la à cozinha.

"Enquanto estava no escritório, Tristram retirou todo o equipamento de laboratório do armário o mais rápido possível e, cuidadosamente, espalhou tudo no tapete em frente ao armário, para que, mais tarde, quando o armário tombasse, todo o vidro quebrasse de maneira estrondosa. Infelizmente para ele, apesar de ter posicionado quase todo o equipamento de vidro para que fosse atingido pela queda do armário, havia um pote de vidro que, de alguma forma, encaixou-se perfeitamente entre as prateleiras do armário e sobreviveu à queda. Foi Becks quem percebeu o quão estranho isso era — um pote de vidro caindo de quase dois metros de altura sem quebrar. Ainda mais quando Suzie, com um simples toque, provou o quão frágil o pote de fato era, derrubando-o no chão e quebrando-o instantaneamente. Mas, uma vez que Tristram terminou de preparar tudo, o palco estava montado para o assassinato.

"Após sua discussão pública — e meticulosamente encenada — com Tristram na festa, você disse que estava indo para o seu quarto. Mas você não foi para o seu quarto. Foi para o escritório. Imagino que Tristram tenha deixado a chave em algum lugar da casa para que você pudesse entrar sozinha. Então, quando sir Peter voltou para a casa depois, você o chamou para dentro do escritório. Imagino que ele tenha ficado surpreso ao ver todo o equipamento de laboratório espalhado no chão em frente ao armário. E quando ele se abaixou para olhar mais de perto, você pegou um dos objetos mais pesados dali — como um osciloscópio antigo de metal, por exemplo — e, reunindo toda a raiva que pôde, esmagou a cabeça de sir Peter com ele. Ele morreu em segundos, como a autópsia confirmou depois. Assim como também confirmou que ele morreu devido a um trauma contundente, mas a perícia forense conseguiria determinar se esse impacto veio de um objeto caindo de um armário alto ou da força de alguém empunhando-o?

"Você então limpou suas impressões digitais da arma do crime e a deixou ao lado do corpo de sir Peter. Parte um do plano concluída. Sir Peter estava morto e ninguém tinha ouvido nada. Até onde todos sabiam, ele ainda estava vivo. Depois disso, você saiu do escritório o mais rápido que pôde, trancou a porta atrás de si e correu escada acima até o seu quarto. Por acaso, Rosanna já estava lá, o que deveria ter arruinado seu plano, mas, felizmente para você, Rosanna se escondia no guarda-roupa e, ironicamente, isso acabou tornando seu álibi ainda mais sólido."

— Você está falando sério? — disse Jenny, chocada. — Rosanna estava dentro do guarda-roupa?

— Sim. Não se preocupe, ela não viu nada.

Jenny pareceu se recompor rapidamente.

— Mas isso significa que há uma testemunha que pode dizer que eu estava no meu quarto quando o armário caiu.

— Sim, há. Ela já disse isso. E, para ser honesta, você realmente estava lá.

— Então como sugere que eu tenha derrubado o armário do escritório estando no meu quarto, um andar inteiro acima, e além disso com uma testemunha no mesmo cômodo que eu?

— Você tem razão. Eu não vou sugerir isso.

— Então toda a sua teoria desmorona.

— Isso porque você não empurrou o armário — falou Judith, interrompendo a jovem. — Você o deixou cair sobre ele. E é por isso que eu mencionei o erro de você ter planejado um casamento no inverno.

— Dá para parar de dizer isso?!

Judith percebeu o quanto estava incomodando Jenny. Era exatamente o que ela esperava que acontecesse.

— Então, permita-me apresentar a Prova A: o testemunho de lady Bailey. Ela disse que, às três da tarde, estava nos arbustos do jardim olhando para a janela do escritório quando ouviu o armário cair com um estrondo terrível. Mas também disse que não conseguia ver bem dentro do escritório porque, embora as cortinas já estivessem abertas novamente, havia um reflexo de luz no vidro da janela. Na época, achei que ela estava apenas sendo evasiva, mas vamos levar a palavra dela ao pé da letra: o sol apareceu às três da tarde e refletiu no vidro da janela do escritório. Muito bem. Era um dia frio, mas ensolarado. Nada de mais. Mas então apresento a Prova B: o pote de vidro que encontramos no escritório e que sobreviveu à queda do armário. Quando o coloquei na mesa do escritório de sir Peter, fiz questão de colocá-lo sob um raio de sol para examiná-lo com mais cuidado. Foi assim que descobrimos que você o havia limpado para remover suas impressões digitais.

“E aqui está a anomalia. Eu coloquei o pote na mesa por volta das dez e meia da manhã, mas se o sol estava brilhando pela janela do escritório de manhã — como vi com meus próprios olhos —, *como poderia estar brilhando pela mesma janela à tarde*? O sol deveria ter se movido para o outro lado da casa depois do meio-dia, e, no inverno, o sol está tão baixo no céu que isso deveria ter sido bastante perceptível. Como eu disse, se você tivesse feito um casamento no verão, o sol estaria tão alto no céu que talvez eu não tivesse notado a diferença entre o ângulo do sol às dez e meia da manhã e às três da tarde.

"Foi uma descoberta incrível! Eu sabia que precisava verificar. Então, minhas amigas e eu viemos até a Mansão Branca pouco antes das três da tarde e ficamos perto da cerca de loureiros, exatamente onde lady Bailey disse ter visto o reflexo de luz na janela do escritório. E, assim como eu suspeitava, quando chegamos lá, o sol estava do outro lado da casa. Ou seja, teria sido impossível haver um reflexo de luz na janela do escritório. Lady Bailey estava mentindo, pelo menos, essa foi minha reação inicial. Mas por que ela mentiria sobre um detalhe tão insignificante? Isso me fez pensar: e se, de fato, ela estava dizendo a verdade? Então, o que poderia ter causado aquele flash de luz, se não o reflexo do sol na janela? Foi aí que tudo fez sentido para mim. Eu me lembrei que o pote de vidro que não quebrou no escritório já havia contido fita de magnésio.

Judith viu Jenny ficar completamente imóvel.

— Ah, vejo que você finalmente percebe o perigo em que está. Ótimo. Sim, o pote tinha as palavras "Fita de Magnésio" escritas na lateral, mas, como não estava quebrado, talvez eu devesse ter achado estranho o fato de não conter nenhuma fita de magnésio dentro. Porque é um material fascinante, não é? Lembro-me dos experimentos científicos na escola. A fita de magnésio é um metal que vem em rolos, muito parecido com fita adesiva. E, embora seja fácil desenrolá-la, é incrivelmente forte, afinal, é um metal. Mas aqui está a parte incrível: quando incendiada, ela queima com uma luz ofuscante, incandescente. A chama percorre a fita, consumindo-a completamente e deixando apenas um fino resquício de cinzas.

"Então, embora seja verdade que você estava em um andar diferente de sir Peter quando o armário caiu, seu quarto fica diretamente acima do escritório dele. Percebi isso logo na primeira vez que entrei no quarto. Olhei pela janela lateral e vi os arbustos bem abaixo, exatamente do lado de fora do escritório de sir Peter.

"E há algo mais que conecta esses dois cômodos, não é? *Ambos têm lareiras.* Suzie até verificou o duto da lareira do seu quarto quando estávamos procurando o testamento de sir Peter, se ao menos ela tivesse percebido que esse duto servia tanto para levar a fumaça até o telhado quanto para conectá-lo diretamente ao escritório abaixo, talvez tivéssemos resolvido isso muito antes.

"E foi assim que você conseguiu alcançar o escritório do andar de baixo a partir do seu quarto. Quando Tristram preparou a cena no escritório mais cedo, ele não apenas espalhou o equipamento de vidro no chão, como também amarrou a fita de magnésio nas esculturas ornamentais no topo do armário e então passou a fita pelo velho gancho preso à parede, com a folga exata para que, quando ele empurrasse o armário com muito cuidado, ele inclinasse para a frente, mas fosse segurado pela fita de metal amarrada ao gancho.

"Inclinado para a frente apenas o suficiente para tombar caso alguém cortasse a fita — mas apenas o suficiente —, o pesado armário não exigiria tanta força para ser mantido no lugar. Não houve impulso quando foi empurrado para a frente — Tristram teria garantido isso — e o peso total do móvel só seria sentido quando a fita fosse solta e ele começasse a tombar, ganhando velocidade até desabar no chão com um estrondo ainda mais impressionante devido à presença de todos os objetos de vidro espalhados pelo chão, que foram destruídos no impacto."

— E como você acha que a fita foi cortada? — perguntou Jenny, mas Judith percebeu que ela já sabia que sua teoria estava correta.

— Foi bem simples, na verdade. E é aí que entra o martelo de juiz. Veja bem, quando Tristram deixou o armário levemente inclinado para a frente, tudo o que ele precisava fazer era passar mais fita de magnésio pelo cômodo, do gancho até a lareira. Mas como conectar essa fita ao andar de cima? Ah, mas você já havia pensado nisso, não foi? Antes da festa, você abaixou uma fita de magnésio pelo duto da lareira do seu quarto; mas para garantir que a fita realmente descesse até a lareira do escritório abaixo, você precisaria de um objeto pesado preso à ponta dela. E, como esse objeto acabaria caindo na cinza da lareira do escritório, ele precisava ser algo que não levantasse suspeitas caso fosse encontrado. Então, você pegou o martelo de bronze do escritório de sir Peter e o levou para o seu quarto. Então amarrou-o à extremidade da fita de magnésio e o soltou pelo duto da lareira.

"E essa foi a última peça do cenário que Tristram preparou naquela tarde. Ele entrou no escritório, colocou a mão dentro da lareira e encontrou o martelo pendurado ali. Tudo o que ele precisava fazer era conectar a ponta da fita no escritório com a ponta da fita que estava amarrada ao martelo e — voilà! — vocês tinham um pavio improvisado que ia do seu quarto, descendo pela chaminé, atravessando o escritório e conectando-se à fita de magnésio que segurava o armário, impedindo-o de cair.

"E foi por isso que Rosanna achou que você estava fumando um cigarro quando entrou no quarto. Ela estava errada. Do seu esconderijo dentro do guarda-roupa, Rosanna te viu acendendo o isqueiro, mas, para sua sorte, ela não conseguiu enxergar nada, porque, caso contrário, teria visto você inclinando-se sobre a lareira e uma luz intensamente brilhante quando a fita de magnésio pegou fogo.

"Uma vez acesa, a fita se tornou um pavio aterrorizante, consumindo-se enquanto queimava pelo duto da lareira. O martelo de bronze foi liberado, caindo nas cinzas da lareira do escritório abaixo e a chama então seguiu para a próxima seção da fita, que atravessava o escritório — e esse foi o brilho intenso que lady Bailey viu do outro lado do jardim. Não o reflexo do sol na janela, mas a fita de magnésio queimando intensamente dentro do escritório. E assim que a chama queimou a fita que segurava o armário ao gancho na parede, você finalmente obteve o efeito que tanto esperava, o armário foi liberado e caiu sobre o corpo já morto de sir Peter, com um estrondo ensurdecedor de madeira, metal e vidro se estilhaçando — o restante da fita de magnésio, que ainda estava presa ao armário, queimou até virar cinzas, sem levantar qualquer suspeita. E em um cômodo tão empoeirado como o escritório de sir Peter, e com um móvel tão antigo, quem sequer notaria os resíduos finos de cinza branca que a fita queimada deixou para trás?

"Então foi assim que você fez, Jenny. Já que perguntou. E você foi realmente muito esperta. Porque o armário era tão pesado que sua queda fixaria na mente de todos um horário da morte impossível de contestar. Mesmo que sir Peter já estivesse morto antes do armário cair sobre ele. E, por coincidência, isso também bate perfeitamente com o resultado da autópsia. Tanika foi categórica ao dizer que sir Peter morreu quase instantaneamente. Bem, sabemos disso porque foi você quem o matou quase instantaneamente. E se você tivesse deixado muito tempo entre o assassinato de sir Peter e a queda do armário sobre ele, a autópsia teria sido capaz de perceber que o armário caiu sobre um corpo que já estava frio, mas sir Peter estava morto havia apenas um minuto quando o armário desabou, seu corpo e seu sangue ainda estavam quentes, e todos os ferimentos causados pelo esmagamento do armário apareceriam na autópsia apenas como o que eram: lesões não fatais. Hematomas não fatais. Ossos quebrados não fatais. Houve apenas um golpe — na cabeça — que o matou. E seria impossível para todas as testemunhas, a polícia e o legista acreditarem que esse golpe *não* foi desferido no exato momento em que o armário enorme caiu sobre ele."

— Você é tão cheia de si, não é? — soltou Jenny, sua voz pingando veneno. — Quase me faz querer confessar.

Judith se inclinou ligeiramente, observando-a com atenção.

— Então você deveria. Porque agora que sabem onde procurar, a polícia encontrará vestígios de cinza de magnésio atravessando este cômodo até o armário e subindo pelo duto da lareira.

— Você acha que foi muito inteligente, não é?

— Na verdade, acho que sim.

— E a porta trancada? Como explica isso?

— Essa é fácil. Como eu disse, quando você saiu do escritório pela primeira vez, logo após matar sir Peter, você trancou a porta atrás de si e guardou a chave no bolso. Então, depois que o estrondo atraiu todos para dentro da casa e Tristram arrombou a porta, era apenas natural que você, como enfermeira treinada e noiva de sir Peter, fosse a primeira a se aproximar do corpo. No meio da confusão, teria sido muito fácil para você deslizar a chave de volta para o bolso de sir Peter.

"Na verdade, o plano inteiro era bem simples. Um cenário pré-montado, um pavio que levava ao andar de cima e uma porta trancada, que faria qualquer sugestão de assassinato parecer impossível. Mas a maneira como você conectou todas essas peças foi impressionante, a teatralidade de tudo isso. Mas, é claro, Tristram fazia parte da mente por trás disso. Se alguém sabe como criar efeitos teatrais, é ele."

— Você não pode provar nada disso!

— Não vou precisar provar nada, vou? Porque quem vai provar tudo isso é o seu cúmplice. E você sabe disso.

— Do que você está falando?

— Havia uma coisa que você não previu. O fato de que Tristram é impressionável em mais de uma direção. Sim, você conseguiu manipulá-lo para ajudá-la a matar o próprio pai, mas não foi a única influência sobre ele. Foi só depois de pôr seu plano em ação e chegar a Marlow que você descobriu a existência de Sarah Fitzherbert. Uma mulher que tinha uma influência sobre Tristram há anos, uma mulher que esperou todo esse tempo para se casar com ele. Sabemos que, no fim, você conseguiu trazê-lo de volta para o seu lado, porque Tristram disse a Sarah que tudo entre eles havia acabado. É claro que disse. Ele já havia arriscado tanto com você, por que jogaria tudo fora por uma antiga paixão? Então, vocês seguiram adiante com o assassinato. E tudo aconteceu conforme haviam planejado. Vocês continuaram com suas brigas públicas, até mesmo encenando aquela ligação me pedindo ajuda para afastá-lo de você. E eu caí direitinho na armadilha.

"Mas foi nesse momento que tudo começou a desmoronar. Porque Tristram recebeu aquele telefonema misterioso naquela tarde, quando estávamos com você. O que deve ter te aterrorizado. Quem mais, além de você, poderia perturbá-lo daquele jeito? Imagino que você temeu o pior e quando eu te disse mais tarde que tinha perdido Tristram de vista na estrada Alison, sem querer, confirmamos suas suspeitas de que Sarah havia, de alguma forma, recuperado o controle sobre seu cúmplice. O homem por quem você matou. O homem que *precisava* se casar com você para que seu plano funcionasse. Você achava que estava no controle absoluto, mas, de repente, percebeu o quão pouco controle realmente tinha. Porque Tristram podia, de fato, casar-se com quem quisesse.

"Foi aí que você agiu por impulso. Depois de cometer um assassinato, não hesitou em fazer isso de novo. Você sabia da discussão sobre o cianeto entre Tristram e o pai, então foi até a casa de Sarah sob algum pretexto e garantiu que ela bebesse um copo d'água que tinha as impressões digitais e o cianeto de Tristram nele. Isso não seria suficiente para condená-lo por assassinato. Sarah era namorada dele. Era óbvio que suas impressões digitais estariam por toda a casa, mas foi um aviso para Tristram. Ele precisava fazer exatamente o que você mandava ou então haveria consequências. Consequências fatais.

"É claro que Tristram te atacou quando foi solto sob fiança. Assassinar Sarah, uma antiga amiga da família e uma vítima inocente, nunca fez parte do plano dele. E, finalmente, ele percebeu. Percebeu que fez um pacto com o diabo quando deixou você entrar na vida dele."

— Eu não sou o diabo.

— Você me disse uma vez o quanto precisou lutar para chegar a algum lugar na vida. Para conseguir uma educação. Para escapar do seu passado. E te admiro por isso, você demonstrou mais resiliência e coragem do que as pessoas para quem trabalhou nos últimos anos. Mas deve ter sido insuportável ver como seus clientes simplesmente viam suas riquezas como algo garantido. Como eram mimados. Consigo imaginar perfeitamente como você chegou à conclusão de que eles não mereciam viver. Admita, porque é verdade, não é?

— Os ricos são odiosos.

— E por que você deveria ter tão pouco quando é tão merecedora, enquanto eles têm tanto e não valem nada?

— *Exatamente.*

— E sir Peter nunca teve que enfrentar as consequências de nada do que fez, não é? Durante toda a sua vida. Ele podia trair a própria filha, ou o jardineiro; expulsar o próprio filho de casa; pagar uma miséria para a ex-esposa… e ele simplesmente não se importava. Nada o atingia. Ele era rico. Tinha um título. Estava blindado. Aposto que você mal podia esperar para estourar a bolha dele.

Jenny sorriu com arrogância, seus olhos brilhando com um triunfo silencioso.

— Aposto que houve um momento — continuou Judith —, pouco antes de ele morrer, quando ele percebeu que você o havia enganado. Que você ia acabar com a vida dele. Como ele te olhou nesse momento?

— Assustado — sussurrou Jenny, perdida na lembrança. — Como se tudo tivesse sido arrancado dele. Sua riqueza, seu status. Finalmente, ele era como o resto de nós. Mortal.

— Ele disse alguma coisa?

— Sim.

— O quê?

— Foi uma pergunta. Apenas uma palavra. “Jenny?” Foi patético. Quase engraçado.

— Você achou engraçado?

— Você não teve que viver com ele. Nem suportar sua arrogância. Fingir ser o sexo frágil. Fingir que o amava.

— E você também não precisava fazer nada disso. Você se colocou nessa situação.

Jenny estreitou os olhos, sua expressão endurecendo.

— Eu não me coloquei em nada.

— Ah, colocou, sim. E agora você vai passar muito tempo na prisão.

Jenny levantou o queixo, tentando parecer confiante.

— Nada do que eu disse aqui será aceito em tribunal. Como você mesma disse, isso é só entre nós duas.

— Mas, como eu disse, Tristram vai confessar sua parte nisso tudo.

— Não vai.

— Vai, sim, quando perceber que você está colocando a culpa nele pelo assassinato do pai. E ele vai saber disso, porque eu mesma vou contar.

— Então terei que garantir que você não saia desta sala.

Judith olhou para Jenny e viu que ela estava pronta para atacar, com todo o seu corpo tremendo de raiva.

— Sim, suponho que acabaríamos chegando a esse ponto de qualquer forma — falou Judith. — Mas antes de você tentar se livrar de mim, eu só queria dizer que seu plano de matar sir Peter na frente de uma testemunha confiável, essa testemunha sendo eu, me deu uma ideia; na verdade, decidi seguir o seu exemplo. Não foi, Tanika?

Jenny estava confusa — com quem Judith estava falando? —, e então Tanika surgiu de trás do armário, com seu smartphone na mão.

— Olá, Jenny — cumprimentou Tanika.

Antes que Jenny pudesse reagir, Tanika avançou rapidamente e algemou seus pulsos.

— Eu vi você sair! — engasgou Jenny.

— Você não é a única que pode usar o teatro para criar narrativas falsas. Tanika, Becks, Suzie e eu planejamos tudo isso esta tarde. Se Tristram viesse aqui e a atacasse, Becks e Suzie fingiriam uma discussão comigo e sairiam furiosas, mas apenas Suzie realmente foi embora com sua van. Becks ficou para trás. Quando o inspetor Hoskins chegou, Tanika sabia que poderia irritá-lo o suficiente para ser afastada do caso. Então, quando vimos a viatura sair, não era Tanika quem estava ao volante. Era Becks. Isso permitiu que Tanika desse a volta na Mansão Branca, entrasse pela despensa e se escondesse na fresta entre o armário e a parede. Tudo o que eu precisava fazer era trazer você para este cômodo e arrancar qualquer tipo de confissão sua. Mas aqui está o ponto crucial. Sua confissão não foi apenas para mim. Foi também para uma policial e para o gravador dela.

Tanika ergueu seu smartphone para mostrar que estava gravando o áudio da conversa.

— Quando Tanika reproduzir essa gravação para Tristram, você e eu sabemos que ele vai desmoronar. Ele contará tudo à polícia. A verdade. Toda a verdade. Nada além da verdade. E enquanto ele irá para a prisão como seu cúmplice em um assassinato, você passará muito mais tempo atrás das grades. Porque você é acusada de duplo assassinato.

— Jenny Page, você está presa pelo assassinato de sir Peter Bailey e Sarah Fitzherbert — anunciou Tanika. — Você não é obrigada a dizer nada, mas pode prejudicar sua defesa se não mencionar, quando interrogada, algo que mais tarde venha a usar no tribunal. Tudo o que disser poderá ser usado como prova contra você.

Jenny parecia ter acabado de ver seu mundo desmoronar. Porque, em todos os sentidos, ele realmente havia desmoronado.

Capítulo 41

O inspetor-chefe Hoskins mal conseguia conter sua irritação ao retornar à Mansão Branca para processar a prisão de Jenny Page. Ele foi ríspido com sua equipe e estava especialmente mal-humorado quando Judith explicou como ela e Tanika haviam encurralado Jenny para falar sobre os últimos momentos de vida de sir Peter antes de matá-lo.

— Isso não será admissível — disse ele assim que ela terminou de contar sua história.

— Nunca imaginei que seria. Mas Tristram é um jovem muito impressionável, tenho certeza de que você poderá usar a gravação de Tanika para conseguir uma confissão dele. Isso, junto com as provas que você conseguirá agora que sabe onde procurar, será o que condenará Jenny.

Hoskins via a lógica no que Judith estava dizendo, mas isso não o deixava mais feliz. Quando Tanika se juntou a eles, o humor de Hoskins piorou. Ele sabia que ela usaria seu triunfo para minar sua autoridade na delegacia.

— Parabéns, senhor — disse ela. — Você desempenhou seu papel com perfeição.

— O quê? — perguntou ele, confuso.

— O jeito como você acompanhou minha discussão com você pouco antes de sair com Tristram. Foi só porque me mandou embora tão publicamente que consegui voltar sorrateiramente para a casa e atuar como testemunha da confissão de Jenny.

A compreensão foi surgindo lentamente em Hoskins. Tanika estava lhe oferecendo um acordo. Se ele fingisse que a discussão havia sido premeditada, ela não teria problemas, e ele conseguiria salvar sua reputação.

Era um arranjo que o beneficiava muito mais do que a ela, mas isso não o deixava satisfeito. No entanto, ele percebeu que não tinha escolha.

— Eu sabia que tinha que haver um motivo para você estar sendo tão insolente — disse ele, testando as palavras em voz alta.

— Ah, sim, senhor — respondeu Tanika com um sorriso. — Claro.

Ele não sabia muito bem o que responder a isso, então olhou de Tanika para Judith, percebeu que eram as últimas pessoas no mundo com quem queria estar no momento, e saiu.

— Eu sei o que você vai dizer — comentou Tanika assim que ele saiu do alcance da voz.

— Essa vitória foi sua — disse Judith. — Por que diabos está dividindo o crédito com ele?

— A vitória não foi minha. Foi sua. E minha vida será significativamente mais fácil se o inspetor-chefe puder levar parte do crédito.

— Isso não é nem remotamente justo.

— Eu sei. Mas isso não impede que seja verdade.

A van de Suzie parou em frente à casa, seguida por uma viatura. Suzie desceu da van ao mesmo tempo em que Becks saiu do carro policial, e as duas correram até Judith.

— Você está bem! — disse Suzie, abraçando Judith com força. — Você está bem!

— É claro que estou bem — respondeu Judith, desconfortável com a efusividade de Suzie. — Eu sempre estou bem.

— Sinto muito pelo que disse na casa — falou Becks. — Me senti péssima discutindo com você.

— Mas funcionou? — perguntou Suzie.

— Funcionou muito bem — respondeu Tanika. — Até melhor do que planejamos. Judith foi incrível.

— Bobagem — disse Judith. — Só dei corda suficiente para ela se enforcar, só isso. E, de qualquer forma, foi um esforço em equipe. Se vocês três não tivessem feito parecer que tinham ido embora, Jenny nunca teria se sentido à vontade para confessar nada. Mas sabe o que eu quero saber? — continuou Judith, olhando para Becks. — Como foi dirigir uma viatura da polícia?

— Foi incrível! Muito divertido!

— Você ligou a sirene? — perguntou Suzie com um sorriso.

— Ah, não, isso seria errado.

— E as luzes? Aposto que deu uma piscadinha rápida com as luzes.

— Claro que não.

Suzie percebeu a verdadeira profundidade da traição de Becks.

— Você nem ultrapassou o limite de velocidade, não foi?

— Claro que não. O limite de velocidade existe por um motivo.

— Por que eu concordei em deixar você dirigir a viatura?

— Fazia sentido que você dirigisse sua van — disse Becks, sem entender exatamente o ponto de Suzie.

— Sabe de uma coisa? — disse Judith com um sorriso. — Acho que isso merece uma pequena comemoração, não acham?

— Concordo plenamente — disse Suzie.

— Com certeza — disse Becks.

— Tanika, você gostaria de tomar um drink rápido na minha casa?

— Adoraria — respondeu Tanika. — Mas vou precisar voltar para a delegacia para processar as novas provas. Posso perguntar uma coisa? Minha filha Shanti adora o rio, você acha que poderia nos levar para um passeio no seu barco um dia desses?

— Seria um prazer. E adoraria conhecer seu marido também.

— Poderíamos ir todos?

— Claro. Podemos preparar um piquenique e passar o dia. E seu pai também, se ele quiser. Tem espaço de sobra.

— Acho que você não iria querer meu pai no mesmo barco que você. A menos que queira descobrir que o barco tem o formato errado, que o rio não é tão bom quanto os rios que temos na Índia…

— Não consigo pensar em nada que eu preferisse fazer — disse Judith.

— Obrigada — respondeu Tanika. — E obrigada a todas vocês. Sem as três, Jenny não teria sido pega.

— Sem nós quatro — corrigiu Judith.

Tanika sorriu, e suas amigas puderam ver o orgulho em seu rosto.

— Sim — disse ela. — É verdade.

Quando Tanika foi embora, Rosanna chegou pedalando até a casa. As três mulheres foram ao encontro dela.

— É verdade? — perguntou Rosanna. — Jenny foi presa?

Judith explicou que sim, era verdade. E também contou o papel de Tristram no assassinato de seu pai, embora tentasse ao máximo retratá-lo como uma vítima de Jenny.

— Sinto muito — disse Becks quando Judith terminou sua história.

Rosanna parecia completamente perdida.

— Ele matou meu pai?

— Não — respondeu Judith. — Ele foi um jovem ganancioso e covarde, mas não um assassino. Como você sempre disse, ele era fraco. Esse era seu defeito. E foi uma grande infelicidade para ele ter conhecido alguém tão manipuladora e cruel como Jenny. Se ele nunca a tivesse conhecido, seu pai ainda estaria vivo. Sarah Fitzherbert ainda estaria viva.

— Eu não sei o que dizer — murmurou Rosanna. — Nem o que pensar. Eu só...

— Vá para casa, para Kat — disse Becks. — Ela vai cuidar de você.

— E tem algo que ela poderá confirmar para você — Judith acrescentou. — Veja, é contra a lei inglesa lucrar com um crime. Então, como Tristram foi cúmplice na morte do seu pai, ele não poderá herdar nada. Nem dinheiro, nem negócios, nem a casa. Tudo irá para o parente mais próximo do seu pai, que, preciso dizer, é a pessoa que sempre deveria ter herdado. Sua primogênita. Você.

— Isso não pode ser verdade.

— Mas é. O que significa que, pela primeira vez em quatrocentos anos, o primeiro homem a nascer não herdará a fortuna da família — disse Judith com satisfação. — E fica ainda melhor. Porque, assim que você tomar posse da propriedade e do dinheiro da família, poderá mudar essa tradição e deixar para quem quiser, seja homem ou mulher.

— Nada mais de viver em um barco no canal para você e Kat — disse Suzie, recuando um passo para admirar a Mansão Branca. — Você acabou de ganhar uma mansão georgiana.

— Porém, um conselho — interveio Becks. — Demita Chris Shepherd.

— Meu Deus, sim! — exclamou Suzie. — Ele chantageou seu pai, não é alguém em quem se pode confiar. Quero dizer, ele realmente não é confiável.

— Tem certeza? — perguntou Rosanna. — Eu realmente herdo tudo?

— Pergunte à Kat — disse Judith. — Ela confirmará que Tristram não pode herdar, e isso significa, de fato, que tudo é seu.

Apesar do choque de tudo o que havia acontecido naquele dia, as mulheres viram algo diferente nos olhos de Rosanna. Era expectativa.

—

Quando voltaram para casa, Judith serviu uma generosa dose de uísque em três copos de cristal lapidado.

— Honestamente, eu preferiria uma xícara de chá — disse Becks.

— Bobagem! — exclamou Judith. — Estamos comemorando.

Suzie estendeu o copo para uma rápida recarga, tendo virado o primeiro de uma só vez.

— Eu que não vou negar — disse Suzie.

Assim que seu copo foi reabastecido, ela foi até a poltrona de encosto alto favorita de Judith e se acomodou. Judith sorriu, dizendo a si mesma que não se importava nem um pouco.

— Bem, você estava certa — disse Suzie. — Sir Peter foi morto em um cômodo trancado por dentro, com a única chave no bolso dele.

— *Nós* estávamos certas — corrigiu Judith.

— Para ser sincera, nunca achei que fosse assassinato — admitiu Becks.

— Do que você está falando? — disse Judith, erguendo o copo em um brinde para a amiga. — Você insistiu que ninguém poderia estar no escritório quando sir Peter foi morto. E realmente não havia ninguém. Você estava mais certa do que qualquer uma de nós.

Becks corou.

— Bem, pelo menos você terá muito para falar no seu programa de rádio amanhã — disse Judith a Suzie, enquanto ia até o assento almofadado que ficava na janela.

Suzie olhou para o seu copo de uísque.

— O que foi? — perguntou Becks.

— Sinto muito — disse Suzie. — Pelo que falei na casa da Jenny.

— Claro — respondeu Judith, percebendo do que Suzie estava falando.

O plano sempre fora que Suzie e Becks fingissem perder a paciência com Judith, mas enquanto a briga encenada de Becks havia sido genérica, todos tinham ouvido Suzie fazer algumas acusações bem específicas.

— Não se preocupe, eu mereci aquilo. Você tem razão. Eu sempre acho que sei mais do que os outros. Mas não sei. Sinto muito.

— Mas a questão é — começou Suzie com um suspiro — que eu concordo com você. Você *sempre* está certa. — Ela fez uma pausa antes de continuar: — Não vou fazer meu programa de rádio amanhã.

— Por que não? — perguntou Judith, surpresa.

— Estava atrapalhando meu trabalho. Interferindo na minha forma de ganhar dinheiro. Quero dizer, que tipo de cuidadora de cães contrataria outra cuidadora de cães para cobrir o serviço? Acabei me metendo em uma grande confusão.

— Mas você não pode desistir da rádio — disse Judith. — Você é tão boa nisso.

— Judith tem razão — acrescentou Becks.

— Acham mesmo? — indagou Suzie, encantada com o elogio.

— Com certeza — confirmou Becks.

— Então vocês vão gostar de saber que ainda vou fazer um programa por semana. Mas agora será nas noites de domingo. Vai se chamar *Cantinho dos Bichos*, um espaço para as pessoas ligarem e compartilharem notícias e dicas sobre seus animais de estimação. Assim, poderei levar quantos cães quiser para o estúdio, e não vai importar se começarem a latir. Eles serão minha equipe.

— Isso parece maravilhoso — disse Judith, satisfeita por sua amiga ter encontrado uma solução tão prática. Além disso, ela sabia que, se Suzie fizesse apenas um programa aos domingos, ficaria um pouco menos famosa em Marlow, o que para Judith era uma vitória tripla. Suzie continuaria fazendo o que amava, poderia voltar a ganhar dinheiro e, com um programa de menor destaque, não se deixaria levar por pensamentos de se tornar ainda mais uma celebridade.

— Tem uma coisa — disse Becks. — Quando você estava acusando Judith de todas aquelas coisas, mencionou que as obras na sua casa ainda não terminaram.

— Ah! — exclamou Suzie. — Isso é verdade. Não terminaram.

— Sério?

— Sabe como é. Você tenta separar dinheiro para contratar um novo pedreiro, mas, quando finalmente consegue juntar uma quantia razoável, acaba gastando tudo em uma viagem incrível e volta à estaca zero.

— Eu gostaria de ajudar — disse Becks.

Isso imediatamente chamou a atenção de suas amigas.

— Porque eu segui seu conselho, Judith. Falei com Colin e contei tudo para ele. Sobre como eu tinha ganhado todo aquele dinheiro. E adivinha? Você estava certa, ele ficou feliz por mim. Na verdade, quando eu disse que deveria doar tudo para a caridade, ele ficou irritado e falou que eu tinha ganhado o dinheiro de maneira justa, que era meu e que eu deveria ficar com ele. Na verdade, Colin ficou realmente animado com a ideia de eu construir um verdadeiro fundo para nossa aposentadoria, já que a da igreja hoje em dia não vale quase nada.

— Que emocionante! — exclamou Judith. — Você vai ser a corretora de ações da família.

— Acho que é exatamente isso que vou ser.

Judith e Suzie ficaram entusiasmadas pela amiga.

— E sem necessidade de comprar roupas chiques ou anéis de safira — continuou Becks. — Estou economizando para nossa velhice. Talvez eu consiga ajudar as crianças com as mensalidades da universidade ou com o depósito da primeira casa. Mas eu não fazia ideia de que você ainda não tinha terminado a reforma da sua casa, Suzie. Eu adoraria ajudar a pagar por isso. Pelo menos assim, parte do meu dinheiro teria um bom uso.

— Você está falando sério? — perguntou Suzie.

— Ah, sim. Para ser sincera, isso faria eu me sentir melhor.

— Você é única.

— Eu realmente não acho que seja.

— Não, sério. Quantas pessoas você conhece que ficariam tão estressadas por ganhar muito dinheiro? E depois, quando percebem que podem ficar com o dinheiro, imediatamente tentam se livrar dele de novo?

Becks corou, desconfortável como sempre ao receber qualquer tipo de elogio.

— Mas eu vou ter que recusar — continuou Suzie. — Já resolvi a questão da reforma.

— Você conseguiu encontrar o pedreiro original? — perguntou Judith, animada.

— Não, ele ainda não atende às minhas ligações.

— Ah. Então contratou outro pedreiro?

— Não exatamente.

— Então como você "resolveu" isso?

— Você se lembra de quando peguei uma página do *Marlow Free Press* naquele dia em que estávamos na biblioteca?

— Claro — disse Becks, percebendo que tinha esquecido esse detalhe.

— Bem, a página que eu arranquei era um anúncio pedindo inscrições para um novo reality-show. É sobre pessoas que foram deixadas na mão por construtores. A equipe do programa tenta encontrar os pedreiros vigaristas, mas, enquanto isso, também termina a obra para você.

— Você vai estar na TV?

— Vou, sim! — disse Suzie, com um nível de empolgação muito maior do que quando uma ouvinte pediu seu autógrafo. — E o programa tem quase três milhões de espectadores, conseguem imaginar isso? É inacreditável. Três milhões de pessoas vão me ver!

Judith levou um momento para absorver o que Suzie tinha acabado de dizer e se viu sorrindo, assim como Becks. Claro que Suzie resolveria seu problema indo para a TV. Apesar das esperanças de Judith, Suzie simplesmente amava os holofotes. Ela nunca mudaria. Assim como nenhuma delas mudaria.

Todas ouviram um som estridente tocar. Suzie pegou o telefone e desligou o alarme.

— Desculpem — pediu ela. — Preciso ir para casa, a Amina vai fazer meu corte e coloração. É muito importante que eu esteja impecável amanhã. Vou me reunir com a equipe de produção para discutir a divulgação do programa.

Com a saída de Suzie, Becks disse que também deveria ir, já que levaria Colin para jantar no Hand and Flowers — que, sendo o único restaurante com duas estrelas Michelin em Marlow, estava completamente fora do orçamento de Colin, mas perfeitamente dentro do de Becks.

Assim que Suzie e Becks partiram, Judith foi até o cômodo ao lado para olhar o quadro de investigação improvisado que havia criado. Observando a teia de lã vermelha conectando todos os suspeitos às pistas — e aos locais no mapa de Marlow —, ela se pegou lembrando como, se não fosse por um encontro com um pato morto durante seu mergulho matinal, ela não teria brigado com um cisne e, consequentemente, não teria chegado a tempo de atender ao telefonema de sir Peter que a colocou nessa aventura. Não que a ligação tivesse sido, de fato, de sir Peter, é claro.

Judith sentiu um orgulho imenso pelo que ela e suas amigas haviam conquistado. Impulsionada por uma onda de autoconfiança, dirigiu-se para o outro lado do cômodo, onde uma porta levava a um espaço ainda abarrotado de jornais antigos e outros materiais impressos que ela havia acumulado ao longo dos anos. Ali estavam os primeiros relatos da morte de seu marido — a correspondência da polícia grega e britânica, do seu então deputado local, e dos jornais nacionais, todos os quais queriam entrevistas com ela.

Ela sabia que era hora de se livrar dos últimos vestígios de seu arquivo de papel e poeira, mas hesitou antes de cruzar a soleira. Não, pensou, não deveria se precipitar. Uma coisa de cada vez.

Virou-se e voltou para a sala de estar, parando rapidamente ao lado do aparador para reabastecer seu copo de uísque. Então, qual seria a escolha? Um mergulho noturno? Ou talvez se acomodar com alguns crumpets quentinhos com manteiga, uma edição da revista *The Puzzler* e, quem sabe, algumas taças Sloe Gin que vinha prometendo a si mesma há tanto tempo?

Judith sorriu para si mesma, enquanto o resto do dia se abria cheio de possibilidades.

Agradecimentos

Meu agradecimento vai para minha maravilhosa editora, Manpreet Grewal, a quem testei até os limites à medida que o prazo de entrega deste livro foi sendo adiado repetidamente. Em todos os momentos, ela permaneceu paciente e gentil, e não posso enfatizar o suficiente o quanto seu apoio foi valioso. Depois que terminei o primeiro rascunho, sua atenção aos detalhes e suas observações sobre o panorama geral foram cruciais para me ajudar a transformar o livro na história final que você agora tem em mãos. Obrigado, Manpreet.

Também quero agradecer ao meu agente literário, Ed Wilson, que manteve o bom humor todas as vezes em que liguei para ele com um: "Olha, sei que meu contrato menciona um prazo se aproximando, mas quão *prazo* você acha que ele realmente é...?" A sabedoria tranquila de Ed (que ele normalmente esconde por trás de uma fachada de exuberante simpatia) me manteve no caminho certo. Todo autor deveria ter um agente literário como ele. Também passei a contar com outros grandes nomes da Johnson & Alcock, especialmente Hélène Butler, Kroum Vatchkov, Saliann St-Clair e Anna Dawson. Obrigado a todos por cuidarem de mim de forma tão brilhante — e desculpe, Kroum, pelo dia em que fui rude com você por causa daquele formulário de impostos japonês.

Também preciso agradecer a Anne O'Brien, que mais uma vez fez um trabalho brilhante na revisão do manuscrito. Diferente do primeiro livro da série, desta vez não houve erros desastrosos na linha do tempo (o que não significa que não houve nenhum, apenas que não foram desastrosos). No entanto, ao receber o texto corrigido, percebi que aparentemente uso a palavra "*apenas*" em quase todas as frases, e simplesmente não consigo imaginar o quão cansativo deve ter sido remover todos esses *apenas*.

Também gostaria de agradecer a Ged Parsons, Stefan Rhodri, Chris Bradford, Bronwyn Deacon, Jon Taylor e Stuart Bone. Quando comecei a compilar as pistas das palavras cruzadas criptografadas que Judith resolve no livro, rapidamente me lembrei de que, embora adore esse tipo de desafio, na verdade não sou muito bom em criá-los. Quando levei minhas ideias inacabadas para o Twitter, foram essas mentes brilhantes que vieram ao meu resgate — e os melhores elementos das pistas no livro são mérito deles.

Nada neste livro existiria sem o maravilhoso apoio que recebo da minha esposa, Katie Breathwick, e dos nossos filhos, Charlie e James. Eles suportam muita rabugice minha durante o processo de escrita e sempre reagem ao mal-humorado da casa com amor e tolerância. (À medida que faço estes agradecimentos, percebo cada vez mais o quão difícil sou enquanto escrevo. E eu escrevo a maior parte do tempo. Isso não é bom, não é? Hum. Preciso refletir sobre isso.)

Por fim, gostaria de agradecer ao meu maravilhoso padrasto, Jack Thomas, que, infelizmente, faleceu durante a escrita deste livro. Ele herdou três filhos quando conheceu minha mãe, e seu humor travesso, sua firmeza e seus sábios conselhos ao longo das décadas foram fundamentais para que eu me tornasse o escritor que eventualmente me tornei. Obrigado, Jack, por tudo.

Robert Thorogood é o criador da aclamada série de TV *Death in Paradise*, da BBC One, e escreveu uma série de romances spin-off protagonizados pelo detetive Richard Poole.

Ele nasceu em Colchester, Essex. Quando tinha dez anos, leu seu primeiro romance de verdade — *A Casa do Penhasco*, de Agatha Christie —, e, desde então, é apaixonado pelo gênero.

Atualmente, mora em Marlow, Buckinghamshire, com a esposa, os filhos e dois whippets chamados Wally e Evie.

Siga-o no X: @robthor

Outras obras de

ROBERT THOROGOOD

Clube de Assassinatos de Marlow

Clube de Assassinatos de Marlow

A morte chega a Marlow

A rainha dos venenos

ROTAPLAN
GRÁFICA E EDITORA LTDA
Rua Álvaro Seixas, 165
Engenho Novo - Rio de Janeiro
Tels.: (21) 2201-2089 / 8898
E-mail: rotaplanrio@gmail.com